一鬼夜行　鬼の嫁取り

小松エメル

ポプラ文庫ピュアフル

JN225559

目次

登場人物紹介

喜蔵《きぞう》
古道具屋「荻《おぎ》の屋《や》」店主で、妖怪も恐れる閻魔《えんま》顔。明治五年の初夏、自宅の庭に小春が落ちてきて以来、妖怪沙汰《ざた》に巻き込まれる羽目に。

小春《こはる》
見た目は可愛らしくも大食らいの自称・大妖怪。元は龍《りゅう》という名の猫股だったが、とある事情から鬼に転身。猫股の長者との戦いで力を失い、「荻の屋」に居候している。喜蔵の曾祖父・逸馬《いつま》とも関わりがあった。

深雪《みゆき》
人気牛鍋屋「くま坂」の看板娘。喜蔵の異父妹で、ともに暮らしている。

綾子《あやこ》
裏長屋に住む美貌の未亡人。男を呪い殺す妖怪・飛縁魔《ひえんま》に憑《つ》かれている。

初《はつ》
強大な力を宿す土地に建つ引水家《ひきみず》の跡取り。家にかけられた呪いを解くために、喜蔵と偽りの祝言をあげた。

「荻の屋」の妖怪たち

最古参で皆のまとめ役である硯《すずり》の精《せい》を筆頭に、堂々薬缶《どうどうやかん》、前差櫛姫《まえざしぐしひめ》といった付喪神《つくもがみ》や、禍福をいざなうまねき猫の小梅《こうめ》など、さまざまな妖怪が出入りしている。

弥々子《ややこ》
神無川《かんながわ》に棲《す》む河童《かっぱ》の女棟梁《とうりょう》。喜蔵の曾祖父・逸馬とも交流があった。

七夜《しちや》
九官鳥の経立《ふったち》。裏長屋の大家・又七《またしち》に飼われている。

桂男《かつらおとこ》
女の生き血を吸う妖怪。現在は初に仕えている。

かわそ
小春の旧友。善良な妖柄の水の怪。

水《みず》旁《つくりの》神《かみ》
引水の地を興した女神。引水家の開祖・萬鬼《なきり》への憎しみから、彼の家に呪いをかけた。

アマビエ
永遠の命を与える力を持つといわれる謎の妖怪。

多聞《たもん》
腕にある複数の眼で他者を操る妖怪・百目鬼《どうめき》。できぼし、勘介《かんすけ》という人外の者と行動を共にしている。喜蔵を気に入り、事あるごとにちょっかいを出してくる。

鬼の嫁取り

一鬼夜行

小松エメル

序

「俺はね、人間になろうと思ったことがあるんだ」

ゆったりとした笑みを浮かべた男の戯言《ざれごと》に、少年はふんと鼻を鳴らした。

「人間から妖怪になったお前がまた人間になる？　そんなことできるわけねえだろ。世の中そんなに都合よくねえんだよ」

（少なくとも、お前以外にはな）

心の中でそう付け加えた少年は、じろりと目の前の男をねめつけた。少年が知る限り、男は何でも意のままに物事を動かしてきた。特に人心を操るのが得意のようで、少年の知《ち》己《き》たちも玩具《おもちゃ》扱いされた。騙《だま》される方が悪いと言う者もいるだろう。だが、騙し、裏切る方が絶対に悪いと少年は思っていた。

「その通り。世の中はそんなに都合よくできていない。だから、俺はこの姿のままなのさ」

男は自身の派手な着物の裾《すそ》を摘まんで言った。着物に帯に羽織、足袋《たび》までがそれぞれ違う色柄という、一見敬遠されそうな格好にも拘《かか》わらず、男は大勢を惹きつけてやまなかった。彼の美しい声音や穏やかな語り口に誰もが夢中になったが、少年は例外だった。

「俺はお前が嫌いだ」

「知ってるさ」

微笑《ほほえ》みながら言った男に、少年はちっと舌打ちをした。何を考えているのか分からぬところも、余裕ぶった態度も、優しそうな声音も、自分たちの前にたびたび現れるのも、何から何まで癪《しゃく》に障《さわ》って仕方がなかった。

「だから、俺はあんたに決めたんだ。俺を嫌ってるあんたなら、いざという時も俺に情けを掛けることもないだろうからね」

そう述べた男は、ゆっくり歩きだした。妖気も殺気も感じなかったが、少年は身を屈《かが》め、爪と牙《きば》を伸ばした。妖力を失っている今、少年にできるのは、この鋭い爪で引っ掻《か》くか、頑丈な牙で嚙《か》みつくかくらいだ。力の弱い妖怪なら喉笛《のどぶえ》を掻き切ることくらいできるはずだが、男に通用するとは思えない。少年は男が嫌いだが、実力は誰よりも認めていた。

臨戦態勢の少年に、男は徐々に近づいてくる。しかし、距離は中々縮まらない。目に見えるすべてが灰色なので、目測を誤っているのだろうか。

(全部灰色――何だそれ……!?)

目を見開いた少年は、ざっと後ろに飛びすさり、今度こそ周囲を見回した。

「……おい、何だここは!?」

少年は牙を剝《む》き、叫んだ。今自分たちがいるのは、縦横左右すべてが灰色に染まった空間だった。少年と男以外には人間はおろか、虫一匹存在していないように見えた。

「お前の仕業だろ!? 何のつもりだ!」

「何でもかんでも俺のせいにされては困るなあ」

怒鳴った少年に、くすりと笑いを漏らして答えた男は、灰色の空間を悠々と歩み寄ってくる。あと十数歩、あと十歩、七歩、三歩……二歩の距離を空けて、男は立ち止まった。

全身に殺気を漲《みなぎ》らせて威嚇《いかく》する少年に、男はすっと右手の人差し指を向けた。

「それの使い心地はどうだい?」

男が指差したのは、少年の右目だった。

「……そりゃあお前がよく知ってんだろ」

唸《うな》り声を上げながら、少年は答えた。少年の右目の視る力を奪ったのは男だ。男が身体《からだ》中に有している数多《あまた》の目のどこかに少年のそれがあるのだから、彼が使い心地を知らぬはずはない。目を赤くし、怒りを露わにした少年に、男は首を傾げて言った。

「あんた、覚えてないんだね。それに、気づいてもいないのか」

怪訝《けげん》な表情を浮かべた少年は、(あ)と声にならぬ悲鳴を上げた。瞬《まばた》きしたほんの一瞬の間に、男は少年の左目を手の平で覆った。

(こっちまで取られる……!)

蒼白になった少年に、男は嘲《あざけ》りを含んだ笑みを浮かべて言った。

「俺が借りていたあんたの目。前と比べて使い心地はどうだい?」

ひゅっと息を呑《の》んだ少年は、その時はじめて右目が見えていることに気づいた。

＊

「――って夢かよ！」

がばりと布団から跳ね起きた小春《こはる》は、はっと口許《くちもと》を手で押さえたが、

（……こいつら、図太いところが似てるよな）

隣の布団で眠っている閻魔《えんま》顔の青年と、衝立《ついたて》の向こうで床《とこ》についている彼の妹の様子を窺《うかが》って、ふうっと息を吐いた。

（何だよ、あの灰色の空間。あんな不気味な場所に、俺と目だらけ野郎が二人きりとか……）

今しがた見た夢を反芻《はんすう》した小春は、ぶるりと身を震わせて、自身の腕を抱きしめた。

「うう……寝覚めが悪《わり》ぃ！　こんな時は寝直すに限るぜ！」

うんうんと自身の考えに頷《うなず》きながら、小春は再び布団の中に潜った。

健やかな寝息が聞こえてきたのは、それから二十も数えぬうちだった。さらに二十四数えた頃、くすりと笑い声が響いた。

「あんたがさっき見たのと今、それにこれから先は、どれが夢でどれが現《うつつ》なんだろうね？」

幻《まぼろし》のように美しい声音は、誰にも聞かれることなく、闇《やみ》の中に消えた。

一、アマビエの落とし物

照りつけるような日差しが反射して、水面《みなも》がきらきらと輝いている。時折吹く風は生暖かいが、少しでも涼を感じられるのは有難かった。かしましい蟬《せみ》の鳴き声が響く中、身を屈めていた荻野喜蔵《おぎのきぞう》はふと面を上げて、額《ひたい》から滴る汗を手の甲で拭《ぬぐ》った。

（……三度目の夏か）

あの特別な夏から、ちょうど二年の月日が過ぎた。

――俺は百鬼夜行《ひやっきやこう》に欠かせない……鬼だ！

昨日起きたことのように鮮明に蘇《よみがえ》った記憶に、喜蔵はむっと眉を顰《ひそ》めた。閻魔と称されるほどの強面《こわもて》が余計に恐ろしくなったが、今それを指摘する者はここにはいない。聞こえてくるのは、ばちゃばちゃという水音と、「ねえ！」と喚《わめ》く声だけだった。

「どこにもねえ……ねえったらねえ！」

「煩《うるさ》い奴だ。もっと静かにできぬのか」

喜蔵は文句を述べながら、脛《すね》の途中まで浸かっている川に視線を戻した。底まで見通せるほど澄みきっているが、目当ての物は見当たらない。ここ神無川《かんながわ》は、喜蔵の住まう浅草《あさくさ》の古道具屋・荻の屋《おぎのや》から、四半刻《しはんとき》（約三十分）と掛からぬ場所にあった。幼い頃は幼馴染《おさななじみ》と訪れたこの川にこうしてたびたび来るようになったのも、二年前からである。

（あれから、何もかもが変わった）

喜蔵がしみじみと感慨に耽《ふけ》りかけた時だった。

「川の底には何がある？　なんだお前知らんのか～川の底には、あれがあるのさ！　何だ、何だ、あれってさ！　俺に教えてくれないか～ただとは言わん、ただとはさ。ほ～らあれだ、あれをやる！」

喜蔵はますます怖い顔をして、横を見た。そこには、金と黒と赤茶のまだら模様の髪をした少年・小春がいた。喜蔵と同じく川に入って身を屈めているが、こちらはばしゃばしゃと手で水をすくい、調子はずれの歌を大声で歌っている。

「あれはあれさ、あれっきゃな～い。だから教えてくれないか～何だ、何だあれってさ！あれのことかい、ほらあれさ！　えーと、そうそう……それそれ！　それがあれ？　やはりそうか！　あれがそれ……それがあれであれがそれで……川の底には何もねえ‼」

どんどん雑な調子に変わっていったと思ったら、小春は背を反らせて叫び声を上げた。可愛《かわい》らしい名前同様、その見目も少女のように愛らしいが、口調や所作は粗野だ。

「大体、百五十を優に超えたこの俺様に、川さらいなんてさせるか？……否、させん。そんな無体な真似《まね》、誰が許しても俺が許さん！」

拳《こぶし》を握って言った小春の外見は、せいぜい十三、四といったところだ。実年齢と見目の大きすぎる差は、ある理由による。

「この猫股鬼《ねこまたおに》の小春さまをつかまえて、こんな無体を働くとは！　妖怪の風上にも置けん奴め。一体どこの河童《かっぱ》だ⁉」

小春は地団太を踏みながら大声を出した。ばしゃばしゃと音を立てて、水が飛び散る。喜蔵が「やめろ馬鹿鬼」と声を荒らげても、まるで意に介さぬように足踏みを続けた。

二年前、喜蔵の庭に百鬼夜行の列から外れて落ちてきたのが、この小春という妖怪だった。元々猫としてこの世に生を受けた小春は、長じてから経立《ふったち》という化けかけの猫になり、数々の試練を経て、猫股へと変化《へんげ》した。その後、諸事情から自ら鬼に転じ、猫股鬼と呼ばれるようになったのだが――

「猫股鬼ではなく、元猫股鬼だろうに」

喜蔵が冷ややかな声で述べた通り、今の小春は元猫股鬼と言うのが正しい。昨年、実弟である猫股の長者との戦いの後、妖力のほとんどを返上したせいである。

「妖力もないくせに、妖怪と名乗ることさえおこがましいのではないか」

「失礼な奴だな！　多少はあるぞ！」

こんくらい！　と言いながら、小春は両手を肩幅くらいの大きさに開いて胸を張った。

「図々しい元妖怪め。せいぜいこのくらいだろう」

喜蔵は親指と人差し指で丸を作って、馬鹿にしきった声を出した。

「だーかーらー俺はれっきとした大妖怪だっつーの！……少～し力を失くしてるだけだ。ほんの一時な！」

小春はそう強がったが、彼が妖力のほとんどを失って、八か月以上経った。人間にとっては一瞬とは言えぬ時の長さであるものの、人間よりもはるかに長生きする妖怪には、短く感じられるのかもしれぬ。

「あくまで一時……否、一瞬だ。一瞬だぞ！　おい、分かったのか喜蔵！」

後ろからまとわりつき喚きつづける小春に、喜蔵は眉を顰めて息を吐いた。

「やかましい坊やだね。黙ってることができない病《やまい》にでも罹《かか》ってるのかい」

喜蔵と小春は、声のした方を同時に見た。川の中からぬっと現れたのは、全身が緑で頭に皿を被《かぶ》っている妖怪——河童の弥々子《ややこ》だった。猫に似た顔をしているが、弥々子曰く「猫があたしに似てるのさ」ということらしい。大勢の河童たちを統べている弥々子は、この神無川の河童の棟梁《とうりょう》だ。

「俺は壮健そのものだぞ。尻子玉《しりこだま》なんて不気味なもんが好物なお前たち河童の方が、俺よりもよほど病妖じゃねえのか？」

「あんたは物忘れの病にまで罹ってるのかい。あたしは尻子玉なんて五十年以上も口にしてないと言っただろうに」

腰に手を当て、鼻を鳴らしつつ言った小春に、弥々子は呆《あき》れた顔を向けて答えた。河童の好物は、人間の尻にあるという尻子玉だ。人間はそれを河童に抜き取られると生気を失い、動けなくなる。そのまま放っておけば、命すら失ってしまうという。

「はて、何で好物を食べなくなったんだ？　なあ、弥々子。物忘れの激しい俺に、そこんところをぜひとも教えてくれよ」

弥々子は「やかましい」と悪態を吐《つ》くなり、水搔きのついた緑色の手で水をすくい、小春の顔に引っかけた。ちょうど口を開けていた小春は、「わぷっ」と慌てた声を上げ、手のひらでごしごしと顔をぬぐった。

「河童に襲われた！　俺の顔にかかった水は、きっと毒入りだ！　天下に名だたるこの猫股鬼さまの命を狙うとは……河童という生き物は、なんて業の深い妖怪なんだろう！」

両腕を上げ、天を仰ぎながら、小春は大仰な言い方をした。さらに呆れた顔をした弥々子は、小春の横でじっと川を見つめている喜蔵に水を向けた。

「こんな煩い奴とよく一緒にいられるもんだ。兄さん、あんたも変わり者だね」

「共にいたくているわけではない」

低い声音を返した喜蔵に、すかさず小春が「噓吐《うそつ》きめ～」と含み笑いをして言った。

「お前が言ったんじゃねえか。『頼む、俺と共に生きてくれ。お前がいなければ、明日を乗り越えることもできぬ。共に生きてくれるなら、何でもやろう。牛鍋《ぎゅうなべ》でも刺身でも天ぷらでも、好きなだけ食わせてやる』ってさ。そうだ、その時の約束未《いま》だ守られてなかったよな？　今日さっそく守ってもらおう。帰りにくま坂《さか》に寄って、牛鍋を腹いっぱい食わせてくれ！」

くま坂は、喜蔵の妹の深雪《みゆき》が働いている浅草の牛鍋屋だ。小春はここの牛鍋が大好物で、何かにつけては「連れていけ」とせがむ。妖怪である小春は、人間の世の通貨を持っていない。つまり、喜蔵が身銭を切らねば、牛鍋どころか、普段家で食べている飯にもありつけなかった。かといって、決して下手に出ないのが小春である。

「約束は守るためにあるもんだ。このまま反故《ほご》にしたら、お前の信頼は地に落ちる！……いやいや、俺は違うぞ？　いつだって、お前の味方だ。今から約束を守るんだったら、すべてを水に流す。この神無川にさらさらっと流してやる。俺ってば、大妖怪のくせに慈悲深いなあ。こんなんじゃあ、そのうち生き仏として祀《まつ》られちまうぜ！」

「また頭の具合が悪くなったようだな。百五十を過ぎているのだから、ただの耄碌《もうろく》か」

「爺扱《じじい》いすんな！　妖怪にとっちゃあ、百五十過ぎなんてまだまだ若い！　あんまり若いから、ほら見てみろ。こんなにも水を弾くんだ！　うははは！」

喜蔵の言葉を笑い飛ばした小春は、全身を震わせて水を弾き飛ばした。喜蔵はとっさに避《よ》けたものの、半分は被ってしまい、嘆息《たんそく》した。その息を吐ききる前に素早く移動した喜蔵は、小春の頭を思いきり叩《たた》いた。叩きなれているせいか、小春の頭の容量が少ないせいか、太鼓のように小気味よい音が響く。

「いてっ！　すぐ殴る！　暴力鬼面《おにづら》極悪閻魔商人め！」

小春は手で頭を抱えながら喚いたが、喜蔵は無視をして川に視線を戻した。澄んだ川の中には、鮒《ふな》やめだかが泳いでいる。すいすいと移動する魚たちを眺めながら、喜蔵は唸った。

（……やはり、それらしい物は見当たらぬ）

口をへの字に曲げた時、いつの間にか近くにいた弥々子が頬《ほお》を掻きながら言った。

「……頼んでおいてなんだが、兄さんはいささか真面目《まじめ》すぎるんじゃないか。こっちは助かるがね。他妖のためによくそんなに献身的に働けるもんだ」

ある物を探してくれと言ったのは、弥々子だ。喜蔵たちがその頼みを聞き、探しはじめてから、もう四半刻以上経った。

「別段お前のためにやっているわけではない。これまでの借りを返しているだけだ。いつぞやは、妹共々世話になった」

喜蔵の呟《つぶや》きに、口を開きかけていた弥々子は、ちょっと黙りこんだのち、

「……その原因は小春だろう。だから、借りはそいつから返してもらうのが道理だ」

少し離れた場所で「鯉《こい》なみにでかいめだかがいるぞ！　鯉めだか！」とはしゃいでいる小春をちらりと見遣って言った。その目には、親愛とも憎悪とも言い難い、微妙な色が浮かんでいる。小春と弥々子の付き合いは数十年にも及ぶらしいが、二妖はつかず離れずの距離を保っているようだった。

「あ奴の分はあ奴が返すべきだが、俺は俺の分と考えている借りは返す」

弥々子はまた黙りこんだが、しばらくしてふっと笑った。

「……兄さんは変わったね。はじめて会った時はそんな義理堅い人間じゃなかったじゃな

いか。誰のことも信じず、何があっても自分はかかわりがないって顔をしてた」

あの馬鹿鬼に似てきたんじゃないか？——からかう調子で述べたが、目は笑っていない。小春が変化する時のように赤く染まったその目を見て、喜蔵はごくりと唾《つば》を呑みこんだ。

「あんたらはこうであったらいいと思う理想を、他人や他妖に押しつける。他の奴にする分にはいいが、あたしにはやめておくれよ。あたしの本質は、この姿の通り……残忍な妖怪さ。昔は人間を取って喰《く》らってたんだ——あんたと同じ、人間をね」

弥々子は低い声音で言うと、真っ赤な舌でちろりと唇を舐《な》めた。ぞっと悪寒を覚えた喜蔵は、思わず一歩後ろに下がった。

（……一体どうしたのだ）

喜蔵が知っている弥々子は、口が悪くて、嫌みばかり言うくせに、何だかんだ最後にはこちらの言い分を聞き届けてくれる心優しい妖怪だった。その辺の人間よりもよほど信頼できる相手だと、喜蔵は密かに弥々子を高く評価していた。だが、今の弥々子は、喜蔵が見ていた彼女とまるで別妖のようだ。

「弥々子、お前は——」

喜蔵がようやく口を開きかけた時、ざばあっと大きな水音が響いた。

「アマビエだ……！　棟梁、アマビエが……！」

大声を上げながら水の中から出てきたのは、弥々子の配下の河童だった。その後に続いた「待て！」「おい、河太郎《かわたろう》」という慌てた声は、同じく水の中から現れた河童たちのものだ。

「河坊、アマビエの鱗《うろこ》を見つけたのかい？　凄《すご》いじゃないか」

最初に出てきた河太郎という河童に視線を向けながら、弥々子は先ほどの殺気だった様子から一転、にやりとして言った。はっとした顔をした河太郎は、両手をわさわさと動かし、ぶんぶんと何度も首を縦に振った。

「それで、その鱗はどこで見たんだい？」

「へ、へえ……あの、今ここから見えた！　海に繋《つな》がっているあっちの方で、その、きらっと光った……ような……」

河太郎は口ごもりながら、遠くを指差して言った。神無川の先には、広い海が広がっている。そちらにも水の怪たちが住んでいるらしいが、河童はいないという。

「へえ、すげえな。アマビエの鱗は大分小さいのに、この距離ではっきり目視できたなんて」

喜蔵の脇からひょいっと顔を出しながら、小春は言った。

「それは……あんなに光ってりゃあ、アマビエ……じゃない、鱗だって分かる！」

「光が強くても、それを発している物はちっさいわけだろ。何でそれがアマビエの落としていった鱗だってはっきり分かったんだ？」

小春は首を傾げて問いつつ、目つきを鋭くした。河太郎はあちこちに視線を泳がせている。

「……いかにも怪しいな。何か嘘を吐いてるんじゃないか？　たとえば、探しているのは鱗じゃなく――」

「ご、御免《ごめん》……!!」

　小春の声に被せるように大声を張った河太郎は、弥々子に向かって勢いよく頭を下げた。

「棟梁に褒《ほ》めてもらいたくて、アマビエを見つけたなんて嘘を吐いたんだ……う、鱗よりもアマビエ本体の方が珍しいから、つい……！」

　息を切らしながら言った河太郎に、弥々子は呆れた目を向けた。

「あんたって奴は何だってそう粗忽《そこつ》なんだろうね。……まあ、すぐに真実が露見したおかげで、事態がこじれずに済んだ。それに免じて許してやるが、二度目はないよ」

（……人がいい妖怪だ）

　弥々子の甘さに喜蔵は鼻を鳴らしたが、内心安堵《あんど》していた。先ほど見せた表情は、鱗が見つからず、気が立っていたせいだろう。

「御免、棟梁……お、俺は！　何としてもアマビエを探して、棟梁の許に引きずりだす！」

「アマビエじゃなく、アマビエの鱗だろう。まったく、河太郎は本当に粗忽者だね」

　弥々子が肩を竦《すく》めて言った途端、どっと笑い声が起きた。その声の多さに驚いた喜蔵は、周囲を見回してさらに仰天した。いつの間に現れたのか、川一面に大勢の河童たちがいて、喜蔵たちを取り囲んでいた。

「何だこ奴らは……一体いつからいたのだ」

「俺たちが来た時にはすでに川の中に潜って、アマビエ――の鱗を探してたぜ。こいつらは水の中で呼吸ができる。息継ぎなんてしなくても平気だから、魚みてえなもんだ。まあ、魚と違って不味《まず》そうだけど。……うん、大分不味そうだな」

うへえと舌を出して言った小春に、ついその味を想像してしまった喜蔵は、口をへの字にして頷いた。

*

喜蔵と小春が神無川を訪れたのは、半刻前（約一時間）に二人の許に届いた依頼のせいだった。

「なあ、あんたらがアマビエの鱗を手に入れたら、それ譲《ゆず》ってくれへんか？」

そう言いながら荻の屋に入ってきたのは、裏長屋の大家である又七《またしち》に飼われている、九官鳥《きゅうかんちょう》によく似た妖怪・七夜《しちや》だった。

「アマビエの鱗？　何だお前……夢でも見たんか？」

表戸のすぐ横にある木箱の上に座していた小春は、あくび交じりに述べた。

「鳥頭でも夢は見られるものなのか」

はたきを掛けながら、喜蔵は言った。視線を棚に向けたまま、七夜を一瞥《いちべつ》すらしない。

「誰が鳥頭や！　ここんちの飼い主も飼い猫も、ほんまに失礼極まりない奴らやな」

怒った七夜は、バサバサと翼を羽ばたかせ、店の中央にある棚に降り立った。そこで勝手に羽を休めながら、傍《かたわ》らに置いてあった硯《すずり》に「硯の精《せい》もそう思うやろ？」と同意を求めた。ややあって、ぼそりとした声が響いた。

「……お主の言は否定しないが、お主の図々しさも大したものだと思うぞ」

硯が喋《しゃべ》った！——そんな風に驚く者は、荻の屋にはいない。

硯の精をはじめ、長い時を経て道具が妖怪へと変化した付喪神《つくもがみ》たちや、元から妖怪であるいったんもめんや桂男《かつらおとこ》など、ここ荻の屋には大勢の妖怪が出入りしている。妖怪の本番は人が寝静まった夜だ！　というのが、妖怪の道理であるらしく、彼らが日中人前に姿を現すことはほとんどない。硯の精は変化すると、硯の面に目鼻口が浮かび、小さな手足がにょきっと生えるが、今はやはりただの硯のままだった。

「なーに言うとるんや。こうしてわざわざ遠路はるばる話をしに来てるやないか。こない謙虚な妖怪他にはおらへんで？」

「お前の家は向かいだろうに。わざわざ嘘を語りに来るなど、お前も大概暇な妖怪だ」

胸を張って言った七夜に、喜蔵は冷たく返した。七夜は妖怪だが、一見ただの九官鳥であるため、「わてが話してておかしないやろ」と、昼間でも平気で話しかけてくる。

「嘘やないわ！……あーあ、もうこの話はなかったことにして帰ろかな？　せっかくええ話やと思うたけど、相手のこと信用できへんのなら、取引なんて無理や。ああ～勿体《もったい》ないわ〜こないな話、ほんま一生に一度あるかないかやけどなあ！」

翼を胸の前で組むような仕草をした七夜は、ちらちらと二人の様子を窺いながら言った。

何の反応もないことに焦《じ》れたのか、そのうち七夜は勝手に話しだした。

「アマビエが浅草近郊の海や川にしょっちゅう出現してる。その鱗がそこいらに落ちてるらしい——そんな噂《うわさ》を耳にしたんは、三日前やったか。最初は嘘やと思ったんや。アマビエが前にこの辺りに現れてから、まだ一年くらいやろ。わては水の怪やないけど、アマビエっちゅーのはその力は勿論のこと、あちこち転々として滅多に人前に現れへんから、希少な妖怪や言うんは知ってる。そないな奴が何でここらに常駐してるん？　だから思わず『夜五郎《よごろう》、お前夢でも見たんか？　現のこと？　そらアカン。妄想を現のものと信じてまうなんて、妖怪として終わってるで』てな……」

七夜が少々言いすぎたと思った時には、遅かった。

——おとんの馬鹿阿呆《あほう》間抜け面鳥！　絶対に許さへんからな！　覚えとき！

相手はそう怒鳴り、去った。翌日、又七家の屋根は、鳥の糞《ふん》まみれになっていたという。

「夜五郎に『糞弾はあんまりやで！』と文句言いに行ったんやけど、『こっちがやったいう証《あかし》はあるんか！　あるなら出してみい！』て言われてしもうてな」

「七夜、お主……相変わらず、子の尻に敷かれておるのだな」

硯の精の呟きに、小春と喜蔵は同時に「へ」と声を上げた。

「お前、子がいたのか!?」

小春は木箱から飛び降りながら、丸い目をさらに丸くして言った。

「いないなんて一言も言うてへんやろ。いるとも言うたことないけど」

何でもない風に答えた七夜は、はたきを持ったまま固まっている喜蔵を見て、ふきだした。

「何や、あんたまでそない驚いて。……さてはあんた、わてのこと独り身仲間や思うてたんか？　すまんなあ、実はそうやなかったんや。こっちに来て間もない頃、わてに一目惚《ぼ》れして熱烈に求愛してきたんが夜五郎の母でな、『一緒になってくれな、あんたを殺してうちは生きる』言うさかい、すぐさま夫婦になったんや。ああ、今でも思いだすと涙が……」

しみじみと言った七夜の目には、確かに光るものがあった。

「物凄い口説き文句だな」

「ただの脅《おど》しではないか」

小春と喜蔵の台詞《せりふ》は無視して、七夜はぱっと翼を広げた。

「まあなんや……あんたら鱗の件はほんまに知らんようやし、わて帰るわ」

ほなまた――そう言いかけた七夜は、棚から飛び立った瞬間、がしっと小春に鷲摑《わしづか》みにされた。見る間にばさばさと羽根が抜け落ちたため、七夜は「大事なわての毛が！」と喚いた。

「何すんねん！　もっと優しい『行かんといて』はないんか!?」

「なあ、何でお前はアマビエの鱗が欲しいんだ？　力が欲しいなら、アマビエごと手に入れた方がいいに決まってるじゃねえか」

　真面目な顔をして問うた小春に、七夜はふんと鼻を鳴らした。

「わてはアマビエなんていらん。鱗でご利益は十分や」

「そりゃあ、アマビエほど力がある妖怪なら、その鱗にだって力はあるだろうが……アマビエが不老不死の力を持つなら、鱗は数十年寿命が延びるとかか？　お前、そんなご利益欲しいのか？」

　鳶《とび》色の目を薄《う》っすら赤く染めて、小春は問うた。目の色がこうして変化するのは、怒っている証だ。そんな小春を横目で眺めながら、喜蔵は（……無理もない）と思った。

　枯れずの鬼灯《ほおずき》とも呼ばれるアマビエを巡って、水の怪たちが暴れたのは昨夏のことだった。数多く存在する妖怪の中でも、アマビエは謎《なぞ》の存在として知られている。人間の世と妖怪の世を自由に行き来し、ひょっこりどこかの海に現れては、その土地に住まう人々に予言を告げて去っていくという。しかし、アマビエの力はそれだけには留まらなかった。多くの者が喉から手が出るほど欲しがる不老不死という能力をも持っていた。アマビエを手に入れて、両方の力を独り占めしようと考える者は少なくないが、その過ぎた欲への罰なのだろうか。因果関係は分からぬものの、アマビエが去った土地では、疫病などが流行《はや》ることが多かった。その被害の規模は大きく、町一つ滅ぼしたこともあった。

（昨夏といい、いつ姿を現しても厄介な奴だ）

一年前の夏、アマビエは突如神無川や、そこに続く海に姿を現した。間もなく始まったのは、水の怪たちによるアマビエ争奪戦だった。幾妖も死者が出たその戦《いくさ》に、小春と喜蔵は巻きこまれて奮闘したが、アマビエは結局どこかに消えた。その後、喜蔵はアマビエのことなど忘れてしまったが、妖怪たちはしっかりと覚えていたらしい。

「そうや。わてはそれが欲しいんや」

小春の言をあっさり認めた七夜は、小春と喜蔵を交互に見て続けた。

「あんたらなら、鱗を手に入れるなんて朝飯前やろ？　天下一の妖怪と、同じく天下一の商人やからな！」

「天下一……わはは、まあな！」

高笑いして言った小春に、七夜は「そやそや」と調子よく頷きつつ、「報酬は牛鍋一年分でどうや？」と耳打ちした。

「最高だな！……だが、断る」

「そうやろ……って何でやねん！　せっかく思ってもないこと言うて褒めたったのに！」

笑みを引いて首を横に振った小春に、七夜は思わず本音を漏らしたようだ。喜蔵の鋭い視線にたじろぎながら、七夜は小春に言い募った。

「何で駄目なん？　ここは妖怪相談処《どころ》やろ？　前の依頼は受けてくれたやないか。何で今回は駄目なんや」

店の表には、「荻の屋」と書かれた看板がある。その横に貼ってある白紙には、妖怪やそれに準じる者しか読めぬ「妖怪相談処」という言葉が記してあるという。小春が勝手に開業してからというもの、この相談処を頼ってくる妖怪はまあまあ存在した。七夜もその中の一妖だった。

「アマビエはそりゃあ希少な妖怪だが、だからこそ厄介な存在でもある。あいつはあんなとぼけた姿してやがるが、力はえげつないもんだ」

「そら昨夏の件で分かってるわ。わては直接見てへんけど、大変やったと色んな奴から聞いた……せやから、鱗が欲しい言うてるんや！　アマビエ本体は無理でも、鱗なら何とかなる。皆もそう思うて、川や海ん中探ってるんやろ!?」

「はあ？　皆って誰だよ」

問うた小春に、七夜は円《つぶ》らな瞳を何度か瞬き、小首を傾げて答えた。

「皆は皆や。あんたらのお友だちの棟梁んとこも、総出でアマビエの鱗探してるんやろ。最初は水の怪たちだけやったけど、最近は他の妖怪たちも必死になって探してるわ。水が不得手な狐なんかは、『溺《おぼ》れ死ぬかと思ったわい』てこぼしてたそうや」

「水の怪たち以外もかよ！　まあ、妖怪は欲深いから、意外でもねえが……弥々子の奴までそんな阿呆なこと……」

呆れた顔をして言った小春に、七夜は「何で阿呆なんや？」と不思議そうに言った。

「皆、アマビエの力が手に入るもんなら、手に入れてるやろ。アマビエに近づくのは無理でも、鱗ならいける思う奴は大勢いると思うで」

「……お前もその中の一妖なのか？　ならば、お前が探しにいけばよかろう」

喜蔵は腕組みをしながら、低い声音で口を挟んだ。

――やっと、願いが叶いました。本当に幸せです。

その言葉を遺し、儚《はかな》く散った老婆に、彼女を連れてどこかに消えた男――喜蔵はアマビエに関して、いい思い出は持っていなかった。

（それに、こ奴の右目もあの時に――）

喜蔵がちらりと小春を見遣った時、七夜は「無理に決まってるやろ！」と叫んだ。

「アマビエを巡って皆と戦うことになったら、真っ先に死んでまう！」

「自信満々で言うことではないな」という硯の精の言葉を無視して、七夜はバッと飛び上がると、突如店中を旋回しはじめた。

「やめろ。埃《ほこり》が立つであろう」

掃除の途中だったことを思いだした喜蔵は、七夜の奇行を窘《たしな》めた。顔を顰《しか》めた直後、店のあちこちから「ひっ」という悲鳴が聞こえた。姿を隠している妖怪たちだろう。ますます苛《いら》立《だ》った喜蔵は、手にしていたはたきを振り回し、七夜を叩き落とそうとした。しかし、七夜はそれを察して、天井近くまで飛び上がった。くそっと悪態を吐いた喜蔵の横で、小春は顎《あご》に手を当てて、何か考えているようだった。その様子が気になった喜蔵がはたきを振る手を止めた時、七夜が叫んだ。

「依頼受けてくれへんなら、一生ここでこうやって回りつづけたる！」

「そのうち、目が回って自然に落ちてくるのではないか？」

硯の精の言に、喜蔵が鼻を鳴らして頷いた時、明るい声音が響いた。

「分かった……受けてやろう、その依頼！　俺たちが責任を持って解決してやる！」

勝手に依頼を請け負った小春に、俺を勝手に入れるな——そう反論する前に、早々と目を回した七夜が、棚の上に落下した。下敷きになったしゃもじもじというしゃもじの付喪神が「む、無念……」と言い残してばたりと喪神《そうしん》し、ちょっとした騒ぎになった。


その後、小春と喜蔵は、七夜としゃもじもじを硯の精に託し、神無川に向かった。川に着いて早々、小春は「弥々子ー！」と声を張った。

「お前、アマビエの件は勿論知ってるんだろ!?……おーい、出てこい弥々子河童！　神無川の棟梁だろ、なあ弥々子！　お前、アマビエを追ってるんだって!?　ここしばらく留守だったのは、そのせいか。水の世で一体何が起きてやがるんだ!?」

叫んで間もなく、川の真ん中辺りでぶくぶくと水泡が立ち、緑色の頭が現れた。

「どこから聞きつけたか知らんが、あたしたちが探してるのは、アマビエの鱗だよ。アマビエなんて追ってない」

「……お前が本体を追わず、鱗だけでいいと言うなんて思えねえけどな！」

怪訝な表情を隠さず言った小春に、弥々子はにやりとして答えた。

「あんたがあたしの何を知ってるのかと言いたいところだが……そうだ、ちょうどいい。

これまでの借りを返してもらおうか」

　小春と喜蔵は顔を見合わせ、息を吐いた。弥々子に散々借りのある二人は、その命を断ることなどできなかった。

＊

「今日はもう帰りな」

　神無川に来て一刻経った頃、弥々子は言った。岸に上がって休んでいた喜蔵は、「いいのか」と問うた。

「これだけ探しても見つからないんだ。今日はもう無理だろう」

　弥々子は川の水に半分浸かったまま、肩を竦めて答えた。河太郎が「アマビエだ！」と騒いだ後、その辺りを皆で捜索したが、アマビエは勿論《もちろん》、鱗の一欠片《かけら》も見当たらなかった。

「今さらだが、まことにアマビエの鱗は落ちているのか？」

「本当に今さらだね。そうじゃなかったら、こんなことになってないよ」

　喜蔵の問いに苦笑交じりで答えた弥々子は、顎をくいっと持ち上げて周囲を示した。川のあちこちには、弥々子の配下の河童たちが大勢いる。潜ったり、出てきたり、と忙しい彼らの様子をしばし眺めていた喜蔵は、ふっと息を吐いて立ち上がった。

「……次はいつ来ればいいのだ」

低い声音で訊《たず》ねた喜蔵に、弥々子は目を見開いた。

「今日は、と申しただろう。次もあるのだと思ったが」

「ああ……そうだね。まあ、こちらにも色々と都合があるから、後日連絡するよ」

ひらひらと手を振りながら答えた弥々子は、ちらりと横を向いて「あんたも」と続けた。

「今日はもういいよ。役立たずと罵《のの》しらないでやるうちに、さっさと帰んな」

弥々子にそう声を掛けられた小春は、両手で川の水をすくい上げるのを止めて、面を上げた。じっと弥々子を見据えた後、小春は口許に薄い笑みを浮かべて言った。

「……じゃあ、今日のところは、俺も追及するのはやめておいてやろう」

（追及？）

「帰るぞ！」と言って瞬《また》く間に川から岸に駆け上がった小春の後を追い、喜蔵は訊ねた。

「おい、先ほどのあれはどういうことだ？」

「あれはあれ、それはそれ〜」

また調子はずれの歌を歌いだした小春は、その後喜蔵が何を言っても歌うばかりで、まともな答えを寄こさなかった。

「煩い……いい加減黙れ」

堪忍袋の緒が切れそうになった喜蔵が唸ると、小春はにわかに足を止めて、くるっと振り返った。

「所用を思いだした！　先に帰っててくれ！」

夕餉《ゆうげ》には戻る――と言い残し、小春はいきなり駆けだした。

「おい……この居候《いそうろう》の穀潰《ごくつぶ》し！」

とりあえずいつもの悪口を叫んだ喜蔵は、その場にしばし立ち尽くした。

（……身勝手な奴め。行き先くらい申してから行けばよいものを。奴の夕餉はめざし一尾だ）

何の説明もなく放置されたことに腹を立てた喜蔵は、ずんずんと前に進みながら、心の中で文句を言った。尽きぬ悪口を重ねているうちに、いつの間にか浅草の商家通りに入り、自分の店の前に着いた。「荻の屋」と書かれた看板をしばし眺めた後、店の戸締りを確認した喜蔵は、裏に回った。

男女が諍《いさか》う声が聞こえたのは、裏道に入って間もなくのことだった。

（こんなところで痴話《ちわ》喧嘩《げんか》とは……）

何をしようと他人の勝手だが、やるなら家の中で静かにやれと悪態を吐きつつ、喜蔵は物音を立てぬように進んだ。相手に気づかれぬようにひっそり家の中に入ってしまおう――その考えは、裏道に佇《たたず》む者の姿を見た瞬間、消え去った。

「――やはり、お前がやったんだな……お前以外に、あんなことができる奴はいない……！」

怒りが滲《にじ》んだ声を上げたのは、額に傷がある男だった。二十半ばから三十といった見目で、額の傷以外にはこれといった特徴のない容姿をしている。しかし、その男と向かい合って話している相手は、一目見たら忘れられぬ姿かたちの女だった。

「……違う」

儚げな顔立ちに似合わず、女は掠《かす》れ気味の低い声音を発した。

「さっきは認めたくせに……違うと言うならば、証明してみろ！」

「なぜ私がそのような真似をしなければならないの」

何を――といきり立った男を遮り、女は艶《つや》やかな唇を歪《ゆが》ませて言った。

「何の価値もない男のためにそんな無駄なことをするほど、私は暇じゃない」

「お前は……っ」

額に青筋を立てた男が腕を振り上げた瞬間、喜蔵は思わず前に駆けでた。

「……何があったかは知らぬが、女子どもに手を上げてはならぬ」

男の腕を摑んで凄んだ喜蔵は、自分の斜め後ろで息を吞んだ女をちらりと見た。

喜蔵さん――声にはならなかったものの、女――綾子《あやこ》の口はそう動いた。

荻の屋裏手の割長屋に住んでいる綾子は、類稀《たぐいまれ》なる美貌の持ち主だ。顔を蒼白に染め、目を見開いている今の姿でさえ、この世の者とは思えぬほど美しかった。事実、綾子は完全にこちらの者とは言えぬところがあったが、それはすべて飛縁魔《ひえんま》という妖怪のせいだった。

――この女は、その家族を何人も殺したんだ。

昨春、満開の桜の木の下で、喜蔵は飛縁魔に語りかけられた。男を取り殺す力を有している飛縁魔は、綾子の身に宿る前から大勢の男を殺していた。元々人間だった飛縁魔は、ある事件の折、同村の者たちに寄ってたかって嬲《なぶ》られた。他の者の手に掛かるくらいならと泣く泣く飛縁魔を殺《あや》めたのは、彼女と恋仲だった男だった。男はその時死ぬはずだったが、飛縁魔はどうか男だけは助けてくれと天に願った。その願いは聞き届けられ、男は生き延びた。この世に未練はない――心からそう思った飛縁魔だったが、なぜか成仏はできなかった。この世ならざる者として生き返った彼女は、再会した男にまた殺されかけた。今度は死なずに済んだものの、心に刻まれた傷は癒《い》えることなく、時が経つにつれて憎しみは増すばかりだった。その憎悪は村に凶事として降りかかり、人々は彼女を恐れるようになった。被害を食い止めるために人々が取った方法は、飛縁魔に供物として男を捧《ささ》げるというものだった。飛縁魔はその男たちを殺しつづけた。

――ある年は、幼い子が捧げられた。子どもを殺すのは忍びなかったが、成人すると腹が立って殺した。それならば、と思ったのか、今度は幼い女の子どもを捧げてきた。

飛縁魔は供物として捧げられた女子どもも殺めた。美しさが際立っているだけで、それ以外はただの人間だったはずの女は、完全に修羅《しゅら》の道に堕《お》ちた。

（飛縁魔だけが悪いわけではない……）

だが、非道な目に遭ったからといって、罪のない者たちを傷つけるのは、許されぬことだ。これまで飛縁魔に潰された命の数々は勿論、飛縁魔を身体の中に宿し、愛する人々を失いつづけた綾子には、幸せに生きる権利があった。それを奪うことは、何人《なんぴと》たりともできぬはずだ。

――私は幾度となく焼かれている。炎など利くものか。

飛縁魔のすべてを諦《あきら》めたような冷え冷えとした声が脳裏をよぎった時、喜蔵は男に手を振り払われた。喜蔵ははじめて、男の顔をまじまじと見た。ないと思った特徴は、近くで見るとそれなりにあった。一重瞼《ひとえまぶた》の大きな丸い目に、こぢんまりとした鼻。やや大きめの歯に、薄い唇。顔が小さいせいで、耳の大きさが際立っている。背は喜蔵よりも三寸（約九センチ）は低いが、横幅は厚く、身体つきはしっかりしている。筋肉の付き方といい、よく日焼けしている様といい、身体を使った生業《なりわい》をしているのだろう。大工か火消しか――そう推察していた喜蔵に、男はずいっと迫って言った。

「……やはり、あんたもそうなのか――荻の屋の喜蔵さん」

嘲りを含んだような呟きに、喜蔵は眉を顰めて言った。

「なぜ俺の名を――」

「悪いことは言わん。その女は諦めろ。あんたがまだ無事だということは、さほど深い仲にはなっていないんだろう。……あんたの片恋か？　ならば、なおのこと諦めろ」

さもなければ、あんたは近い将来死ぬぞ――男の口からそんな台詞がこぼれた瞬間、綾子が「やめて！」と悲鳴じみた声を上げた。

「その人は何もかかわりなんてない！　馬鹿なことを言わないで！」

大声に驚いた喜蔵は、綾子を振り返ってまた仰天した。いつも感情を荒立てぬ綾子が怒っていた。額に青筋を浮き立たせ、まるで般若《はんにゃ》の面のようだ。そのあまりの剣幕に、ちょうど近くを通りかかった猫も驚いたようで、慌てて飛びすさった。

「……お前がそれほど必死になるなんて、ますます怪しい。そうか、すでにこの男を喰って――」

男が最後まで言いきらなかったのは、綾子が彼の頰を叩いたからだ。

（……この人はまことに綾子さんなのか？）

見たことのない剣幕に息を止めた喜蔵は、じっと綾子を見下ろした。他と見間違えようのないほどの美貌は健在だ。髪は艶やかで、睫毛《まつげ》は長く、つんとした細い鼻に、朱も差していないのに桜色に染まった唇。そして、大きな瞳は――

（別人のわけがない）

綾子の目を見た喜蔵は、当たり前のことを確信した。その目許は赤く腫《は》れ、涙の膜が張っていた。

「ご、ごめんなさい……！　私……私……」

綾子は唇を戦慄《わなな》かせながら言った。表情にも声にも多分に後悔の念が籠《こも》っていたが、謝罪された男は「白々しい」と吐き捨てた。

「これもお前の手管のうちだろ……うっかり出ちまった本性を隠すために、そうやって弱々しいふりをしてるんだ」

「……おい、そろそろやめぬか」

いい加減腹に据えかねた喜蔵は、いつも以上に力を込めて男を睨《にら》んだ。ほとんどの人間は、喜蔵のこの表情に「ひっ」と声を上げる。しかし、男はまっすぐ喜蔵を見つめ返した。

「この女を心配してるのか？　それこそ無駄だぞ。この女は、男がどう思うかすべて知った上で動いてるんだ。こうしてあんたを救おうとしている俺の善意を、この女は丸ごと悪意に見えるようにしてしまう――否、そう仕向けてるんだ。あんたも俺も、この女の悪い企てに踊らされているのさ」

「なぜそこまでこの人を悪く言うのだ……」

喜蔵は眉間を指でぐりぐりと押しながら、嘆息交じりに言った。男の言など信じてはいない。だが、なぜか心に届く響きを持っている。

「俺はこいつに殺されたからさ」

顎でくいと綾子を示して言った男は、怪訝な表情をした喜蔵を見て、くすりと笑った。

「信じられん――そう顔に書いてある」

「……馬鹿馬鹿しいことを申すな」

死人がこんなところをうろうろしているはずがない――そんな正論を述べることさえ億《おっ》劫《くう》になった喜蔵は、綾子に向き直って言った。

「あなたは長屋に戻っていた方がいい」

綾子が答える前に、うひゃひゃひゃという下卑《げび》た笑い声が響いた。

「せっかく忠告してやったのに、もう手遅れのようだ。いつかな……あんたが死ぬのは。一年後か、半年後か……否、それほど持つまい。きっとあんたの命日は明日――」

「もうやめて！」

悲痛な叫び声を上げた綾子が、盾になっていた喜蔵を押しのけ、また前に出た。

「二度と私たちの前に姿を現さないで！」

「私たち、ねえ……その言い方だと、お前も満更じゃないのか。よかったな、旦那《だんな》。やはりあんたは近いうちにこの世を――」

男に皆まで言わせぬ、というように腕を振り上げた綾子を、喜蔵は慌てて制そうとしたが――

「おやおや。いくら裏通りとはいえ、往来で言い争いとは『らしくない』ね」

思わず聞きほれるほどの美声が響き、綾子も男も喜蔵も揃《そろ》って動きを止めた。

「らしくない！」

「できぼしもそう思うかい？」

「うん！」と元気いっぱい答えたのは、できぼしと呼ばれたおかっぱ頭の少女だった。目がすっかり隠れるほど長い前髪のできぼしは、隣を歩いている男の派手な柄の着物の袖《そで》を引っ張り、口許に笑みを浮かべて言った。

「多聞《たもん》の言ってた通りだね！　世にも醜《みにく》い言い争いが見られるって言っててたものね！」

「そうだろう？　俺はできぼしに嘘を吐かないからね」

さらに麗《うるわ》しい声で答えた男・多聞は、できぼしの手を握って、ゆったりとした足取りで近づいてきた。

「何をしに来た……百目鬼《どうめき》」

「多聞でいいよ、喜蔵さん。前はそう呼んでくれていたじゃないか」

ふふふと笑って述べた多聞は人間の男にしか見えない。だが——

「……性質《たち》の悪い妖怪を親しく呼ぶ気はない」

正体を知っている喜蔵は、額に青筋を浮かべ、低い声音で返した。

喜蔵と多聞は、深雪が働いている、牛鍋屋くま坂で出会った。小春が百鬼夜行の行列に戻ってから数か月が経ち、寂しい日々を送っていた喜蔵は、にこやかに声を掛けてきた多聞に絆《ほだ》され、親しくなった。

——喜蔵さん、出かけよう。いい天気だからね、こんな日は外に出ないと駄目だよ。

多聞は何かと理由をつけては、喜蔵を外に誘いだした。幼馴染の彦次《ひこじ》を除き、これまで友らしい友もいなかった喜蔵は戸惑いを隠せなかったが、

——喜蔵さんといると楽しいよ。また美味《うま》い物を食べに行こう。

別れ際、そう言って嬉《うれ》しそうに微笑む多聞を見るたび、眉を顰めつつも喜びを覚えていた。

しかし、彼はまことの友ではなかった。

多聞の正体が百目鬼という妖怪と知った瞬間、喜蔵はいつか覚えた気持ちが蘇った。母

が自分を置いて家を出た時、父が出奔《しゅっぽん》した時、従姉《いとこ》に金を騙し取られた時――少なくない裏切りの中に、多聞のそれも入った。辛さを比べても答えは出ぬが、腹立たしさならば間違いなく一番だった。

――自分がしたいことをするために他妖や他人を巻きこみ、誘導尋問のように自分の考えに引きこんで無理やり納得させる。そんな横暴な真似をするお前はただの愚か者だ。

あの時、喜蔵は多聞と決別した。多聞の様子からして、これからもかかわってくるだろうと知れたが、二度と心通わさぬと誓った。たとえば、多聞がやむにやまれぬ事情があって嫌々喜蔵を利用したのだったら、和解しただろう。

（……だが、こ奴は違う。ただ「面白い」という理由で、俺に近づいたのだ）

猫股鬼だった小春と友情を育《はぐく》んだ人間ということで、面白がって興味を抱いたのだろうか。どうやら多聞は喜蔵の先祖ともかかわりあいがあるようだが、それこそ喜蔵には関係のない話だった。喜蔵は多聞をきつく睨んで告げた。

「何をしに来たのか知らぬが――去れ」

「今日は、あんたに用があって来たんじゃないんだ。悪いが、言うことは聞けないな」

眉尻を下げて申し訳なさそうに笑った多聞は、男に視線を向けて「ねえ？」と呼びかけた。

「……誰だ、あんた」

男は訝《いぶか》しむような目をして言った。

（知己ではないのか。それならば、なぜこ奴は呼びかけたのだ？）

喜蔵は多聞と男を見比べて、首を傾げた。

「俺は多聞。あんたは俺を知らないだろうけど、俺はあんたを知ってるよ――長太郎《ちょうたろう》さん、と呼んでいいのかな？」

男はびくりと身を震わせた。

「さっきから、あんたの振る舞いはまるで長太郎さんらしくないよ。それでいいのかい？」

長太郎と呼ばれた男は、息を吞んで固まった。穴が開くほど多聞を見つめた後、「どうして俺のことを……」とか細い声を出した。

「長太郎さんとはよく会ったからねえ」

この世とあの世の境で――多聞がそう口にした瞬間、顔を真っ青に染めた長太郎は、にわかに駆けだした。

「おい……！」

喜蔵は大声を上げて止めようとしたが、長太郎は振り返らず去ってしまった。

「逃げ足が速いなあ。あれはもしかすると、喜蔵さん以上かもしれないねえ」

のんびりとした声音を出した多聞に、喜蔵は視線を戻して言った。

「……あの男をどうするつもりだ」

「俺が何かすると思ってるのかい？　ひどいなあ」

「ひどいのはお前の方だ。どこの誰だかは知らぬが、あの男は人間だ。妖怪のお前が好き勝手していい相手ではない」

「妖怪なら好き勝手していいのかい？」

「好きにすればいい。俺にはかかわりのないことだ」

「じゃあ、あの元猫股鬼を――」

「やめろ！」

喜蔵の制止の声が、裏道に轟《とどろ》いた。

「……喜蔵さん」

綾子の声で我に返った喜蔵は、口許を手で覆いつつ、多聞にまた鋭い視線を向けた。

「だから、今日はあんたに用があって来たんじゃないんだ。そう睨まないでほしいな」

肩を竦めて言った多聞は、首を傾げて綾子を見た。

「ねえ、綾子さん」

「……何でしょうか」

掠れた声音を出した綾子に、多聞はにこりとして続けた。

「長太郎さんと違って、今日のあんたはとても『らしい』ね」

ひゅっと息を呑む音が聞こえた。震えだした綾子に気づいた喜蔵は、身を屈めて綾子の顔を覗《のぞ》きこんだ。

（……どうしたというのだ）

先ほどの長太郎に負けぬほど、綾子の顔色は悪かった。抜けるような白い肌に、深い青みが差している。しかし、紫がかった唇が、なぜか笑みの形を作っていた。

「……それが何です。私らしくあるからといって、あなたに何のかかわりがあるのでしょうか」

いつになく冷ややかな声と調子で述べた綾子に、喜蔵は目を見張った。

「ないよ。あんたがらしくあろうとなかろうと、好きにすればいいさ。まあできたら、面白いことをしてくれるといいんだけれどね。いつも暇を持て余《あま》している身だ。いい暇つぶしができるなら、それに越したことはないさ」

「貴様……！」

かっとした喜蔵は、多聞の胸倉を摑もうと手を伸ばした。あと少しで触れるという時、その叫びは轟いた。

「か、火事だー！」

喜蔵はぎょっとして、声のした後方を振り返った。

「火事だ……！　み、皆……逃げろー！」

慌てた声は、裏店《うらだな》の仁三郎《じんざぶろう》のものだった。それから間もなく、仁三郎をはじめ、裏店の住人たちがそれぞれの長屋から走りでてきた。

「……大変！」

悲鳴まじりの声を上げた綾子は、着物の裾を持ち上げ、駆けだした。

「待て、綾子さん！」

喜蔵は、綾子の後を追って走りだそうとして足を止めた。これ以上余計なことはするなと忠告しようとしたのだが、振り返った先に多聞の姿はなかった。

「多聞ならもう行っちゃったよ。用があるんだって」

喜蔵の心の問いに答えたのは、できぼしだった。細い首を傾げて言う様は愛らしい童子そのものだ。だが、中身は正反対だと知っている喜蔵は、眉間に深い皺《しわ》を寄せてこう返した。

「百目鬼に伝えろ。二度とかかわるな、と――」

「いいよ。でも、どうするか決めるのは、多聞。多聞がそれを選ばないなら、私もそうするから。だって、私と多聞は一心同体だもの……身も心も全部一緒なのよ」

そう言うと、できぼしは子どもらしからぬ笑い声を上げた。そんなできぼしをじっと睨んだ喜蔵は、再び前を向いて足早に駆けた。


「火を使ったまま外に出た――わけじゃあなさそうだね」

「そんなわけないさ。綾子さんは抜けてるけど、そういうところはしっかりしてるよ！」

そうだそうだと、同意の声がいくつも上がった。その輪に囲まれていた綾子は、恐縮しきりといった様子で俯《うつむ》いている。

「何が原因か分からんが……ともかく災難だったねえ、綾子さん」

小火《ぼや》が起きるなんて――その言葉を輪から少し離れた場所で聞いていた喜蔵は、腕組みをして顔を顰めた。

裏店の住民たちが言った通り、火事が起きたのは、綾子の住まう長屋だった。近所の人々によって火はすぐに消し去られ、綾子の布団が少し燃えただけだった。

「火種になるようなものもないのに、どうしてこうなったんだろうね」

「さあ……でも、もしかするとあれかね……？」

綾子を含めた輪の中の人々は、顔を見合わせて小声で言った。

浅草火つけ魔——巷《ちまた》でそう呼ばれる者の正体は不明だ。それどころか、いつから出現するようになったのかも、定かではなかった。分かっているのはただひとつ——浅草の町で小火騒ぎを起こしつづけている下手人が、未だ天下の往来を歩いているということだけだった。

「……綾子さん、気にすることはないよ。世の中にはどうしようもない悪人というのがいるもんさ。運が悪かったんだ。あんたのせいじゃないよ」

綾子の隣の長屋に住まうさとが、綾子の腕にそっと触れて言った。

「ありがとうございます……でも——」

「あんたのせいじゃないって。大丈夫だよ、他の長屋はまるで燃えなかったし、あんたの部屋も布団がちょっと燃えただけで済んだ。……ねえ、皆も怒ってないよね⁉」

「うん！」「その通りさ」といった快い返答に、綾子は唇を噛み締め、深々とお辞儀をした。

その様子を横目で見ながら、喜蔵はそっと綾子の長屋の中に入った。燃えたのは、確かに布団の一部のみだった。火種となるものは何もない。皆が言ったように、浅草の小火騒ぎを起こしている誰かに偶々《たまたま》狙われたのだろうか？

（……あの長太郎という男が駆け去ったのは、こちらの方向だった）

裏道を通り抜けていったところまでは見たが、その後喜蔵たちは多聞に気を取られていた。その間にさっと身を翻《ひるがえ》し、綾子の長屋まで駆け戻ったのだろうか。

（奴が火をつけた？　綾子さんを恨みに思っているのは伝わってきたが……どうも妙だ）

当人に真正面から突っかかった後、こそこそと火をつけるような真似をするだろうか。長太郎という男は、ひどく直情的に見えた。綾子に何かするなら、今日のようにまともに対峙《たいじ》しそうだが――。

「……百目鬼」

小声で呟いた喜蔵は、長屋を出て裏道に向かった。左右どちらを見回しても、彼の姿はどこにもない。できぼしも消えていた。

お前があの長太郎という男を操って火をつけさせたのか？――喜蔵の疑問は、夏らしからぬ大風に紛れてかき消された。

二、あわいの世の友

「……なーにが『河坊、鱗を見つけたのかい？　凄いじゃないか』だ！　自分の配下だからって、あんな優しい言葉を掛ける奴じゃねえだろ!?　絶っ対何か隠してやがる！」

喜蔵と別れた小春は、川沿いの小径《こみち》を歩きながら、ぶつくさ文句を言った。

「あのお人好しは素直に信じたみたいだが、俺は騙されねーぞ！」

喜蔵の真面目な捜索ぶりを思いだし、小春は頬を膨《ふく》らませた。喜蔵はよく小春に「お人好しめ」と言うが、小春からすると、それは喜蔵にこそ当てはまる言葉だった。弥々子は何かを隠している。その秘密は、アマビエの鱗に関することなのか、まるで別のことなのか——寸の間考えこんだ小春は、こう結論を出した。

（きっと前者……否、鱗じゃなく、「アマビエ」のことだ）

弥々子は神無川の河童の棟梁だ。彼女が何か悩みを抱えているとしたら、それは自身の川のことしかないはずである。傍目《はため》から見ても、弥々子が神無川を何より大事にしていることは知れた。

「俺に隠し立てしたって無駄なんだからな！　この小春さまがすぐに丸っと暴《あば》いて――」

独り言を中断した小春は、数間《すうけん》（約五メートル）先を見てにっと笑った。そこには、今にも壊れそうな古い橋があった。

「ここを渡ったら、それだけで異界に着きそうだな……よし、ここにするか！」

小春は橋の袂《たもと》に立って呟くと、ひょいっとその場にしゃがみ込み、右手の親指を嚙みちぎった。垂れた血で「も」の字を書き、〇で囲んだ直後、にわかに出現したのは大きな穴だった。にんまりと悪戯《いたずら》っぽい笑みを浮かべた小春は、その穴の縁《ふち》に手を掛けた。

「よっと！……うーん、暗え！」

穴の中に入り、音も立てずに着地した小春は、腰に両手を当てた。

「今日のもののけ道は、いつもより暗いじゃねえか。こりゃあ外れの道を引いたか？」

そう述べた直後、穴の中にひゅるりと冷たい風が駆け抜けた。

『……無礼者』

「あ、お前か。久しいな。いつも通り姿が見えねえけど、どこかにいるんだな？」

突如《とつじょ》響いた声にも怯《ひる》まず、小春は辺りを見回して言った。穴の中に広がる闇に目をこらしても、誰の姿も見えない。しかし、声はまた近くから聞こえてきた。

『通行手形を……出せ……』

小春の問いには答えず、目に見えぬ相手は言った。もののけ道を通る時、時折こうして話しかけてくるのは、この道を管理している妖怪だ。もののけ道は、妖怪専用の道である。

先ほどの小春のように、自身の血で印を記し、穴を開く。その中に広がっているもののけ道を歩くには、通行手形が必要だった。手形は妖怪の世で審査を受けて通った者しかもらえぬので、それが面倒で所有を諦めた者もいるという。

（手続きよりも、手形がない方が面倒なことが多くねえか？）

小春は首を傾げつつ、懐《ふところ》を探った。

『もののけ道を通るには……通行手形が……』

「分かってるって！　ちょっと待てよ……ほら見ろ！　ちゃんと正規の手形だぞ！」

見つかった通行手形を懐から取りだした小春は、前にずいっと差し出して声を張った。ややあって、『……通れ……』という返事が聞こえた。小春は得意げに胸を張りつつ、腕を前後に振って勢いよく歩きだした。

『もののけ道を通りし者……無事では済まぬ……』

聞こえてきた脅すような言葉に、小春は懐に手形をしまいながら舌打ちした。

（出鼻を挫《くじ》くようなこと言いやがって……まあ、そんくらいは仕方ないか）

もののけ道を通れば、どこでも好きなところに行ける。「こんな道を使って楽をするなど邪道だ！」という反対派もいるが、小春は今後もこの道を使用するつもりだった。

（邪道で結構。妖怪なんて総じて趣味が悪い生き物だろ？　だからいいんじゃねえか！）

邪道邪道〜よこしまなみち〜と歌いながら、もののけ道を進んだ。自分以外存在しない暗闇だが、少しも恐怖を覚えていなかった。小春は外見こそ人間の子どもであるものの、その本性は立派な妖怪だ。妖怪は人間を驚かし、殺し、喰らう――小春は最初の一つしかしないが、大半の妖怪はどれも躊躇《ちゅうちょ》もなくやってのけた。

「人間を殺したら、二度と驚かせられなくなるのに、みーんな馬鹿だよな……よっと！」

足許にあった大きな石を跳び越えながら、小春は左右に分かれた道を右に進んだ。小春は猫だった頃、人間が大嫌いだった。しかし、今はその人間と共に暮らしている。

（こうなったのは、断じて俺のせいじゃねえ。あいつが逸馬《いつま》の曾孫《ひまご》じゃなかったら、こうなってなかったっつーの！）

小春は荻野家と深い縁がある。小春の飼い主だった喜蔵の曾祖父の逸馬に、小春と友になった喜蔵と深雪――もしかすると、他にも何か繋がりがあるのかと勘ぐってしまうほど、小春の妖生にとって荻野家は切っても切れぬ存在だ。そうして運命を感じる一方で、偶々だと囁《ささや》いてくる己《おのれ》もいた。確かに、小春は荻野家の者と相性がいいようだが、あくまでそれは偶然の産物だった。小春と逸馬の思い出は二人だけのものだ。喜蔵とのそれも、深雪とのそれも、同様である。血の繋がりを大事にしたがるのは人間の性《さが》のようだが、妖怪は違った。

しんと静まり返ったもののけ道は、相変わらず小春以外は誰も歩いていないようだった。

「――お！　発見！」

やがて小春は明るい声を出しながら、足を止めた。道はそこで途切れ、突き当たりに穴が開いている。穴の縁に手を掛けた小春は、躊躇《ためら》うことなくそこを潜《くぐ》り抜けた。

外に出て日の光を感じた途端、小春はむっと眉を顰めた。ちりん、と響いたのは、目の前に立っている美しい少年が鳴らした鈴の音だった。

「おや、つれぬ顔だこと」

少年は澄んだ鈴の音とは正反対の、しわがれた声で言った。艶やかな黒髪に白い肌、影を落とすほど長い睫毛に赤い唇、ほっそりとした長い首に繊細な手の平――どこを取っても美麗としか言えぬ彼の正体が、実は皺だらけの老婆であると知っている者は、どれほどいるだろうか。少なくとも、小春はよく知っていた。だからこそ小春は、この老婆の妖怪・五十鈴《いすず》を訪ねてきたのだ。

「……本当はお前なんて頼りたくなかったが、仕方がない。今日俺がここに来たのは――」

「水の怪たちの間で起きている異変が知りたい――それが小春坊の願いだ」

含み笑いをしながら述べた五十鈴を、小春はぎろりと睨んだ。

「図星を指されたからといって、怖い顔をするでない。頼む手間が省けて何よりだろうに」

「余計な世話だ！……しかしお前、よくもそんな平気な面してやがるな。姿もすっかり元通り――いや、違うか……これは偽りの姿だもんな」

怒りかけた小春だったが、まじまじと五十鈴を眺めて、声の調子を落とした。五十鈴が本性の老婆姿を皆の前で曝《さら》けだしたのは、まだ梅の花が散る前のことだった。その頃小春たちは、天狗《てんぐ》の戦いに巻きこまれ、大変な目に遭っていた。天下一の天狗を決める戦いに、深雪が参加したせいだったが、その騒ぎをさらに大きくしたのがこの五十鈴だった。

五十鈴は、妖怪の世屈指の事情通だ。妖怪のことも人間のことも、何でもよく知っている。どうやって情報を得ているのかは分からぬが、「五十鈴が知らぬ話は、こちらの世にもあちらの世にも存在しない」とまで言われていた。

「ほっほっほっ……よくぞ覚えていた。物忘れのひどい妖怪が珍しい」

あの時の恨み、忘れてはおらぬぞ――。

一転、五十鈴は蛇《へび》が憑《つ》いたような表情を浮かべて、ぞっとする声を出した。その身から同時に発された殺気を受け、小春はざっと後ろに飛びすさった。

(いてっ！……何だこれ……でかい壁？)

何かに背をぶつけた小春は、振り返るなり目を見張った。小春がぶつかったのは、中々立派な城壁だった。高い壁の向こうに、天守閣《てんしゅかく》の一部がひょっこり覗いている。

(見覚えがあるような、ないような……城は全部同じに見えるからなあ)

首を捻った小春は、顔の向きを戻して問うた。

「お前、まさかあの城に住んでるのか？」

「阿呆なこと。このような住みにくきところに住むものか。用があって来たまで」

「……ふうん？　一体何の用なんだろうな。そのお綺麗な姿にまたなれた記念の物見遊山《ものみゆさん》か？　本性丸出しでここらを歩いてる方が、『おばあちゃん、手を貸しましょうか』なんつって誰かが助けてくれると思うぜ。本当はとびっきり年寄りなんだから、無理すんなよ!」

(──さて、どう出る?)

わざと挑発した小春は、五十鈴の出方を窺ったが、

「……煩い坊だ」

五十鈴は苦虫を噛み潰したような顔で、そう吐き捨てただけだった。薄れていく殺気に拍子抜けした小春は、構えていた姿勢を元に戻し、五十鈴をじっと見た。五十鈴の顔立ちは美しいままだったが、眉間に皺を寄せたことで、何とはなしに本性の彼女と重なって見えた。もしかすると今の姿は、若かった頃の自分を参考にして化けているのかもしれぬ。

(ま、そうだとしても、かなり美化してるだろうけどな)

妖怪は嘘吐きだ。その中でも、五十鈴は特に嘘を好む。五十鈴の嘘は他妖や他人を傷つけるものばかりなので、小春は彼女が嫌いだった。小春も嘘は吐くが、すぐに嘘と分かる嘘しか言わぬように心がけている。

(嘘も方便だが、それは誰かを傷つけるために吐くものじゃない)

「まるで人間のよう」

にわかに掛けられた言葉に、小春ははっと我に返った。

「誰が人間だ。俺は立派な妖怪だぞ」

「少しもそうは見えぬ。妖怪はそれほど迷わぬものだ」

五十鈴はそう言いきって、嫣然《えんぜん》とした。

「はあ？　何のことだ？　俺は迷ってなどいないぞ」

「ほっほっほっ……嘘ばかり。小春坊の頭の中は雑然として、何が何だか分からぬほど混みあっている。迷えば迷うほどに自信を無くし、このままでよいのかと自問自答を繰り返す」

坊は——と続けようとした五十鈴に、小春はさっと手のひらを差し向けて制した。

「……下らねえお喋りはそんくらいにしてくれ。お前の中の俺がどんな弱虫かは知らんが、俺は忙しいんだ。さっさと用を済ませて、お前とおさらばしたいんだよ」

「そう急がずとも。事が起きるのは、小春坊がわしからかわその行方《ゆくえ》を聞いた後ゆえ」

口許を歪め、にたりとして述べた五十鈴に、小春は盛大な舌打ちをした。

「俺が聞きたいのは、水の世で何が起きてるかだ！　お前がそう言ったんじゃねえか」

下ろした腕を胸の前で組んだ小春は、そっぽを向いて言った。

「わしに訊《き》かずとも、明日にはすべて判明する」

「明日まで待てって言うのか？　冗談じゃねえ！　何かあってからじゃ遅いんだよ」

「水の怪たちの争訟は、水の怪たちの力によって解決を見なければならぬ。お前のような部外者が間に入って、何をするつもりだろう」

「それは……」

言葉に詰まった小春は、奥歯を食いしばって俯いた。「さとり」という、他者の心の中が読める妖怪がいる。五十鈴はさとりではないが、こうして他妖や他人の心を読むような言動をする時が多々あった。戦闘力だけ見ると劣《おと》っているものの、集めた情報と、頭を使った戦いでは、ほとんど負けなしのようだった。

「以前住処《すみか》にしていた隅田川《すみだがわ》には、かわそはもうおらぬ。今は、水、妖怪、人間、この三方の世がちょうど重なり合ったところにいる。あの水の怪もまことに変わり者よの。小春坊とお似合いだこと――彼妖と協力し、事に当たれ。さすれば、道は拓《ひら》かれよう」

五十鈴の予言めいた言葉を受け、小春は勢いよく面を戻して言った。

「なあ……何でかわそなんだ!? あいつとはもう数十年も会ってねえぞ。あいつが何もかも知ってるのか?」

小春の知っているかわそという水の怪は、朴訥《ぼくとつ》で真面目な妖柄だった。五十鈴のように世事に敏感で、全妖のことを知りたいという欲もない。かわそに会って訊ねるよりも、五十鈴から何から何まで聞いた方が早いのではと小春は思ったが、五十鈴はにんまりと笑うだけで、答えはくれなかった。

「……どうやって行けばいいんだよ」

「その前に、見返り」

渋々問うた小春に、五十鈴は両手を差しだしながら、微笑んで言った。よく見ると目は笑っておらず、殺気が滲んでいる。答え次第では、襲いかかってきそうだと肩を竦めつつ、小春は口を開いた。

「何でも――そう言いたいところだが、そうしたらお前は無理難題吹っかけてくるだろう。だから、俺ができる範囲のことで、お前が俺にしてほしいことを言え」

「偉そうに」と呟いた五十鈴は、差しだしていた手をすっと引き、厳《おごそ》かな声音で言った。

「貸しにしておこう。取り立てるのはまた今度」

「永遠に貸しておいてくれても、俺は一向に構わないぜ」

　ふふんと鼻を鳴らした小春を無視して、五十鈴は「その道をまっすぐ」と右を指差した。そこには、どこまでも続いていそうな、長い石畳の道があった。いつの間にか城壁も天守閣も姿を消している。

「道を通り抜けたら、湖に出る。舟を漕げ。いずれ、かわそから声が掛かる」

「舟を漕ぐ？　何でものののけ道を使わねえんだ？　その方が早いだろ」

「先ほども申したはず。かわそがいるのは、水、妖怪、人間の三世が重なり合うところ。あわいの場所に行くには作法がある」

　艶々とした毛を撫《な》でながら、澄まし顔で述べた五十鈴に、小春はぐっと口を噤《つぐ》んだ。一概に妖怪といっても、その種は様々だ。弥々子たち河童は、水に住まう水の怪。山を根城にする天狗は、山の怪。小春は猫の経立から猫股になり、鬼となった身だ。何の怪と分類するのか難しいが、そういう妖怪は案外いる。かわそは水辺に住まうので水の怪だ。しかし、かわそは水の怪にありがちな、水辺から離れたら命の危険がある妖怪ではない。頭の上にある皿が乾いたら死んでしまう河童からしたら、かわそは羨《うらや》ましい存在かもしれぬ。

他の水の怪たちと一線を画しているかわそなら、小春にとってまるで馴染みがなく、少々不気味に思えるあわいの場所にいたところで、不思議ではなかった。

小春はぼりぼりと頭を掻きつつ、石畳の道に向かって歩きだした。

「……嘘吐いたら針千本どころじゃ済まさねえからな!! 覚えてろよ！」

前を向いたまま吐き捨てると、ほっほっほっとしわがれた笑い声が返ってきた。

「小春坊こそお忘れなきよう」

「俺は義理堅いから忘れん！」

五十鈴はまた笑ったようだった。五十鈴は信用ならぬ妖怪だ。だが、代償さえ払えば、求めた情報は渡してくれる。

(どんな代償か考えるのもおっそろしいけどな)

ここに喜蔵がいたら、「詳しいことも聞かず、取り決めをするなど、お前はどこまで阿呆なのだ」などと鬼の形相で怒っただろう。しかし、そうなったところで、最後は自分の選択が受け入れられることも小春は知っていた。

「あいつは何だかんだ甘いからなあ……だから俺みたいなのに騙されるんだ」

ぶつぶつ言いつつ歩いているうちに石畳の道を通過した小春の眼前に大湖が現れた。まるで小春のために用意されていたかのように、近くの木に舟が括《くく》りつけられている。周囲には誰の気配もなかったが、「ちょっくら借りるぞ」と断りを入れて、小春は舟に手を掛けた。

半刻後――。

「……どこにかわそがいるって⁉」

応えは返ってこないと知りながら、小春は叫んだ。右に行っても、左に行っても、妖怪どころか、水鳥一羽にも出くわさぬ有様だった。相当な距離を移動したにもかかわらず、いくら漕いでも湖に終わりが見えぬのも妙な話である。

(まさか五十鈴の奴、俺のことを騙して……いやいや、まさかな)

五十鈴の目的は、小春から大きな対価をもらうことだろう。それが達成されないうちに、罠《わな》に掛けて殺そうとはしないはずだ。

(……前の件の腹いせに、痛い目に遭わせてやろうとか思ったわけじゃねえよな？)

ぞっと背筋が寒くなったのは、脳裏によぎったこの考えこそ、正解である気がしたからだ。

「……かわそ、どこにいるんだ⁉　さっさと出てこいこの獺《かわうそ》もどき！　お前の大事な友である小春さまが来てやってるんだぞ！　お前の方から出迎えるべきじゃないのかよ。なあ……かわそ！　かわそさん！　かわそさま！　獺ちゃん！　いや、かわそちゃん！」

恐ろしい疑念を吹き飛ばすために、小春は大声を張った。湖面に変化が生じたのは、早く出てこい早く来い～と歌いはじめて間もなくのことだった。

「かわそか……⁉」

小春はぱっと顔を明るくして言った。しかし――

「……かわそか!? だってさ」

「知己の妖気すら判別できぬほど衰えてしまったらしい。哀れなことよ」

「哀れ哀れ」

くすくすと嘲笑を漏らしながら水面に顔を出したのは、見覚えのない水の怪たちだった。姿形から察するに、鮒と貝と海月《くらげ》が経立と化し、妖怪になったのだろう。

「お前らの言う通りだ」

真面目な顔をして言うと、小春が素直に認めると思わなかったのか、水の怪たちは目を丸くして固まった。

「ほ……これはこれは。意外と自分を弁《わきま》えているらしい」

「そりゃあね、あまりの凋落《ちょうらく》ぶりだもの。どんな馬鹿でも分かるのさ」

「凋落凋落、愚か愚か」

気をよくした様子の水の怪たちは、楽しそうにさざめきあったが、

「まったく、俺も耄碌したもんだ。こんな弱っちょろい妖気を発する奴らとかわそを間違えるなんてな。かわそに知られたらぶん殴られる――いや、あいつは気のいい奴だから、笑って許してくれるか。妖力もそこそこあって、機転が利いて、何より気がいい。いやあ、お前らとは正反対だな! だって、その妖気……すかしっ屁みてえだぞ!」

小春は腹を抱えて笑いだした。その笑い声は中々やまず、目に涙を溜《た》めるほどだった。

ぽかんと口を開き啞然《あぜん》としていた水の怪たちは、やがて揃って憤怒の表情を浮かべた。

「き、貴様！　なんと無礼な……！」

「無礼無礼！　無礼無礼！」

「よくもそんな口が利けたものだな!?」

指を差され怒鳴られた小春は、片手で耳を塞《ふさ》ぎ、もう片方の手で舟を漕ぎだして言った。

「煩《うるせ》えなあ……悪いけど、俺は先を急ぐんだ。お前らの話を聞いてる暇なんてこれっぽっちもない！　ま、精々修行に励めよ。修行次第では俺を抜けるかもしれねえぜ。……あと二千年修行したら、ちょっとはいい線行くかもな！」

小春はわははと笑いながら、さらに勢いをつけて舟を漕いだ。

「――二度と力が戻らぬ妖怪もどきの、惨めたらしい遠吠《とおぼ》えだ！」

距離が開いてからようやく発された声に、小春は口許を歪めて笑みを浮かべた。

（はっ……そんなんだから強くなれねえんだよ）

長い妖生の中で、嫉妬《しっと》や妬《ねた》みの感情を向けられたことは少なくない。荻の屋に居つくようになる前までは、行く先々で毎回喧嘩を売られた。何もしていないのに、なぜ自分ばかりと腹が立ったが、同時に嬉しくもあった。

（タダで強くしてもらえるなんざついてる！……ってな）

小春に喧嘩を売ってきた相手も、強くなりたかったのだろう。すでに相当力があるつもりでいた勘違い妖怪もいたが、骨のある者もいた。力で負けても、心では負けない――そんな負けん気の強い相手と戦うのが、小春は好きだった。

「……あーあ！　最近の妖怪は、ちっとも気骨がある奴がいねえ。喧嘩を売ってきても、買おうとしたら尻ごみして逃げやがる。まったくもって情けない。妖力がほとんどない俺の方がよほどちゃんとした妖怪じゃねえか。……というか、本当に妖怪なのかね？　あんな弱っちょろくて、よくも平気で妖怪と名乗れたもんだよな！」

小春が大声を張ると、水の怪たちの妖気が強まった。

（やればできるじゃねえか）

満足げに頷いた小春は、少し漕ぐ速度を落としたが、結局誰も追ってはこなかった。

（つまらん！……が、これでいいのか。俺はかわそに会いに行かなくちゃならねえんだから）

喧嘩を売られてつい昔の気持ちに戻りかけたが、今はそんな場合ではない。小春はぶんぶんと首を横に振って、漕ぐ速度を戻した。いずれ、かわそから声を掛けられる――五十鈴はそう言ったが、今のところそれらしき妖怪の姿は見えない。

（妖気はどうだ？　あいつの妖気は陽気で……いや、洒落《しゃれ》じゃねえぞ。本当に陽気なんだ）

旧友を思いだしながら、気を辿ることに集中した。鼻をくんくんとひくつかせたものの、懐かしい匂いは嗅《か》ぎ取れない。そうしているうちに、霧が出はじめた。薄らぼやけていく景色を眺めながら、小春はうーんと首を捻った。

「雨が降ってくれりゃあ、何か変わるか？」

何かきっかけがない限り、この湖から抜けだせぬのではないか——そんな不安がよぎり、小春は固く目を閉じた。かわそかわそかわそ……そう念じてどれほど経った頃だろうか。

「おお、元猫股鬼じゃねえか！」

まるで友に掛けるような、気安い声が響いた。

（さっきの奴らか？……いや、違うな。聞き覚えのある声だが、奴らじゃねえ。それに、追いかけてくるほどの根性はなさそうだったしな）

ふふんと鼻で笑った小春に、誰とも知らぬ相手は楽しそうに言った。

「猫股のみならず、鬼まで干されて、ついに島流しか。いやはや、恐れ入ったぜ。……けどさ、妖怪とも言えぬ奴に、そんな高等な刑罰などもったいなくねえか？　妖気の気配が皆無じゃねえか。これじゃあ一生取り戻せねえな……あーあ！　お前は昔からそうだった。いざという時、何の役にも立たねえんだ」

小春が何も言い返さぬのをいいことに、相手は好き勝手述べた。

（もっと面白いことは言えねえのかね？）

先ほどと同様、何を言われても、小春の心には響かなかった。喧嘩を売られるたび、律儀に買っていたが、そうした相手に心の底から怒ったことはない。苛立ちはしたものの、すぐに忘れるせいだった。強くなればなるほど、小春は相手に何も思わなくなった。他者を中傷する者は、その相手に並々ならぬ関心を持っているものだ。圧倒的に実力が勝っている小春にわざわざ突っかかり、見当違いなことを捲《まく》したてる。現実を見極められぬまま、妄想の中で生きているのだろう。だから、明らかな間違いであっても、世の中一等の正論であるようにぶつけてくるのだ。

虚しいな——そう思ったことに、小春は苦笑した。どうでもいい相手に何を言われようとも、かかわりのないことだ。だが、小春は彼らに憐憫《れんびん》の情を覚えた。

(……弱っちょろくて、性格がねじ曲がった奴らのことなんて、どうだっていいじゃねぇか。そんな奴らを哀れに思ってやる義理はねぇ——とは思うけどさ)

弱い自分でいつづけるのがどれほど苦痛であるのか、小春はよく知っていた。強くなることばかり考え、がむしゃらに生きてきた若い頃だったら、そんなことは考えもしなかっただろう。妖怪は人間と比べて長命だが、小春はそこそこいい歳だ。

(歳を取ると駄目だな。どうも湿っぽくなっちまう)

小春は細い首をぶんぶんと振り、息を吐いた。

「……嫌になるぜ。お前みたいな奴を見てると」

押し殺した声音が聞こえ、小春はぴくりと眉を動かした。

「本当は迷ってるくせに、わざと明るくふるまって、何も気にしてないように見せて……知ってるか？　それはただの強がりと言うんだ」

小春は眉を顰め、首を横に振った。反応したのは、無意識の行動だった。

「強がるのは、根が弱い奴と相場が決まってる。お前もそうだろう？　身も心も強い奴だと皆に思わせてるが、本当は違う。誰よりも弱いのは、お前だよ」

「……誰だか知らんが、俺は強いぞ？　今だけ力を失っちゃいるが、五大妖怪にも数えられてたくらいだ」

「俺が言ってるのは、お前の心の話だ。力があろうとなかろうと、お前は弱い」

反論した途端、相手も即座に言い返した。自信満々の言い方に苛立ちを覚えた小春は、思わず声を荒らげた。

「他妖に俺の心の強弱が知れてたまるかよ。たとえまことの友であっても、他妖や他人の心の中なんざ、分かるわけがねえ。それともあれか？　お前はさとりか？　そうだとしてもな、心の声が聞こえるだけだろ？　強いか弱いかなんて、さとりであっても分かるもんか！」

大体――と続けた時、舟がぐらりと傾いた。慌てて目を開いた小春は、目の前に座っている相手を認めて、息を吞んだ。

「お前――」

「馬っ鹿だなあ。そりゃあ、分かるに決まってるだろ？」

俺はお前だもの――向かい合っている相手は、小春を鏡に映したかのように、瓜《うり》二つの顔で笑って言った。

（何だこいつ……狸《たぬき》か狐か？）

「狸か狐が化けたと思ってるな？　貧相な発想しか出てこないあたりが、俺らしくて嫌になるぜ」

　やれやれというように肩を竦めた相手を、小春はきつく睨んだ。

(……くそっ)

　必死に記憶を探ったものの、これほど見事に化ける妖怪に心当たりはなかった。まるで幻でも見ているようだと思った小春は、はっとして言った。

「あの目だらけ野郎の差し金か!?」

　幻を見せると言えば、百目鬼だったが、

「あんな嫌な野郎の命など受けるか！」

　小春と同じ顔をした者は、顔を赤くして怒鳴った。

(いかにも俺が言いそうなことを言いやがって……)

　小春はちっと舌打ちした。鏡で見比べたわけではないが、今目の前で頬を膨らませている幼い顔をした相手が、何から何まで自分そっくりなことはよく分かった。

「俺は俺の意志でしか動かん。それはお前が一等分かっているだろ？」

　腕組みをしつつ述べた相手に、小春は「知るか！」と嚙みついた。

「俺が知ってるのは、俺のことだけだ！　他の奴のことなんざ分からん」

「だから、分かるんだ。俺はお前だし、お前は俺だ」

「誰がお前だ！　俺だってお前じゃないし、お前は俺……ややこしいな、くそっ！」

　頭をぐしゃぐしゃにかき混ぜ喚いた小春は、舟が揺れるのも厭《いと》わず、立ち上がった。

「もういい。馬鹿馬鹿しいやり取りはこれで終わりだ……さっさと正体を現せ、偽者め！」

　大声を上げるなり、小春は自身の偽者に飛びかかった。微動だにしない相手を見て、小春はにやりと笑った。

（何だこいつ……想像以上に弱っちょろいじゃねえか！）

　勝利を確信しつつ、鋭い爪を伸ばした時だった。

「……！」

　にわかに息が止まり、小春は動きを止めた。同時に、目の前がじわじわと赤く染まっていき、視界がおぼろげになった。喉を押さえようとしたが身動きが取れず、膝から頽《くずお》れた。

「……はっ……あ……っ……」

　目に涙が滲んできたが、その間も視界はますます赤く染まっていき、息苦しさも加速した。そのうち、心の臓もズキズキと痛みはじめて、小春は久方ぶりに命の危機を感じた。

（……俺、ここで死ぬのか……？）

　なぜ、どうして――疑問に答えてくれる者は、どこにもいないはずだった。しかし――

「死ぬよ、お前は」

　無慈悲な答えを寄こしたのは、自身の偽者だった。幼さの残る高い声を聞き、小春は口許を引きつらせた。

（どんだけ鈍いんだよ……この声は、俺そのものじゃねえか）

聞き覚えがある程度に思っていた己の鈍感さに、苦笑をこぼした。

「……今のお前は、な」

どういう意味だ――最後の力を絞って問おうとした時だった。ほぼ赤しか見えなくなった目の前に、ぬっと手が伸ばされたのを小春は認めた。

「お前が欲してるものをやろう。――言っておくが、失った力じゃないぞ？　自分の心によく問いかけてみろよ。迷いはどこから発しているのか、よく分かるはずだ」

俺に迷いなどない。そんなことを言うお前こそ、実は迷ってるんだろ――心の中で言うと、その通りだと相手は答えた。

「俺はひどく迷ってる。こうなっても、まだ迷いの中にいる……せっかくこちらを選んだのに、どうしてだろうな。俺にはこの道しかない、こう生きるしかないと思ったのに、あの時の選択が間違いだったんじゃねえかとずっと考えてるんだ」

小春は荒い息をしながら、低く呻《うめ》いた。

（俺は迷ってなんかない……この道を選んだから、今こうなってるんだ。力を失ってもいいから、前に進もうとした。結局立ち止まったままだけど――）

「だから迷ってるんだろう？」

馬鹿にするでもなく、笑うでもなく、相手はごく自然に言った。

（こいつ……本当に俺の声が聞こえてるのか？）

さとりでなければ、一体何者なのだろうか。

「……は……っ……っ……！」

必死に声を出そうとしたものの、たった一言さえ口にできなかった。

（畜生……一体何なんだよ！）

苦しさと悔しさでいっぱいになった小春は、頬に生温《なまぬる》いものが伝ったのを察した。目に溜まっていた涙が、ついにこぼれ落ちたのだろう。

「哀れだな」

同情が籠った呟きに、小春はぐっと奥歯を噛み締めた。

「こんなにも悩み苦しんでいる自分を見るのは、俺も辛いんだぜ？　だから、俺はお前を助けてやるよ。安心しろ。これで、苦しみも終わるからさ！」

小春そっくりな声で述べた相手は、小春の右目に触れた。

（また盗られる……！）

脳裏に、百目鬼から視る力を奪われた時のことが蘇った。もう息をすることさえままならぬのに、全身が震えた。このままでは、視る力だけではなく、眼球を抉《えぐ》り取られてしまう。

（いや、目だけじゃねえ。下手すりゃあ、命も……）

迫りくる恐怖に慄《おのの》きつつも、何とかして身を動かそうとしたが——

「答えが出せないお前に、俺が答えを与えてやろう」

「うわあああああああああ」

残酷な声が聞こえたと同時に、小春は自分の悲鳴を聞いた。

終わった——そう思うと同時に、小春は内心首を傾げた。右目を抉られたはずなのに、まるで痛みがないのだ。しかし、悲鳴はやまず、耳の奥まで轟いている。それは、確かに自分の声だった。

（嫌だ——俺は、悲鳴を上げながらなんて死にたくねえ！）

負けん気の強い小春は、最後の力を振り絞って、口を大きく開いた。声にならなくとも、最後に自分の心を叫ぶために——。

＊

「俺はそんなこと望んじゃいない！」

（……あれ？）

自分の声がはっきり聞こえた気がしたが、何かの間違いだろうか。妙なことに、息苦しさも感じない。閉じている目に力を込めながら、小春は再び声を上げた。

「そんなこと望んじゃいない！」

「随分な挨拶だ」

（……妙だな。自分の声どころか、違う奴の声も聞こえたぞ？）

もしや、これは夢なのだろうか——そう思いながらも、小春は中々目を開けられずにいた。目を開けた瞬間、小春そっくりの相手の手が、右目をズタズタにするかもしれぬ。

「今度から、助ける前に言ってほしいもんだ。それとも、もう一度海に投げこんだ方がいいかい？」

困惑する小春に構わず、耳に暢気《のんき》な声が届いた。

（おい待てよ。こいつの声は知ってるぞ……）

先ほどとは違い、「聞き覚えがある」程度ではなかった。

「もう一度海にって、今いるのは湖だろ。ここは夢の中っぽいけど……って、かわそ!?」

叫んだ小春は、目をカッと見開きつつ、跳ね起きた。ぴょんと着地した後、小春は目の前に立っている、獺によく似た者をまじまじと見た。

「おや、元気いっぱいだ。大事なさそうで何より」

にこりと笑みを浮かべて言ったのは、獺によく似た旧知妖怪・かわそだった。

（何でかわそが――）

茫然《ぼうぜん》とする小春に、かわそは溜息交じりに言った。

「あんた、目方が増えたんじゃないか？　ここまで運んでくるのに、それはもう骨折りだったぞ。さては食いすぎと見た。いつもここに詰めこめるだけ詰めこんでいるのだろう？　あんたもいい歳なんだ。せっかく人間と暮らしているのだし、少しは節制した方が――」

「お、おい待て！」

小春の腹を摑みながら説教をはじめたかわそを、小春は慌てて遮った。

「かわそ、お前……どうやってあの夢の中に入ってきたんだ!?」

あれが夢だと思ったのは、己の身と目の無事を認めたからだ。右目は抉り取られておらず、左目はこれまでと変わりなくよく見えた。身体も一切痛みを感じず、怪我《けが》をしている様子もない。しかし、先ほどのあれが小春を襲うために誰かが見せた夢だったとして、かわそはどうやってそこに入ってきたのだろうか。

(数十年会わぬ間に、そんな力を身につけたのか?……そんな馬鹿なことあるかよ!)

妖怪は万能ではない。個々の能力について言うなら、持って生まれたものが大きい。小春のように荒業《あらわざ》で猫股から鬼へと転じる者は、広い妖怪の世でも数妖といない。小春のように誰よりも強くなりたいという意思があるならまだしも、かわそは非好戦的な妖怪だ。今のかわそから漏れでている妖気からしても、昔とさほど変化があるとは思えなかった。

「はて、夢の中?」

かわそは円らな瞳を瞬かせ、不思議そうに首を傾げた。

「俺の夢だよ！　俺の夢の中に入って、俺から俺を助けてくれたんじゃないのか!?　ほら、俺が見てた……いや、誰かに見せられたのかもしれんが、俺が俺に襲いかかる俺の夢！」

「おやまあ、あんたがたくさんだ」

「かわそ！」と怒鳴った小春に、かわそはほとんどない肩を竦めて言った。

「俺はあんたの夢の中になど入っていないさ。そんな真似ができるのは、他妖や他人の夢の中に入って未来を告げる件《くだん》くらいじゃないか？　俺はただ、海で溺れてるあんたを助けて、ここまで連れてきただけさ。大したことはしてない……いや、相当重かったがな？」

「俺そんなに太ってねえだろ！　食いすぎには気をつけるけど……そんなに重かったか？

――いや、そうじゃなくってさ、お前が俺の夢の中に……」

首を横に振ったかわそを見て、小春は口を噤んだ。よく見ると、周りは砂浜で、ちょこちょこと小さな蟹《かに》が歩いている。温《ぬる》い風が運んでくるのは、潮の香だ。

（本当にここは海なのか……あ、俺も結構濡れてるじゃねえか！）

かわそが絞ってくれたのか、着物は皺だらけだった。身体や髪から、磯《いそ》の香りが漂っている。海で溺れた証が次々と見つかったが、そもそもかわそは人間よりも真正直な妖怪だ。助けた相手をわざわざ騙すような真似はしないと、友である小春が一番よく知っていた。

「じゃあ、湖に――否、海か。そこに、俺にそっくりな奴がいなかったか？」

「何だ、そのそっくりな奴というのは。それがさっき言ってた、『俺』かい？」

面白がるように言ったかわそだったが、小春の真面目な顔を見て、笑みを消した。

「あんたが溺れていたのは、あの辺りなんだが……」

そうかわそが指差したのは、ここから一町《いっちょう》（一〇九メートル）ほど距離がある海の方だった。小春が舟を漕いでいた湖とは確かに違うが――

（……あの湖とこの海はどこかで繋がってるのか？）

水の世と妖怪の世と人間の世――その重なり合ったところに、小春たちはいるはずだ。

小春が先ほどまで舟を漕いでいた湖は、一体どの世だったのだろうか。

「あんたが溺れている時、周りには誰もいなかったよ。あんたに似ている奴はもちろん、水の怪なんかもな」

「……溺れてる俺は、どんな様子だった？　誰かと戦っているような体勢だったり、何か言ってたりしなかったか？」

かわそは顎に手を当てて、うーんとのけぞった。

「何か言ってた気はするが……何しろ溺れていたからなあ。あんたは泳ぎも達者だっただろう？　何で溺れたんだい？」

「それは……分からん」

素直に答えた小春に、かわそはふうんと頷きつつ、ゆっくり腰を下ろした。それにつられて隣に座した小春は、深い息を吐いているかわそを見て、ふっと笑った。

「お前、爺になったな」

「あんたもな。そんな派手な頭して、若作りはやめた方がいいぞ」

「元からだ！　お前も爺のくせに、その円らな瞳やめた方がいいぞ。威厳がない」

「可愛すぎるか？　悪いが、俺も元からなんだ」

言い合った二人は、そこで顔を見合わせて笑った。

「久しいな、小春。今日はどうした？」

かわその言に頷いた小春は、「さっそくで悪いが」と切りだした。

「アマビエの件を知ってるか？」

「昨年の人間の世での騒動のことかい？」

かわそが答えた瞬間、小春は悟った。

（こいつは知らねえのか……）

顎に手を当てて黙りこんだ小春を見て、かわそは「何があったんだ？」と気遣わしげに問うた。

「実はな……どうやらまたアマビエが浅草近郊の海や川に現れてるようなんだ」

素直な驚きを見せたかわそに、小春は七夜の話や神無川で見聞きしたことを語った。相《あい》槌《づち》を打ちつつ、じっくり聞いてくれるかわそのおかげで、小春のざわついていた心は、徐々に落ち着きを取り戻していった。

「……弥々子河童が探してるのは、十中八九アマビエ本体だな」

小春の語りが一段落した時、かわそは短い手を丸い顎に当てて言った。思慮深い仕草も、かわそにかかれば、愛らしさしかない。

（けど、可愛いと言われても、妖怪は何も嬉しくねえんだよな）

訳知り顔で頷いた小春は、小首を傾げたかわそに、「お前の言う通りだ！」と力強く返事をした。

「あの負けん気の強い奴が、鱗だけで我慢するか？……いや、しない！　俺の今日の夕餉を賭《か》けてもいい！」

「一晩の夕餉くらい、大したことじゃなかろうよ」

「大分大したことだろ！　俺は毎日飯を食うために生きてると言っても、決して過言じゃないんだぞ!?　あいつのいいところと言ったら、作る飯が美味いくらいだからな！」

「その美味い飯を食うのは、今日は諦めるんだな」

かわそは顎から外した手を上に向け、「ほれ」と空を指差した。その指先を追った小春は、ぱちぱちと目を瞬いた。いつの間にか、空は朱の薄闇に包まれていた。話に夢中になって、まるで気づいていなかった小春は、慌てて立ち上がりながら「帰る！」と叫んだ。

「帰り方は分かるのか？」

うっと詰まった小春を見て、かわそはくすりと笑った。

「今日は俺のねぐらに泊まればいい。明日、共に神無川に行こう」

「……でも、お前はこたびの件を知らなかったんだろう？」

「そんな俺が共に行っても、足手まといかい？」

「そんなことはねえよ！」

むきになって言った小春は、ますます笑んだかわそを認めて、ちっと舌打ちした。事情を知らずとも、かわそは水の怪だ。戦闘能力がすこぶる高いというわけではないが、こうしてあわいの世に住まう柔軟性があり、賢く機転も利く。何より、誰にでも好かれる妖怪だ。小春相手では話さないことでも、かわそになら真実を打ち明ける者は多いだろう。

「……手伝ってくれるのは、正直有難い。弥々子たちが何でアマビエを探してるのか、何でそれを隠して鱗を探すふりなんかしてるのか——色々と裏がありそうだ」

「それなら決まりだな。そら、ついておいで」

よっこらせと言いながら腰を上げたかわそは、数歩前に進んで、足を止めた。

「まだ何か気がかりがあるのかい？」

仁王立ちしたままの小春を振り返って、かわそは問うた。

「夕餉には戻る……そう言ったんだよ」

だから、帰ってやるんだ——小春は不貞腐《ふてくさ》れたような言い方をした。一方的な約束だったが、喜蔵はきっと夕餉の支度をして、小春を待っていることだろう。

「夕餉を無駄にするのはよくねえからな！……何だよその顔。人間を化かそうとしたら、反対に化かされたみてえな面してるぞ」

小春は首を傾げて言った。かわそはなぜか目と口を大きく開き、固まっている。

「いや……何でもない」

水掻きのついた小さな手で頬を掻きながら、かわそは苦笑交じりに言った。とてもではないが、何でもないとは思えぬ表情を浮かべている。

「何だ何だ？　おい、気持ち悪いからさっさと言えよ。気になって、腹いっぱい食えなかったらどうしてくれるんだ！」

かわそにずんずんと近づきながら、小春は言った。それでも、かわそは口を割ろうとしなかった。焦れた小春はひょいっとかわその胴体を持ち上げて、くるくると回しながら、

「ほらほら言え言え早く言え！」と脅した。

「分かった分かった！　言うから、やめろ！」

言質を取ってから地に下ろした小春は、ふらついているかわそを睨んだ。しばらくしてようやく眩暈《めまい》が止まったらしいかわそは、額に手を当てつつ、溜息交じりに答えた。

「本当に大したことじゃないんだ。ただ、変わったなと思っただけさ」

「お前なあ……今さらそんなこと言うのか⁉　そりゃあ、俺は妖力を失くしたけど、皆が思ってるほど弱くなったわけじゃあ――」

「そうじゃない、そうじゃないさ。……変わったのは、あんたの心だよ！」

「俺の心？」

きょとんとしながら復唱した小春に、かわそは頷きつつ、続けた。

「あんたと最後に会ったのは、まだあんたが猫股になる前だった。あの頃、あんたは常々言ってただろ……『人間など大嫌いだ。俺は何があっても奴らを心から信じたりしない』とさ」

「そりゃあ、あの時は……」

口ごもった小春をじっと見つめたかわそは、額を掻きながら、ぽつりとこぼした。

「だから、俺は驚いたんだ。あんたがこうして人間を信用するようになるなんてさ……」

月と星の明かりを頼りに、小春は土手道を歩いていた。神無川まで送ってくれたかわそ

は、

——明朝、荻の屋まで迎えに行く。腹が減っては戦はできぬと言うから、朝餉をたんと食べてから出ておいで。

と言って、来た道を戻った。

（……一等のお人好しはあいつだな）

とぼとぼと川沿いの道を歩きながら、小春は息を吐いた。意識は常に神無川に向けているものの、妖怪の気配一つしなかった。河童たちは、水の世に行っているのだろうか。それとも、アマビエを追って、どこかの海まで繰りだしているのか——浮かんでくる疑念を振り払うように、小春はぶんぶんと首を横に振った。ちょうどその時、ぐうと腹の虫が鳴った。

「……現金な腹だな、お前」

かわそと共にいた時には鳴る気配すらなかった腹を撫でながら、小春は苦笑をこぼした。浅草に近づきつつあることを、察したのかもしれぬ。腹の虫も、小春と同じだけ荻の屋に帰っている。家に着けば、飯にありつけると思ったのだろう。

——だから、俺は驚いたんだ。あんたがこうして人間を信用するようになるなんてさ……。

「信用なんてしてねえ！……とは流石《さすが》の俺も言えん嘘《ご》だよな」

小春は振り上げた拳を下ろしながら、独り言ちた。

「俺だって人間全員を信用してるわけじゃねえ。本当にごく一部の、二、三人……四……五人くらいだっつーの！　そいつらだって、心の底から信じてるかと言われたら……」

うんと頷いてしまいそうな自分に気づき、小春は唇を噛み締めた。

（かわそが驚くのも当然か……）

数十年前の小春が今の自分を見たら、かわそ以上に驚くだろう。

「何で人間なんか信じてるんだ！　飼われてるうちに絆されただと!?　ありえん……お前、さては俺の偽者だろ!?――とか何とか言うだろうな。うん、俺はそういう奴だった」

昔の己と遭遇した時を想像して、小春は何度も頷いた。昔の小春が今の小春を見たら、間違いなく怒るだろう。意見を曲げぬと分かったら、「人間というのはな、こんなにも冷酷で下劣《げれつ》で――」と懇々《こんこん》と諭してくるかもしれぬ。それでも駄目だった時は、「やっぱり、お前は俺の偽者だ……」と溜息を吐き、去っていくだろうか。それとも――

――死ぬよ、お前は。……今のお前は、な。

「……あれは、もしや過去の俺だったのか？」

小春はぽつりと言ったが、すぐさま首を横に振って自身の呟きを否定した。かわそは小春の変化に驚いていたが、あの後こうも言っていた。

――あんたは昔から何も変わってない。それなのに、人間を信じてる――だから、俺は驚いたのさ。性根は「三毛《みけ》の龍《りゅう》」のままのくせに、器用な真似をするってな。

妖怪も人間もそう簡単には変わらない。考え方が変化することはあっても、根本的な性格はそのままだ。それは、小春も同じなのだろう。

逸馬と出会った小春は、人間の中にもたった一人くらいは信じられる相手がいるのだと学んだ。小春の中にある凝り固まった人間への憎悪は、少々和らいだ。逸馬と別れてまた増したが、彼のことを思いだすたび、少しずつ減った。粘土のようにこねくり回したそれは、今どのような状態になっているのだろうか。

喜蔵との邂逅《かいこう》でもたらされた、数々の出会い――深雪に彦次、綾子に初《はつ》、又七に高市《たかいち》。他にも大勢の人間とかかわりを持った。（こんなはずじゃなかった！）と後悔をする間もないまま、小春は彼らと困難に立ち向かった。

「いや、違う……俺は奴らに巻きこまれて、仕方なく手を貸してやっただけだ。喜蔵の奴はいっつも俺のせいにしたがるが、あいつの方がよほど面倒ごとに巻きこまれてるだろ。そのせいで、こっちまで迷惑を被《こうむ》ってるんだ。まったく、少しは反省しろってんだよな！」

ぶつぶつと言いながら歩いていた小春は、いつの間にか見慣れた町に足を踏み入れていた。いつも賑《にぎ》わっている商家通りだが、人々が寝静まるこの刻限では、誰の姿も見当たらない。先ほどまで足許を照らしてくれていた月と星が、にわかに広がった雲のせいで見えなくなった。夜目の利く小春にはかかわりのないことだったが、なぜかうら寂しい心地になった。

「……いかんいかん！　あの馬鹿げた夢のせいで、頭の中がおかしくなってるぞ！　俺はこれっぽっちもおかしくないけどな！」

小春は小声で喚きながら、足を速めた。大きな声を出したいところだったが、こんな刻限に騒いでいたら、誰かに見咎《みとが》められてしまうだろう。

「皆の迷惑になるから……とか断じて考えちゃいねえぞ！　妖怪は人間に迷惑を掛けるのも大好きなんだからな！　喜んでやるさ！」

そう言った声すら、微《かす》かなものだった。

裏道に入った小春は、荻野家を通りすぎて、綾子の長屋の前に立った。

（……何か焦げ臭えな。綾子の奴、魚でも焦がしたか？）

首を傾げながら、小春はこそりと中の様子を窺った。

「あれ……綾子？」

小春は思わず問いかけた。長屋の中は無人だった。数少ない綾子の家財道具もほぼなくなっている。一体何が起きたのか——動揺と焦りが湧いてきた時、小春ははっと気づいた。

「……臭いの許はこれか。小火でも起きたのか？」

隅に置いてあった布団の一部が焦げている。小春はざっと中を検《あらた》めると、急ぎ長屋の外に駆けでた。荻野家の裏戸を叩きつけるように開き、中に入るなり叫んだ。

「おい、喜蔵！　綾子が——」

「小春ちゃん……!!」

悲鳴じみた声が上がったと同時に、小春は「うっ！」と呻いた。

「よかった……無事で……」

そう言いながら、小春を抱きすくめたのは、綾子だった。息苦しくなるほどきつく拘束された小春は、目を白黒させて問うた。

「俺の着物まだ完全に乾いてねえから、お前まで濡れちまう――綾子……お前、泣いてる？　大丈夫か？」

そう口にした直後、すすり泣く声が響いた。

「お、おい……綾子――」

おろおろとしながら言った小春は、綾子の後ろに立っている兄妹を認めて、目を瞬《しばた》いた。

「お前が泣かせたのだ」

恐ろしい顔をさらに恐ろしく顰めて言った喜蔵に、彼の横に佇んでいる深雪は「お兄ちゃんたら……」と苦笑をこぼした。

「おかえりなさい、小春ちゃん。お腹空いてるでしょう？　早く食べましょ」

深雪はにこりとして言った。いつも通りの温かな笑みだったが、小春はなぜか深雪から目が離せず、ただこくりと頷いた。

三、火と水

不穏な雲行きの空の下、戦に赴《おもむ》く武者のような面構えで小春は言った。

「では、行ってまいる！」

何度目か分からぬその言葉に辟易《へきえき》しつつも「さっさと行けと申している」と律儀に返した喜蔵は、腕組みをして荻の屋の表戸に背を預けていた。

「だって俺、心配で……」

頬に手を当てて呟いた小春は、わざとらしく息を吐いた。

「深雪はもうくま坂に行ったし、俺は今からかわそと出かけるし……なあ？」

水を向けられ頷いたのは、小春の胸に抱かれている獺に似た妖怪・かわそだった。

朝餉の後、小春に「ちょっと出てくる」と切りだされ、事前に話を聞いていたため不承不承頷いた喜蔵だったが、いまいち得心はしていなかった。

——弥々子たちは、やはりアマビエを追ってるようだ。もしかすると、またあの目だらけ野郎が絡んでいるかもしれん。

小春がそう切りだしたのは、昨夜《ゆうべ》のこと。常より二刻も遅い夕餉を済ませた後、深雪と綾子が二階に上がったのを見届けてから、小春と喜蔵は互いに報告し合った。

――お前と別れた後、俺は古い知己を訪ねたんだ。

それが「かわそ」という獺に似た水の怪であること、彼が妖怪に似つかわしくない善良な妖柄であること、かわそと会う前に自身の偽者に襲われたことなど、小春が語ったのはまるで絵空事のような出来事だった。喜蔵がすんなりその話を信じたのは、その日自身が経験したことも、小春が味わったことと同じくらい現実離れをしたものだったからだ。

――……悪女の綾子に、綾子に突っかかる額に傷のある男……火つけ野郎に、目だらけ野郎？……お前夢でも見てたんじゃねえか？

素直に信じた喜蔵とは違い、小春は怪訝な顔をして言った。無性に腹が立った喜蔵は、小春の頭を拳でぐりぐりと押しながら、「夢ではない」とぶすっとした声を発した。

――俺はこの目ではっきり見た。あの人は……綾子さんは常とまるで別人のようだった。百目鬼はいつも通り言いたいことだけ言って、不意に消えた。相変わらず訳が分からぬ男だ。

――いてて……！　分かったから放せ！　上に聞こえたら「こと」だろ!?

真っ当な主張に、喜蔵は渋々小春から手を引いた。小春は「乱暴狼藉《ろうぜき》閻魔……地獄の奴らもこんな奴お断りだろ」などとこぼした後、あまり見せぬ難しい顔をしてしばし黙りこんだ。

――妖怪のみならず、人間まで変な奴らが出張ってくるとは、やはり大事のようだ……まあ、そうなる前に解決すりゃあいい話か！……あ、そうだった。俺は明日、かわそと共に神無川に行ってくるぜ。

――ならば、俺も――

――お前は駄目だ。お前の話といつもの様子から察するに、百目鬼はまたちょっかいを出すかもしれんが、直接攻撃はしてこなそうだ。皆が慌てる姿を遠くから眺めるのが好きな悪趣味な野郎だ。だから、こっちは奴に惑わされぬように、落ち着いて行動しなけりゃならん。味方――とも違うが、少なくとも敵じゃねえ妖怪たちが大勢いる荻の屋の方が、アマビエを血眼で追ってる奴らがいる神無川よりもよほど安全だ。……それに、俺は額に傷がある男が気になる。そいつが綾子の長屋に火をつけたのかは分からんが、綾子が一人になったらまた近づいてくるかもしれん。だから、お前はここで綾子を守ってくれ。

頼む――そう言って頭を下げられたら、何も言い返せなかった。

（……あの色魔といい、普段いい加減な奴は得だ。少し真面目ぶっただけで、よく見える）

色魔こと幼馴染の彦次を例に挙げ、心中で文句を垂れながら、喜蔵は布団に入った。隣の様子を窺うと、小春は口をぽっかり開けて、すでに寝入っていた。疲労が濃く滲んだ顔を眺めているうちに何とも言えぬ心地になった喜蔵は、固く目を閉じた。その途端、別人のように見えた綾子の姿が蘇り、小さく舌打ちした。小火騒ぎの後、綾子を無理やり荻の屋に連れてきたのは、ちょうど帰宅した深雪だった。

――「困った時はお互い様だ。もし好きな人が困っていたら、何としても助けてあげなさい」……これが亡き父の遺言なんです。あたしに約束を守らせてください。

有無を言わさぬ強い目をして述べた深雪に、綾子は泣きそうな顔で深々と頭を下げた。それを黙って後ろから見ていた喜蔵は、綾子の長屋から荷を抱え、家に持ち帰った。そのことにも綾子は大層恐縮していたが、深雪の「またお料理を教えてください」という言葉で、少し表情を和らげた。しかし、夕餉ができても一向に帰ってこない小春を待つ間、また顔色を悪くしていった。

――私……やっぱり、ちょっとその辺を見てきます！

そう言って出て行こうとする綾子を、兄妹二人がかりで止めるというのを数度繰り返した頃、ようやく小春は帰ってきた。小春を抱きしめて泣く綾子を見て、喜蔵はますます困惑した。深雪や小春と共にいる時の綾子は、喜蔵がよく知っている綾子だった。しかし――

――何の価値もない男のためにそんな無駄なことをするほど、私は暇じゃない。

喜蔵は思わず天井を見上げた。木板の向こうには、深雪と綾子が寝ている。すでに寝入っているのか、二階からは物音一つしなかった。

（……健やかに寝ているといいが）

綾子はもちろん、綾子を深く心配している深雪にも、深い眠りを与えてくれと誰にともなしに願った喜蔵は、いつの間にか眠りに入っていた。

そして今朝、四人で朝餉を取った後、くま坂に出かけた深雪を見送ってから、小春はあくびをしながら外に出た。追いかけてきそうな綾子に棚の清拭《せいしき》を頼みつつ、喜蔵は小春の後に続いた。戸を潜って陽の下に出た瞬間に響いたのは、小春の「遅いぞ!」という文句だった。

――朝餉後という約束だったろ! 俺が食い終わったのは四半刻も前だ! え? ちょうどいいって? 俺はな、食ったらすぐ動ける性質なんだ。だから、四半刻も無駄にしたことになるんだよ。どうだ、もったいないだろ!? だがまあ、俺は慈悲深いから許してやろう。その代わり、昼飯はお前が奢《おご》れよ。人間の世の金がない? なら、仕方ない。そこにいる俺の下僕に金をせびろう。おい、喜蔵! 昼飯代を出せ!

偉そうに言った小春の頭を叩いた喜蔵は、かわそに軽く会釈をした。

――役に立てるといいんだがね。まあ、善処するさ。

かわそは円らな瞳を細め、ゆるりとした笑みを浮かべて言った。小春の言通り、いかにも善良そうな妖怪だと喜蔵が呆れていると、

――……こいつ一人で大丈夫かね? こんなよくできた頭をぼかすか殴ってくるような奴に、綾子を任せてもいいものか……。

殴られた腹いせか、小春はそんなことを言いだした。そのうち、往来に人の姿が見えはじめたため、喜蔵はかわそを小春の腕の中深くに押しやり、「さっさと行け」と言った。

「俺とかわそが出かけたら、荻の屋はお前と綾子二人きりになっちまう。綾子……可哀想に。鬼面性悪閻魔商人と二人きりなんて、おっかなくて心の臓が止まるかもしれん！」

口の減らぬ小春にいよいよ嫌気が差した喜蔵は、急かす言葉の代わりに小春を足蹴《あしげ》にした。

「こんなところで突っ立っていられては、仕事の邪魔になる。客が入れぬではないか」

「いてーな！……あはは！　こんな店にわざわざ客など来るわけ――おい、そろそろ行くぞ。お前がここに長居したいと言うから、俺はその意を汲《く》んでやったんだ」

常以上の閻魔顔になった喜蔵から目を逸《そ》らした小春は、かわそに罪をかぶせた。

「嘘を申すな。これ以上醜態を晒《さら》すなら、夕餉は抜きだ」

喜蔵は地を這《は》うような低い声を出した。真っ青になった小春は、「この横暴死神！　閻魔お化け！　血みどろ商人！……嘘嘘！　嘘だから、夕餉は絶対に抜くなよ!?　約束だからな！　ほら、指切り――くそ、避けやがって！」などと喚きつつ、駆けだした。あっという間に遠ざかった背を見送った後、喜蔵はようやく店の中に入り、戸を閉めた。眉間に寄った皺を指でほぐし撫でていた時、おそるおそるといった様子で、綾子が声を掛けてきた。

「あの……棚のお掃除終わりました。……他に何かお手伝いできることはありますか？」

いや――と首を振りかけた喜蔵は、はっと気づいて言い直した。

「二階の掃除を。ほとんど使っていなかったので……妹も喜ぶでしょう。お願いできますか」

「……はい！　隅々まで綺麗《きれい》にしますね！」

綾子はぱっと顔を明るくすると、掃除道具一式を抱えて、二階に向かった。階段の音がしなくなってから、喜蔵は低い声で命じた。

「……あの人から目を離すな。何かあったら守れ。それができぬなら、俺に知らせろ」

ややあって響いたのは、「承知した」「妖使いが荒いねえ」「まったくだわい」「もっと優しく頼んでほしいものだ」「しょうがない、閻魔には逆らえん」「もう……何で恋敵《こいがたき》を守ってやらなくちゃいけないのよ！」という、日中は姿を見せぬ妖怪たちの声だった。

(味方ではないが、敵でもない……そうは思えぬが)

喜蔵は苦笑しながら、作業台に座した。黙々と修繕作業を続けつつも、二階から微かに響く物音に耳を澄ませていた。おそらく綾子は、極力音を立てぬように掃除しているのだろう。

(それほど気を遣わずともよいだろうに……だが、それでこそあの人か)

綾子は大変な世話焼きだが、自分がそうされることには抵抗があるようだった。今朝も綾子は誰よりも早く目を覚まし、朝餉を用意してくれた。喜蔵も常より大分早く起きたが、その頃綾子はすでに料理に取りかかっていた。喜蔵とほぼ同刻に起床した深雪も、呆れた様子だった。

――綾子さん……随分と早起きですね。一体何時に起きられたんです？　隣で寝ていたのに、全然気づきませんでした。

深雪が声を掛けると、綾子は「そんなに早くはないですよ」と微笑んだ。日が昇る半刻前にはすでに身支度を整え、土間にいた――妖怪たちから証言を得た兄妹は、揃って嘆息した。

――こんなこと言わなくてもお兄ちゃんは分かってると思うけど……どうか綾子さんを気に掛けてあげてね。本当は片時も目を離さずにいてほしいけど、それだと綾子さんは「申し訳ないです」なんて言って、この家から出て行ってしまいそうだから――。

四六時中気に掛けつつ、そばには置かず――家から出て行く前、深雪が耳打ちしたことを、喜蔵はこれでよいのだろうかと自問しつつ、実行していた。二階では、硯の精をはじめとする妖怪たちが綾子を見張っている。何かあれば、誰かが知らせてくるだろう。その状況から考えれば、喜蔵が二階の物音など気にせずともよかったが、心配は尽きなかった。

この日最初の客が荻の屋を訪れたのは、綾子が二階に上がって四半刻経った頃だった。

「あれ、荻の屋さん？……え、ええっと、あれ……？」

戸の隙間《すきま》からぬっと現れた男は、引き攣《つ》った笑みを浮かべて言った。見覚えがある顔なので、町内のどこかに住んでいるのだろう。男はきょろきょろと店内を見回した後、首を傾げながら頭を掻いた。

「何をお探しですか」

「あ……いや、それが……へへへ……おかしいな」

喜蔵の問いに、男はますます表情を引き攣らせて答えた。

(何だこ奴……冷やかしか？)

喜蔵が眉を顰めたのを認め、途端に慌てだした男は、手桶《ておけ》を摑んで「こ、これください！」と大声を出した。男は金と引き換えに手桶を受け取ると、逃げるように店から去った。

(……夏の暑さにやられたのだろう)

そう思い、忘れることにしたが――

「俺、ずっと前から欲しくてたまらなかったんだ！　あんた――……え、何で……あれ？」

そんな不明瞭なことを言う来客が相次いだ。

(皆で結託し、俺をからかっているのか？)

そう疑ったものの、ほぼ同時に入店した五人目と六人目の客は、今日はじめて顔を合わせた様子だった。二人とも何かを欲しているようなのに、それが何なのかは言わずじまい。しかし、店を出て行く時、「あれは俺のものだ」と揃ってこぼしたのを、喜蔵は耳にした。

「何でここに……こんなところに来たって手に入るわけがねえのに……いや！　今のはこの店の悪口じゃあなくてだな！　つまり、念願が……お、俺はこれで！」

喜蔵の睨みによって、九人目の客も逃げ去った。眉を顰めた喜蔵は横に顔を向けて、そこに置いてある招き猫を見遣った。客商売をしている者なら誰でも持っていそうなありふれた造形の招き猫だったが、それはあくまで見目に限った。よく見ると黄色の虹彩を持つ大きな目が何度も瞬いたり、真っ白だった顔の塗装が青くなったりと、まるで人間のような変化を見せる。喜蔵はその招き猫を睨み据えながら、低い声音を出した。

「……小梅《こうめ》――お前の仕業か？」

「違うよ！　おらじゃない！　おらは今日誰も呼んでないよ！」

荻の屋の中に、焦ったような可愛らしい声が響いた。

「まことか」

小梅という名の招き猫を見つめながら、喜蔵は問うた。「まこと！」と断言した小梅は、荻の屋に出入りする妖怪たちの中で唯一、妖怪とも神とも言えぬ微妙な存在であるという。人を招き、禍福《かふく》を与える――その力を持つ小梅は、昨年起きたある一件をきっかけに、この店に居つくようになった。

「違うというなら、たった半刻ちょっとで九人もの妙な客が来たことをどう説明する？」

小梅を手に取り、自身の顔の高さにまで持ち上げながら、喜蔵は凄んだ。小梅が嘘を吐いているとは思えぬが、知らぬ間に力を放出してしまったということもある。しかし、小梅は目に涙を溜めながら、「おらじゃないってば」と情けない声を出した。

「誓っておらじゃないんだ……招いてるのは、別の者だよ」

怪訝な顔をした喜蔵に、小梅は表情を引き締めて言った。

「今日、この店に来た者たちには共通する点があるんだ……喜兄《きいにい》は何だか分かる？」

「……『男』。それに、『ここにないものを求めにここに来た』か？」

「うん――だけど、それだけじゃないんだ。あの人たちは皆、同じものを欲しがってるんだよ」

「皆がこぞって求めるほど価値のある物など、うちにはない」

喜蔵は即答した。一等地に店を開いてくれた曾祖父には悪いと思いつつも、喜蔵は荻の屋がどこよりも立派な店などとは思ったことがなかった。食うに困らぬ限り、商売を広げる気もないので、古道具屋の手に余るような大物を入手しようと考えたこともない。

「生活するのに最低限必要なものしか売っていないようなつまらぬ店だ」

「そんなことないよ。付喪神が憑くくらい、大事にされてきた道具がいっぱいあるもの」

喜蔵の自虐的な発言を宥《なだ》めた後、小梅は深く息を吸いこんで続けた。

「……商品とは別にね、ここには『ある』んだ。それを求めてここに来たさっきのお客さんたちは、心の底でずっとこう願いつづけてきたんだ」

あの女《ひと》が欲しいって――小梅の言葉を聞いた瞬間、喜蔵は思わず腰を上げた。その拍子に喜蔵の手から滑り落ちた小梅は、作業台の上に何とか着地し、ほっと息を吐いた。そんな小梅の様子にも気づかず、喜蔵は茫然と突っ立っていた。

「綾姉《あやねえ》はとても価値があるんだ」

ぽつりと述べた小梅に、喜蔵はゆっくりと視線を下ろした。

「それは……あの女が美しいからか？」

問うた瞬間、喜蔵は顔を顰めた。綾子の美しさは周知の事実だが、当人がそれをよく思っていないことに、喜蔵は気づいていた。だから、綾子へは勿論、誰にも言わぬようにしていたのだが、つい口が滑った。そんな喜蔵の心など知らぬ小梅は、「それも勿論あるけど」と何でもないように答え、こう続けた。

「よく考えてみて。綾姉は、強い妖力を持つ飛縁魔を、長らくその身に封じこめているんだ。これ以上ないほど強い依代《よりしろ》だと思うよ」

「お前、なぜ飛縁魔のことを――」

「おらだってあちらの世の者だもの。それに、同じ『招く者』だから、よく分かるんだ」

手招きをしてみせた小梅に、喜蔵は開きかけた口を噤んだ。愛らしい性格や話し方から、喜蔵はすっかり小梅をただの猫のように思いこんでいたが、

（こ奴があちらの世の者というのなら、そうなのだろう）

境界線を引かれたことに寂しさを覚えなかったわけではないが、言ってみればそれだけだった。生まれや住む世が違うからといって、言葉や心を交わせぬわけではない。喜蔵がそれを知ったのは、百鬼夜行の行列から落ちてきた小鬼と出会ってからだ。それがなかったら、小梅や他の妖怪たちは勿論、幼馴染の彦次や妹の深雪とさえ、碌《ろく》に交流しないまま生涯を終えていたかもしれぬ。

「喜兄……？」

気遣わしげな声を掛けられ、我に返った喜蔵は、咳払いをして言った。

「お前も知っているその飛縁魔は、おそらく眠りについている。昨春、俺たちの前に姿を現したが、その直後にまたあの人の身の内に入りこみ、以来沈黙を守っている」

桜の木の下で飛縁魔に声を掛けられた時は、この先綾子はどうなってしまうのかと喜蔵は不安に駆られた。しかし、その心配は杞憂《きゆう》だったというように、飛縁魔はこれまで気配すら現さなかった。

「それですっかり安心していたの？」

小梅の鋭い問いに、喜蔵はぐっと詰まった。飛縁魔は、今も綾子の中で生きている。その力がいつまで抑えられつづけるのか——不安や心配は尽きぬどころか、増していた。

「まさか……ここを訪れた者たちの目的は、あの人を何かの依代にするためなのか⁉　奴らは妖怪で、人間に化けてきたとでも——」

額に青筋を立てた喜蔵は、前のめりになってまくし立てた。小梅はおどおどとしつつも、

「違うよ！」とはっきり否定した。

「あの人たちはただの人間だよ！　彦兄《ひこにい》みたいに、妖力を察知する力もない。それに、綾姉を何かの依代にしようと考えたわけでもないんだ。確かに綾姉の力は強いけれど、綾姉の中には飛縁魔がいる。あれ以上、綾姉の中には誰も入れないよ」

喜蔵は口を噤んだ。小梅の言が正しいのなら、彼らは妖怪でもなく、綾子を依代にしようとしたわけでもないのに、荻の屋に何かを求めてやってきた。男ばかりを惹きつける——それは、飛縁魔の力に他ならない。

「……奴の――飛縁魔の力が増しているのだな？」

喜蔵は低い声音で言った。恐れていた事態がついに訪れたと思ったが、小梅の答えは意外なものだった。

「力が増してるのは間違いないと思うよ。皆がここに惹きよせられてきたのは、飛縁魔の妖力だろうね。……でも、あの人たちが欲しいのは――綾姉自身だよ」

喜蔵は目を見開き、息を止めた。固まった喜蔵をじっと見据えながら、小梅は続けた。

「欲はね、皆あるものだよ。それがあるから、明日を生きられるし、色々なことをするための活力になる。でも、何事も行きすぎると駄目なんだ。あの人たちは綾姉が手に入らないことを知ってる。だから、好いてるけれど、これまでは端から無理だと諦めてたんだ。でも、今日は惹かれた。今日だけは、自分の抱いている欲が叶《かな》うと思ったんだ。……おらが手招きするように、飛縁魔に招かれてここに来たのかもしれない。綾姉を自分の物にしようとやってきた男たちを飛縁魔は手にかけようと――」

「やめろ！」

喜蔵の鋭い叫びが響いた。元から驚いたような小梅の目が、こぼれ落ちそうなほど見開かれた。

「それ以上申すな……」

喜蔵は額に手を当て、項垂《うなだ》れながら呟いた。

「ご、ごめん！　おら、綾姉を悪く言ったつもりはなくて……」

慌てた様子で詫びはじめた小梅に、喜蔵は空いている方の手を顔の前で振った。

(真実を語っただけのこ奴に非はない。悪いのは……)

綾子に想いを寄せている男たちだろうか？　しかし、彼らは力が増した飛縁魔に惹かれさえしなければ、ここには訪れなかった。何の妖力も働いていない状況なら、彼らは綾子に近づかなかったに違いない。

魔が差した——その魔が、飛縁魔だった。ならば、飛縁魔がすべて悪いのだろうか？

(……しかし、なぜ飛縁魔はにわかに動きだしたのだ？)

そこには、何らかの要因があるはずだ。それはおそらく飛縁魔が起こしたものではないのだろう。それができるなら、とうにそうしていたはずである。引き金となったのは、一体何だったのだろうか？

——やはり、お前がやったんだな……お前以外に、あんなことができる奴はいない……！

頭に浮かんだのは、昨日会った長太郎という男だった。

「あれは、綾子さんの——」

「私がどうかしましたか？」

突如響いた声に、喜蔵は慌てて口を閉じた。

「あの……上にまで喜蔵さんの声が聞こえてきたので、何かあったのかと……」

おどおどしながら言った綾子に、喜蔵はゆっくり振り向いた。居間と店の境に立っている綾子は、声音と同様、気弱そうな表情をしていた。いつも通りの綾子の姿を認めて、喜蔵は内心安堵の息を吐いた。

「手が滑って、金づちを膝の上に落としかけただけです」

「大丈夫ですか⁉」

喜蔵がとっさに吐いた嘘を真に受けた綾子は、喜蔵の足許に跪《ひざまず》きながら問うた。

「……俺は無事です」

身を後ろに引きつつ答えると、綾子は緊張しきった表情を和らげ、こうこぼした。

「よかった……」

綾子に言葉を掛けようとした喜蔵は息を吞み、唇をぎゅっと嚙んだ。

（こんな人がなぜ……）

胸が張り裂けそうな心地になったのは、綾子の優しさを感じただけではなく、彼女の後ろに立っている人影を認めたせいもあった。

――そのまま死ねばよかったのに。

呪《のろ》わしい声が響いた。顔色一つ変えぬ様から、綾子はまたしても聞こえていないようだった。綾子の後ろに立つ人影は、姿かたちこそ薄らぼんやりとしているものの、それでも比類なき美しさを有している。男を惹きつけ取り殺す、火にまつわる妖怪――飛縁魔。

昨年の花見の日ぶりに見たぞっとするほどの美貌に、喜蔵はごくりと唾を吞みこんだ。

――この女の前から消えろ。さもなくば、お前を殺す。

お前にそんな力はない——心の中の声は、なぜか飛縁魔に届いたようだった。

——呪いは強まった。昔の私に戻りつつある……昨春よりも、姿がはっきりと見えているはず。これこそが証になろう。あと少し……もう少しだけ力が戻れば、お前を殺すなど造作なきことだが……それだけではつまらぬか。お前を殺す前にこの女を殺そう。好いた女が目の前で殺されるのを、指を咥《くわ》えて見ているがいい。

ふふふと不気味な笑い声を出した飛縁魔は、身を屈め、青みがかった白魚のような手を、綾子の首に掛けた。

「やめろ！」

声を荒らげた喜蔵に、綾子はびくりと身を震わせた。何が起きたのかまるで分かっていない様子で、ぱちぱちと何度も目を瞬かせた。あどけない少女のような表情に喜蔵が一瞬見惚れていた隙に、飛縁魔は綾子の首を絞め上げるような仕草をした。

（させるものか……！）

とっさに立ち上がり、綾子の後ろに回ろうとしたが、飛縁魔が避けるように移動したため、二人の間に挟まれた綾子は不思議そうに喜蔵の動きを目で追っていた。

——……男は皆同じだ。見たいものしか見ぬ。

押し殺したような飛縁魔の声に、喜蔵は動きを止めた。

——美しい女の中に魔物が棲んでいるのは、この女に限ったことではない。女は皆魔物を飼っている。男よりも賢いゆえ、それを出さぬだけのこと。……男はまことに愚かだ。

あいつも、あの男も、お前も……!!　皆等しく愚かで、見苦しい！　生きていても何の価値もない者ばかりだ！　女を慈しむふりをして、少しでも己の理想から外れたら、手ひどく捨てる……まるで、そこにはじめから愛などなかったような顔をして——男は皆死ぬべきだ！

あいつも、あの男も、お前も——呻き声で繰り返した飛縁魔は、綾子の背後から覆いかぶさった。それを見た喜蔵は、とっさに綾子を腕の中に抱きよせた。

「……喜蔵さん……？」

綾子が漏らした困ったような声に、喜蔵は頷き返した。飛縁魔が殺すのは、男や自身に捧げられた女子どもだ。己の依代になっている綾子を傷つけはしないはずだが、周囲に危害が及ぶ可能性があった。喜蔵は自身が被害を受けるよりも、それによってまた深く傷つく綾子を想像し、ぞっとした。

「……そんなことはさせぬ」

喜蔵の呟きに、喜蔵の腕の中にいる綾子は小さく身を震わせた。その震えをすべて受け止めようと、喜蔵は綾子をますます抱きよせ、彼女の頭を両手で抱えこんだ。

——……愚かな男だ。私とこの女は一心同体。決して離れることはないというのに……少なくとも、この女の命が尽きるまではな。

やめろ、と小声を出した喜蔵は、綾子の身に半分以上入りかけている飛縁魔を鋭く睨んだ。

——いくら想っても、この女はお前のものにはならぬ。この女は私のものだ。皆がこの女を欲せば欲するほど、私の力は強くなる。お前のその想いが、この女を死に至らしめるのだ。

お前がこの女を殺す——飛縁魔がそう言いきる前に、喜蔵は口を開いた。

「俺と夫婦になってください」

頼む——と絞りだすように言った喜蔵は、綾子の細い体をさらに強く抱きしめた。

しんと静まり返った店の中に、くすりと笑い声が響いた。荻の屋に出入りする妖怪たちの誰かが漏らしたのだろうと思った喜蔵は、ややあってから、その声が自身の腕の中から発されていることに気づいた。

「ごめんなさい、笑ったりして」

喜蔵の腕からするりと抜けでた綾子は、その言葉通りに笑っていた。しかしそれは、いつもの困ったような微笑ではなく、嘲りを多分に含んだものだった。何も言えず唇を引き結んだ喜蔵を、綾子は値踏みするかのようにじろりと眺めて言った。

「喜蔵さんは案外忘れっぽいんですね。きちんとお断りしたのに……あれからようやく一年というところですが、どうしてこんな馬鹿なことをおっしゃったんです？　あなたも私の美しさとやらに目が眩《くら》んだんでしょうか？　きっとそうですね……これまで私に想いを告げた人たちは皆そうでしたもの。でも見目に惚れるなんて、そんな想いはまやかしですよ」

　息を呑む音がした。今度こそ、妖怪が漏らしたものだろう。

「時が経ったから、心変わりしていると思ったのかもしれませんが、人の心はそんなに簡単に変わるものじゃありません。前にも言いましたが、私は今でも亡き夫を想っているんです。あの人と一緒に見た花火が忘れられないんです。あなたと見た花火は、とうに忘れました。まだ一年と経っていないのに……ふふふ」

　綾子はそう言うと、口許に両手を当てて笑った。嘲りしか感じられぬ笑い方をする想い人をじっと見据えて、喜蔵は口を開いた。

「俺は忘れていません。この先もずっと……あなたと見た花火を決して忘れません」

「ふふ……」

　笑い声を止めた綾子は、ぐしゃりと顔を歪めた。その目に涙が溜まっていくのを認めて、喜蔵はとっさに手を伸ばしかけたが、

「気安く触らないで」

　綾子は冷え冷えとした声で、喜蔵の手を払いのけた。叩かれた手よりも、胸に痛みを覚えた喜蔵は、「……すまぬ」と小声で詫《わ》びた。

「……あなたの願いは一生叶わない――いい加減諦めてください」

　迷惑です――嫌悪の念が籠った言葉を耳にした喜蔵は、俯いて固く目を瞑《つむ》った。

「――ひどいことをおっしゃるんですね」

凛《りん》とした声が響いたのは、その時だった。

（この声は――）

はっとした喜蔵は、面を上げて表戸を見遣った。そこには、身なりのよい、華奢《きゃしゃ》で色白の女人が立っていた。

「失礼な真似をしてごめんなさい」

喜蔵と目が合うなり頭を下げたのは、喜蔵が思った通りの相手――引水《ひきみず》初だった。綾子とは事情が異なるものの、この女もまた呪《しゅ》に囚《とら》われて生きている。引水の地を創りだした神の呪いを受けた家に生まれた初は、遠い先祖に妖怪を持つ。勘の鋭さや、未来を見越す力などは、その妖怪の血を引き継いだためだろう。呪いを退けるため、喜蔵と初は昨夏、祝言を挙げた。それは偽りの式であったものの、未だに縁は途切れていない。しかし、こうしてわざわざ訪ねてくるのは、はじめてのことだった。

「偶々とはいえ、勝手に話を聞いてしまったのは謝ります。あなた方の話にこうして割りこんでしまったことも、お詫びします。……ですが、綾子さん――これからあなたに申し上げることについては、謝る気はありません」

面を上げた初は、常以上に毅然《きぜん》とした表情を浮かべていた。初の混じりけのないまっすぐな視線は、綾子に一心に注がれている。

「綾子さんの気持ちは綾子さんのものです。綾子さんが喜蔵さんの想いを受け入れられぬと言うなら、致し方ないことだと思います。周りにせっつかれて無理やり想いを受け入れたって、何ひとついいことなど起きません。私は綾子さんの心を尊重します。ですが……ですが、あんまりです……。喜蔵さんはあなたの美しさに惹かれたのかもしれない。でも、あなたの心に惚れたのでなければ、あなたに二度も想いを告げることはなかったでしょう。一度目も二度目も、喜蔵さんはあなたに精いっぱいの愛を伝えた。……あなたにとっては迷惑なものだったのかもしれませんが、喜蔵さんの気持ちまで否定しないでください。喜蔵さんがあなたのことをどれほど好いているのか、私は知っているから……」

そこで言葉を止めた初は、小さな唇をきゅっと噛み締めて、深々と頭を下げた。丁寧な作りの簪《かんざし》がゆらりと揺れたのを見た喜蔵は、はっと我に返って口を開いた。お初さん、どうか頭を上げてくれ――そう言う前に、またしてもくすりという笑い声が響いた。

「……ごめんなさい。でも、本当におかしくって」

先ほど以上に楽しそうに笑って言った綾子は、三日月の形をした目を弓のように細めた。顔に浮かんだ妖艶《ようえん》な表情は、あらゆる男を惹きつけてやまぬ飛縁魔そのものだった。

（そういえば、奴は――）

喜蔵ははっとして、周りを見回した。いつの間にか、飛縁魔の姿が消えている。綾子の中に戻ったのだろうか。

「お初さんがあんまり面白いことをおっしゃるから、堪《こら》えきれなかったんです。ごめんなさい……どうかもうやめてくださいね。喜蔵さんもお初さんも、お腹がよじれそうなほどおかしいことをおっしゃるんですもの。ああ、おかしい」

言葉に偽りなしというように、綾子は笑いつづけた。いつの間にか顔を上げていた初は、信じられぬといった表情で綾子を見つめた。おそらく喜蔵も、初と同じような顔をしていることだろう。そんな二人を見比べた綾子は、さらに目を細めて、普段の低い声音とは反対の、可愛らしい声で訊いた。

「あら、お二人ともどうしたんです？」

「どうした、ですって？……綾子さん、あなた――」

何と返したらよいのか分からなかったのだろう。言いかけた初は、結局また口を噤んだ。そんな初をじろじろと観察するように眺めながら、綾子はうっそりと小首を傾げた。

「どうしてあなたがそんな顔をするのかしら……喜蔵さんにとっては凶報でも、あなたにとっては吉報でしょう？」

「……何ですって？」

顔色を変えて呟いた初に、綾子は「だって……」と笑って続けた。

「あなたは喜蔵さんを――」

「そこまでにしておけ――火の女」

ガラリと表戸が開け放たれたと同時に、男の声が響いた。

「桂男……お前もいたのか」

喜蔵が思わず漏らすと、店の中に入ってきた見目麗しい男――桂男という名の妖怪は鼻を鳴らした。呪に縛られ渋々初を守っていたが、それが解けた今でも彼女のそばを離れぬ桂男は、馬鹿にしきった表情で喜蔵を見つめて言った。

「あなたは存外意気地のない人だ。自分にかかわることで言い合いをしている者たちに、仲裁一つしないとは」

ぐっと詰まった喜蔵は、口を開きかけて止めた。

(悔しいが、そ奴の言う通りだ)

桂男が来なければ、喜蔵は最後まで二人の言い合いをただ見守るだけしかできなかっただろう。言い合いの理由が己だと知っている。しかし、なぜ自分などが原因で二人が口喧嘩しなければならぬのか——いくら考えても分からず、喜蔵は困惑していた。

「あなたは黙っていてください」

「……ですが」

「これは私と綾子さんの問題です。喜蔵さんもかかわりありません」

初がきっぱりと言いきると、桂男は店の真ん中で足を止め、不承不承に頷いた。その時大きな溜息が響いた。腰を上げた綾子が漏らしたものだった。店の土間に下りた綾子に、初は「逃げるんですか」と声を掛けた。

「逃げる？　さっきから、変なことばかりおっしゃるんですね。何か勘違いされているようですが、私もかかわりがありませんから——荻の屋さんとは」

前を向いたまま言った綾子は、皆が絶句している間に、店から出て行った。

「——待ってくれ！」

綾子が表戸を潜った瞬間、声を張った喜蔵は、立ち上がって土間に下りようとしたが

「あなたが追っても、火の女は余計に頑《かたく》なになるだけ――仕方がないから、私が引き受けましょう」

桂男はそう言うなり、さっと踵《きびす》を返し、荻の屋から駆けでた。その後を追おうとした喜蔵だが、一歩踏みだして、動きを止めた。

――……あなたの願いは一生叶わない――いい加減諦めてください。迷惑です。

そう吐き捨てた綾子は、顔中に嫌悪の念を浮かべていた。

(……それほど嫌われていたのか)

昨年振られた時点で、喜蔵は綾子から同じ気持ちを返してもらうのを諦めたつもりだった。だが、今日思わず想いを告げてしまったことで、喜蔵は思い知った。

(俺はきっとずっとあの女を慕いつづけるのだろう)

綾子が喜蔵を嫌っていると分かった今でも、喜蔵の気持ちは綾子に向いたままだった。飛縁魔から守るためとはいえ、勝手に抱きしめたことを、深く後悔した。傷つけたくなくてしたことが、余計に綾子を苦しめた。情けない――重い息を吐いた喜蔵は、作業台に腰かけ、右手で顔を覆った。

どれほど時が過ぎた頃か。喜蔵はふと横を見て、鋭い目を丸くした。

「勝手に座ってごめんなさい」

「いや……」

二の句が継げず黙った喜蔵は、いつの間にか隣に座していた初をまじまじと見たが、折れそうに細い首筋が露わになっていることに気づいて、そっと目を逸らした。

「喜蔵……」

呼びかけられた声に面を上げると、居間と店の境に変化した硯の精が立っていた。

「話を聞いてすまぬ……今度こそ席を外すので、心落ち着くまで話してくれ」

「皆行くぞ」という硯の精の掛け声が響いた後、「うん」「分かった分かった」「しようがないねえ」「気になるが……行くとも」「喜蔵を振るなんてあの女……今度会ったら櫛《くし》で顔を引っ掻いてやるわ」「顔はやめておけ、腹をやるんだ」「顔も腹も駄目じゃ！」という妖怪たちの会話が聞こえてきて、喜蔵は眉を顰めた。

「……みっともないところを見られました」

そう呟いてちらりと横を見ると、初は俯いたまま、首を横に振っていた。

「呆れたでしょう」

「そんなことありません」

きっぱりと言った初は、面を上げて喜蔵をじっと見た。ひたと合った目にたじろぎつつも、逸らすことはできなかった。はじめて会った時から喜蔵は密かに思っていたが、初の目は不思議な力を持っている。

「ひたむきに相手を慕い、その人を守りたいと願う……誰かを想う気持ちは、この世で一等尊いものです」

「……一方的な想いなど、相手にとっては迷惑なだけです」

「通じ合っていないのに、気持ちを無理やり押しつけるのは迷惑でしかないでしょう。でも、喜蔵さんは違います」

また断言した初に、喜蔵はむっと眉間に皺を寄せた。

「あんたに俺の何が分かる——そう思いましたね？」

すかさず初から問われた喜蔵は、内心舌打ちしつつ、そっぽを向いた。

「あなたは優しい人です。あんなにひどいことを言われても、あなたは綾子さんをこれっぽっちも悪く思っていない……そのくらい分かります。だって、私はずっと昔からあなたのことを知ってるんですから」

「あなたと会ったのは、一年前のはずだが——」

言いかけた喜蔵は、はっと息を吞み、視線を下ろした。膝の上に置いた手のひらに感じた温もりの正体は、初だった。喜蔵の手を自身の両手でぎゅっと握りしめた初は、目を見開いて固まった喜蔵に、優しく語りかけた。

「笑ってください。私、あなたの笑顔が好きなんです。心細くて、悲しくて、どうしようもなかった心を慰めてくれたあなたの笑顔が……はじめて会った時からずっと……。あなたは笑った方がずっといい」

——笑った方がいいよ。

祭りの日、迷子、手を繋いで歩いた道、迎えにきた男――きらきらと輝く笑顔。怒濤《どとう》の如《ごと》く脳裏に蘇った画に、喜蔵は眩暈を覚えた。顔色を変えた喜蔵を見て、初はにこりと笑った。誰にも真似ができぬような、きらきらと輝く笑みだった。

（だが、俺は知っている――こうして笑える者を……）

もう一度唾を呑みこんだ喜蔵は、初の手を握り返しながら言った。

「……お初さん、あなたは――」

しかし喜蔵の言葉は、皆まで言わずに途切れた。

「大変や……大変なことが起きたで！」

大音声を発しながら荻の屋の中に駆けこんできたのは、裏長屋の大家又七だった。

「はあ……はあ……しんど……」

息を切らしながら店奥に向かった又七は、喜蔵に顔が触れそうなほど近づき、「大変や！」と叫んだ。

「……近寄るな、鬱陶《うっとう》しい。声は聞こえている」

喜蔵は初の手をそっと解き、又七の顔を手で押しのけながら言った。

「ちょっと……何すんねん！　手荒やな！　爺《じい》さんなんやから、もっと大事に扱ってくれなあかんで！」

「お前は大して爺でもなかろう」

「わてが若々しいと褒めてるんか？　ま、その通りやな！」

「何をどう聞いたらお前を褒めていることになるのだ。……さっさと変化を解け。解かぬなら、その大変なことというのを手短に話せ」

　作業台の奥に座り直した喜蔵は、眉間に皺を寄せながら、腕組みをして言った。

（寒い――そんなわけがあるものか。今は夏だ）

　すぐ近くに感じていた温もりがなくなったことに寂しさを覚えかけた喜蔵は、小さく首を横に振った。その温もりを与えてくれていた相手の顔は見られなかったが、相変わらず強い視線を感じたため、喜蔵は下を向いた。

「変化……あ、そうやった！　わて、ご主人に変化してたんやった！」

　轟いた叫び声に、喜蔵は思わず顔を上げた。ぼんっという音が響いた直後、又七がにわかに姿を消した。彼が立っていた場所で宙に浮いていたのは、九官鳥――ではなく、その鳥によく似た姿の妖怪・七夜だった。

「ふう……すっかり忘れてたわ。あんた何でわての正体に気づいたんや？」

「お前のその癇に障るほど煩い方言のおかげだ。三度は言わぬ――さっさと話せ」

　七夜の問いに、喜蔵は今にも人を殺めそうな目つきで答えた。いつもだったら、「ひっ」と悲鳴を上げる七夜だが、「そやったな」と低い声音で答えた。九官鳥の表情の変化など分からぬが、どこか緊張感に満ちている様子に見えた。

「今からわてが言うことは、すべてほんまのことや。あんたのことやから、この話聞いたらすぐに飛びだしていってしまいそうやけど……それはせえへんと約束してくれ」

七夜はそう言うと、手前の棚の端っこに降り立ち、じっと喜蔵を見上げた。肯定の答えを待っている七夜に、喜蔵は重たい息を吐きつつ、「承知した」と答えた。

＊

半刻前――。

「じゃあ、そろそろ行ってくるか。留守を頼むよ」

又七はそう言うと、窓縁に止まっている七夜の頭を優しく撫でた。

「店には誰かしらいるから、何の心配もいらないんだ。しかし、もし誰かが私を訪ねてきたら、その時はどうしようかね。店の者は『後日改めてお訪ねください』と言うだろう。そうなったら、せっかくのお客人に悪いことをしてしまうねえ。それが遠方からわざわざ来てくださった方だったりしたら……うーん、困ったなあ」

又七は眉尻を下げて言った。一応「困った顔」をしていたが、

（……まったく、ご主人はほんまに演技が下手や）

目を細めながら、七夜は思った。又七と七夜は数十年共に生きてきた仲だ。又七は七夜の正体に気づいていない――ふりをしている。それを七夜が知ったのは、昨年のことだった。七夜はその頃、又七が妖怪に騙され、命まで狙われているのだと考えていた。させて

たまるかいなと奮起した七夜は、小春の「妖怪相談処」に駆けこんだ。喜蔵まで巻きこみ、又七を尾行した結果、すべては七夜の勘違いだったことが分かった。又七は妖怪に騙されていたのではなく、騙されてやっていたのだ。それは、七夜に対しても同じだった。

——あの子はいつも私を助けてくれるんだ。本当にいい子だよ。……でも、いい子じゃなくてもいいんだ。どんな風であっても、私はあの子がとても好きなのさ。

又七が吐露した言葉を、七夜は一生忘れはしないだろう。七夜の寿命があとどれほど続くのかは分からないが、少なくとも又七よりはずっと長生きする。それが数十年なのか百年なのか。その少なくない残りの妖生の中で、七夜は何度も又七を思いだすはずだ。

一生忘れない——そう誓っていても、きっといつかは忘れてしまう。そのことを七夜は知っていた。七夜だけでなく、妖怪ならば皆知っていることだった。

(長い、長い、妖生や。何度反芻したって追いつかんくらい生きなあかん。聞いたことないけど、妖怪やて人間みたく物忘れの病にかかるかも分からん。きっとわてはいつかご主人の言葉も、ご主人自身も、すっかり忘れてまうんやろうな……)

せやけど忘れへん——あの夜、七夜は胸に誓ったのだ。守れない誓いかもしれないが、守るつもりで生きていく。長い妖生を生きていくためには、何かしらの糧《かて》がなくてはならない。

(少なくとも、ここ数十年のわての妖生を楽しくしてくれたんは、このお人やからな。数十年分の恩は返さなあかん)

又七は若く見えるが、もう七十だ。残りの人生はそう長くないだろうに、彼を慕ってやって来る人々が絶えぬ毎日だった。できる限りの恩を返すために——何よりも共にいたいから、最期の日まで七夜は又七のそばにいて、彼の手助けをするつもりだった。

「ルス、ルス、スル。ワタシ、ハナシキク」

七夜はかくかくと身を揺らしながら、片言で話しだした。

「キャク、アウ。ハナシ、カワリニ、キク、キク」

（……完璧な鳥言葉やろ!?）

又七は七夜の正体に気づいている——だが、もしかしたら、半信半疑なのではないかと七夜は思っていた。だから、七夜は未だにこの姿で又七と普通に会話を交わしたことがない。

（人間の姿に化けてなら、話したことあるけど……あれはわてであって、わてやないからな！　鳥の姿で話すなら、こないたどたどしくないとおかしい思われるわ）

これほど完璧な鳥ぶりなら、又七はきっと「七夜が妖怪だというのは、私の勘違いだったのか！　単に賢すぎる鳥だったのだな！」となるはずである。

「シュジン、カワリニ、キャク、アウ。キャク、ハナス、キャク、ヨロコブ、シュジン、タスカル。そんでわて……ワタシ！　キャクアウ!!」

調子に乗ってうっかり本性を出しかけたが、上手く誤魔化《ごまか》したと七夜は自画自賛した。

（あれ？　なんやご主人……下向いて震えてるけど、どないしたん？）

七夜は首を傾げた。又七がすべて気づいていて、笑いを堪えているなど、考えてもいなかった。変な物拾い食いしたんか？　と心配していると、又七はゴホンと咳払いをした。

「……そうか、誰かが訪ねてきたら、私の代わりに話を聞いてくれるんだね？　それなら、皆も喜んでくれるだろう。七夜は本当にいい子だなあ。じゃあ、よろしく頼んだよ」

すぐに帰るからねと言いながらまた撫でてきた又七は、七夜が鳥言葉で「オクガタ、マツ、オニノカオ」と言うと、顔を真っ青に染めて慌てて廊下に飛びだした。

「ああ、ごめんよ。待たせてしまったね……どうか怒らないでおくれ。怒ってない？　そんな鬼みたいな顔してるのに？――じょ、冗談さ！　いやはや、年寄りの冗談ほどつまらぬものはないね！　こりゃあ参ったなあ！」

廊下で待っていた奥方に又七が平謝りしているのを聞きながら、七夜はふうっと息を吐き、小さく宣言した。

「……ほな、変化するかいな！」


「旦那さま、裏店の方とそのお連れ様がいらっしゃいましたが……」

襖《ふすま》の向こうから聞こえてきた声に、転寝《うたたね》しかけていた七夜は「通し……」と生返事をした。

「……やはり、いらっしゃいましたか。いつの間にお帰りになったんです？」

「あ！　い、いやそれは……」

訝しむような声音の主は慌てだした七夜を無視して、「また裏口からですか」と続けた。

「……帰ってこられる時は、表からと申し上げましたよね。まったく、いつも私の言うことなんて聞いてくださらないんだから」

「す、すまぬ……許しておくれ」

「ええ、ええ、許しますとも。いつか言うことを聞いてくださるまで、私の寿命が尽きるまで言いつづけますからね！」

「おかえりなさいまし！」と言いながら、廊下を歩き去ったのは、長年勤めている番頭の佐助《さすけ》だ。又七よりも一回り若いが、禿《は》げ頭で皺も多いため、こちらの方がよほど老爺《ろうや》に見える。

（ご主人が頭が上がらん相手は、奥方だけやあらへんからなあ……）

それだけ気の置けぬ信頼関係を築いているということだと得心した七夜は、部屋中をうろうろとした結果、上座に腰を下ろして客人を待つことにした。

（裏店の奴なら、ご主人がこっちでええはず……連れがえらいさんだったらどないしよ？上か下か……人間の世のしきたりは、いつまで経っても分からん！）

もしかすると、下座が正解なのだろうかと腰を上げかけた時、廊下から声を掛けられた。

「入ってええ――どうぞお入りくださいな！」

慌てて言い直した後、ややあって襖が開いた。七夜は片方の眉を持ち上げ、ふうんと言った。おずおずと入ってきたのは、裏店に住まう麗人だった。

「ええっと、あんたは綾子……さん！」

「突然お邪魔して申し訳ありません……」

か細い声を出した綾子は、後ろにいた男に促され、七夜の向かいに静かに端座した。

「ほう、これはこれは……又七殿。お初にお目にかかります、桂と申します」

綾子の隣に当然のごとく座しながら言ったのは、甘い顔立ちをした色男だった。どこかで見た顔だが思いだせぬと思いつつ、七夜は要件を問うた。

「こちらの方を諭していただきたく、お邪魔しました」

桂は左方に手を向けながら、にこやかな笑みを浮かべて答えた。絵に描いたような美男ぶりだが、どうにも胡散《うさん》臭い顔をすると七夜は眉間に皺を寄せた。

「はあ……して、何を説けばよろしいのかな」

「人としての生き方を」

妖怪のわてにそないなもん分かるかいな！　と叫びそうになった七夜は手で口を覆った。

「又七殿は人格者と名高い方だ。町内の者は皆そう申しています」

「よう分かっとるやん！……ごほん……そんなことはありませんが、せっかく訪ねてきてくださったのですから、私でよければ素晴らしい生き方を伝授してみせましょう」

咳払いとほほほという笑い声で誤魔化した七夜は、俯いて表情が見えぬ綾子と、にこにこと頷く桂の二人に、演説をするはめになった。

「――つまり人間いうんは……人間というのは、これと決めたことをやり通してこそ、生きている意味があるんや——あるんです。生き方は皆それぞれ。同じ人生などあり得ぬのだから、無理に合わせなくてもいい。そんなことしていたら、いずれまともに息をすることさえできなくなる。もっと自分らしく、ありのままで生きることが大事なんや……です！」

七夜は拳を振って話しながら、部屋中を歩き回った。最初は（何や人としての生き方て）と乗り気でなかったが、話しているうちにどんどん力が入ってしまった。だから七夜は、いつの間にか部屋の中に険悪な空気が流れていたことに、まるで気づいていなかった。

「あなたは愚か者ですね」

「な、何やと……!?」

桂の放った言葉を偶々拾った七夜は、急いで座していた場所に戻った。二人はまだ座ったままだったが、片や俯き、片や相手を睨んでいた。

「あんた今愚か者言うたやろ!?　何でやねん！　わてがどない丹精込めて人の生き方なんてよう分からんもんを語ってやっとったと——」

「黙れ烏《からす》」

ぴしゃりと言った桂に、彼に詰め寄っていた七夜は、びくりとして後ずさりした。

「か、烏ちゃうわあ……って、あんた何で……あれ？　桂てどっかで聞いたような……あっ！　あんた、荻の屋によう出入りしとった桂男——」

「たとえ烏が化けた姿とはいえ、年老いた老爺の話を聞けば、少しは生気を取り戻すかと思ったが……そもそも生きる気力がないようだ」

またしても七夜の言を遮った桂こと桂男は、物言わぬ綾子に説教を垂れはじめた。

「生気もなければ、生きる気力もない――死人と同じではないか。あなたは妖怪から見ても何の魅力もない人間です。まことに愚かだ……荻の屋の主人も――あの人こそ愚かだ。こんな女を好むとは、どうかしている。これのどこが初さまより勝《まさ》っているのだ？　姿かたちだと巷の者は言うのかもしれないが、ちゃんちゃらおかしい。そんなもの、ただの上っ面ではないか。皮を剝けば、人など皆同じだ。剝きだしの己になった時、誰もあなたなど選ばない。あなたの本質を好く者など、妖怪の世にだっていはしないだろう」

「あ、あんたちょっと言いすぎやないか？　いくら何でも……」

七夜が密やかな声で非難した時、綾子は不意に立ち上がった。

「……ようやく反論する気になったのか？」

ふんと鼻を鳴らした桂男は、口ぶりとは反対に、少しほっとしたような顔をしていた。

(何や……この女の気力を取り戻そうとしてるんかいな)

七夜が桂男を見直しかけた時、綾子は桂男に向かって頭を下げた。

「……何ですか」

冷え冷えとした声を出した桂男に、綾子は言った。

「お初さんに『ごめんなさい』とお伝えください」

「先ほどのことを言っているんですか……？　それなら、直接初さまに言えばいい」

綾子は首を横に振ってから姿勢を戻し、踵を返して歩きだした。怪訝な顔をしていた桂男だったが、やがてはっと気づいた顔をして立ち上がった。

「――逃げる気か、火の女!?」

一瞬足を止めかけた綾子は、前を向いたまま言った。

「それが私の生き方ですから」

綾子の低く掠れた声が響いた時だった。

ばりばりばり――。

壁に掛かっていた掛け軸が破けたと思ったら、そこにぽっかり穴が開いた。

「……何や、穴が――弥々子河童!?」

七夜は壁を指差し、叫んだ。穴の中からぬっと現れたおかっぱ頭の河童――弥々子は、穴のすぐそばに立っていた綾子を見つめ、目を見開いた。

「あんたは――そうか、『火』か……!」

呻くように言った弥々子は、素早く綾子の腕を摑むと、そのまま穴の中に取って返した。

「ちょ、ちょっとあんた……!」

「待ちなさい！」

七夜と桂男が同時に声を上げた時にはもう、穴はすっかり消えていた。破れた掛け軸をしばし見つめていた七夜は、「あなたは荻の屋に！」という声にはっと我に返った。

「私は一度引水の家に戻る……確かめてこねば――あなたは荻の屋に行って、あの愚かな主人に今起きたことを伝えなさい！」

そう叫んだ桂男は、人差し指を噛み切り、そこから流れた血を使って、もののけ道を開いた。何でわてが――七夜がそう抗議をする前に、桂男は穴の中に入って消えた。

＊

「――というわけやねん。何やよう分からへんけど、仕方なくここに来たんや。見上げたもんやろ？　慈悲深妖怪戦があったら、わてが優勝や――って、待ちや！」

休まず早口で語っていた七夜は、土間に下りた喜蔵を、身を挺《てい》して押しとどめた。

「なぜ止める」

「そら止めるわ！　そもそも、あんたどこ行く気や!?」

「あれは神無川の河童だ。そこに行くに決まっている」

「そら、そこにいてる可能性は高い気するけど……やめとき。何が起きてるかわからへんのやから、無茶したらあかん。桂男があんたに伝えろ言うたのは、あんたにあの女を助けろいう意味やあらへん。大変な事態が起きてるから、気いつけろいうことや」

「こんな話を聞いて、何もせずここで待っていることなどできると思うか？」

そう吐き捨てると、七夜はぐっと詰まったような顔をして、押し殺した声を出した。

「……我慢しいや。小春もいいひんのやろ？　坊《ぼん》がいるなら、わてかて止めんかった……

あんたは恐ろしい顔してるけど、人間や。弥々子河童からは色んな奴の妖気と血の臭いがしたんや。よう分からんけど、確実に何かが起きてる。そないなところ人間が行くもんやない！……ほんまはわてかて気になるけど、ご主人が帰ってくるまでは家で待ってなあかんしな」

ぼそりと述べた言葉を聞いて、喜蔵は口許に嘲笑を浮かべて言った。

「人間を諭す善良な妖怪を演じているのか？　飼い主の安否にかこつけて、戦いに赴きたくないだけだろうに――卑怯な臆病妖怪め」

ぱしんといい音が響いた。左頬にじんわりと痛みが浮かんできた時、喜蔵はいつの間にか目の前に立っていた初を見下ろした。喜蔵を叩いた右手をゆっくり下ろした初は、涙の溜まった瞳で言った。

「……謝りません」

こくりと顎を引いた喜蔵を見上げて、初は続けた。

「何が起きているのか分からなくても、戦に巻きこまれるかもしれなくても、死んでしまうかもしれなくても――あなたはそれでも行くというのですか」

「行きます。何があっても」

「……駄目です」

「あの人を助けたいのだ……！」

思いの丈《たけ》をぶつけるように叫んだ喜蔵は、拳をぎゅっと握りしめた。ガラリと響いたのは、七夜が表戸を開けて出て行った音だろう。

（言うだけ言って出て行くとは……謝る間もなかったではないか。身勝手な妖怪め）

内心苦笑をこぼした時、喜蔵は息を呑んだ。

「私も一緒に行きます」

固く握りこんでいた喜蔵の拳を取り、初は言った。

「止めても無駄です。……いつかあなたが私を助けてくれたように、今度は私があなたの力になりたいから――何があっても、この手は決して離しません」

初の浮かべたきらきらと輝く笑みを見ているうちに、喜蔵の凍《い》てついた心は段々と解けていった。

四、長太郎ふたり

時は二刻前に遡る——。

「目が覚めるほどに美しい女だな」

商家通りを抜け、野道に入った時、かわそは言った。

「お前……綾子はよせよ!?　あいつに惚れてる閻魔商人に殺され——あ、しまった。うっかり口が滑っちまったぜ」

小春は片手を頭の後ろに当てて、アハハと明るい笑い声を立てた。まるで隠している様子のない小春に、かわそはふうんと首を傾げて言った。

「あの若旦那は飛縁魔憑きを好いているのか」

「若旦那っつー柄じゃないけどな！　とうに振られてるくせに、まだ未練たらたらなんだ。悪いが、お前も諦めてくれ。綾子は確かに美しいし、三味線《しゃみせん》も料理も上手《うま》いし、何より優しい。でもな、物凄ーく抜けてるし、お節介がすぎる。人の話は聞いてないし、意外と率直にものを言うし……ともかくお前の手には余るから、すっぱり諦めてくれよ。な？」

　小春は指折り数えて言うと、両手を合わせて祈るような仕草をした。そんな小春に呆れた視線を向けながら、かわそは頭の後ろをカリカリと掻いて言った。

「話を聞かぬのはどちらかねえ……俺が美しいと言ったのは、そっちじゃないんだがな」

「じゃあ、深雪か？　でも、お前が来た時には、深雪はもうくま坂に行ってたよな？」

　不思議そうに言った小春に、かわそは小さな目をぱちぱちと瞬かせて問うた。

「深雪というのは、喜蔵の妹だな？　あの子も可愛いが、まだ子どもだ」

「深雪でもない……あれ？　お前、どこで深雪を見たんだ？」

　かわそが訪ねてくる大分前に、深雪は家を出たはずだ。途中ですれ違うにも、時が開きすぎている。すると、かわそは事もなげにこう答えた。

「今朝《けさ》、向かいの家の木の枝で休んでいた時に、裏道を行くのを見たよ」

「こんな風にしてさ」と言ったかわそは、合わせた両の手を右頰の下に敷き、己の眠る様子を再現してみせた。愛らしい姿であったが、小春は眉を顰めてかわそを持ち上げた。

「……お前、いつから浅草にいたんだ？」

「昨日と今日の間くらいか。日付が変わる頃にこちらに来た」

「はあ!?」

　大声を発した小春は、思わず両手を離した。落とされたかわそは、ぽんと可愛らしい音を立てて着地すると、短い腕を組みつつ述べた。

「約束の刻限を間違えたわけではないんだ。ただ、どうにも気になってな……俺の力では大した助けにはならんだろうが、いないよりはマシかと思って、ちょいと早く来てみたのさ」

「お前ってば、本当に妖怪にあるまじき良い奴だな……数刻も外で待ってたのかよ」

啞然として呟いた小春は、あれ？　と首を捻った。

「何で荻の屋を訪ねてこなかったんだ？　俺たちがもう寝てると思って、遠慮したのか？　それなら、せめてうちの庭にでも入ってりゃあよかったのに。あそこには蔵があるんだ。鍵《かぎ》が掛かってるけど、お前だったら開けられるだろうし……あの蔵には結構いわくつきの物が入ってるが、まだ目覚めてない奴らだからさ！」

いわくつきの物の正体は、まだ付喪神として目覚めていない道具の数々だ。あと数十年も経てば、もしかしたら新しい命を宿すかもしれぬ道具が、蔵の中にはひしめきあっている。今はあくまでただの道具なので、小春は「今のうちに売りさばいちまえば？」と言ったが、喜蔵は「そのような不気味な物が売れるものか」と鬼の形相で否定した。

「……『いずれ命が宿る物なら売ることはできぬ』と素直に言やあいいのに」

独り言ちていると、かわそは「どうした？」と心配そうな顔をした。

「いや、何でもねえ。そんで、何でお前はそんなに遠慮したんだ？」

「俺も妖怪だ。そこまで遠慮はしないさ。だが、どうやっても敷地の中に入れなくてな」

「……何でだよ？」

「強い結界のせいさ」

かわその言葉に、小春はぐっと表情を引き締めた。

昨夜、浅草の地に着いたかわそは、まっすぐ荻の屋に向かった。迷いなくたどり着けたものの、裏戸から中に入ろうとした瞬間――

「雷《かみなり》でも落ちたんじゃないかと思ったよ。びりびりと、身体の中に鋭い痛みが走ったんだ。一瞬だったが、あまりの凄まじさに、しばらく動悸《どうき》が止まらなかったな」

かわそはおそるおそる、戸の隙間から中の様子を探った。一寸開いた隙間の向こうに見えたのは、こちらをじっと見据えている女だった。暗闇の中、明かりも持たずに立っていた女は、かわそにすっと人差し指を向けてこう言ったという。

――水の者……こちらに来るなら、殺す。

声は小さかったが、凛とした響きを持っていたので、よく通った。

「とにかく、ここにいてはならんと一旦退いたのだ……強い妖力を持つ女だった。しかし、どこか不自由そうにも見えた。人間に憑いているのならば納得だ」

その後かわそは、近くをうろついていた妖怪から、その女の名を聞いた。あれは、飛縁魔だ――と。

「飛縁魔――綾子に憑いているあいつが、お前の前に現れたのか……」

(なぜ、奴がそんな真似をした？　力が戻りつつあるのか？　でも、何で……)

にわかに動きだした飛縁魔――その目的は一体何なのか。

「結界を張ったのは、本当に飛縁魔なんだな？」

「さて……分からんね」

当然肯定の返事があると思っていた小春は、がくっと体勢を崩し、転びかけた。

「飛縁魔が言った通り、俺は水の者だ。飛縁魔のような火にまつわる妖怪とは、まるで縁がないんだよ。一つ言えるとしたら、あの結界は大分強いものだった。あの結界の中にいた妖怪で、一番強いのは誰だい？」

「俺だ！」と返したいのをぐっと堪えて、小春は渋々言った。

「……飛縁魔。だが、お前も言った通り、綾子の身に封じられているから、自由に動けないはずだ。けど、他には思い当たらねえし……」

「そうさなあ……百目鬼はどうだ？」

かわそは頬を小さな指で掻きながら、のんびりとした声を出した。

「……あり得る。が、奴が何でそんなもんを張る必要がある？……ねえよな？」

唸るように答えた小春は、片手で頭を掻きむしった。喜蔵の話を聞く限り、多聞は今回の一件に何らかの意思を持ってかかわっている。

（それが何なのかさっぱり分からん……あの目だらけ野郎は何を考えてやがるんだ！）

多聞と交わるようになって一年半が経った。先に出会ったのは喜蔵だが、彼は多聞の正体にまるで気づいていなかった。世にも美しい声を持ち、話し上手で落ち着いた大人の男——正体が百目鬼という妖怪と分かるまで、喜蔵は多聞をそんな風に思っていたらしい。

多聞が普段何をしているか知らぬが、こちらの世のどこにいたとしても、彼はその土地に馴染み、皆から愛されているに違いない。他人を信じられぬ喜蔵が出会ってすぐに心打ちとけ、親しくなりたいと望んだ相手だ。

「人たらしなんだよなあ……本妖は人間なんて何とも思ってないくせに、あいつとかかわった奴らはみーんな奴を信じちまう」

ようやく頭から手を離した小春は、深い息を吐きながら言った。

「あんたもそうなのかい」

「気持ち悪いこと言うな！　俺はあんな胡散臭い野郎なんて信じるもんか。俺はこの目でいいと思ったもんしか認めない、妖怪の中の妖怪だからな！」

小春はかわその言を一蹴《いっしゅう》し、背をのけぞらせてケタケタと高笑いをした。

「そうやって馬鹿みたいに明るくふるまって周りを煙《けむ》に巻く癖《くせ》も相変わらずだ。あんたも中々代わり映えしない奴だね」

「……別段誤魔化したわけじゃねえぞ。お前のことは信用してる」

「うん、分かってるさ。嫌いな妖怪の力を借りてまで、わざわざ俺を捜してくれたんだ。そうするくらいには、俺に信を置いてくれてるんだろう？」

「分かってるならいいんだよ、分かってるならさ」

鼻を鳴らして言った小春は、足取り荒く歩きはじめた。

「目だらけ野郎――百目鬼は、何者なんだろうな。俺はこれまで色んな妖怪と出会ったが、奴ほど正体が分からん妖怪ははじめてだ」

身体中に目があり、それを使って幻を見せる——それが百目鬼の力だ。元々人間だった多聞が百目鬼と同化し、妖怪となった。そうした事実は知っているものの、それが多聞のすべてとは言えぬと小春は考えていた。

「過去や能力を知っていたところで、心の中までは分からん。奴がこれまで俺たちに述べた言葉が真実だったとしても、それだけじゃ百目鬼を理解したことにはならねえ」

「その言い方じゃあ、百目鬼を理解したいと思っているように聞こえるが」

「そうしないと、俺は奴に勝てない」

断言した小春に、かわそは深々と頷いた。

「ふむ……ちと感心したぞ。小春も大人になったもんだな」

「さっきと言ってることが違うじゃねえか」

小春は鼻に皺を寄せて言いながら、足許に転がっている小石を蹴飛ばした。力は込めず、軽く触っただけだが、石ははるか遠くまで飛んでいった。

(俺は百目鬼が嫌いだ)

何を考えているのか分からぬところも、他者を意のままに操るところも、自分よりもずっと強い力を持つところも——最後のはやっかみでしかないが、それが小春の偽りなき本心だった。多聞と出会ってから、小春はずっと考えていた。

「あいつとの決着は、何を招くんだろう……」

風に紛れるほどの小声で呟いた時、水辺独特の臭いが鼻をついた。

「……だーれもいねえじゃねえか！」

水泡一つ立たない静かな川に向かって、小春は吠えた。

『アマビエの鱗を探しに海にまで繰りだしてるのさ』ってか？　一妖残らず総出で？

……そんな馬鹿なことあるか！」

喚いていると、川の中からひょっこりと丸い頭が現れた。

「ざっと見てきたが、てんで姿が見えんよ。河童もだが、ひょうすべや水辺の獣《けもの》の経立なんかもな。まるでこの川に住まう妖怪たち全員で、よその海川に夜逃げしたみたいだ」

ほぼない肩を竦めるような仕草をして、かわそは言った。小春とかわそは神無川に着いてすぐ異変に気づいた。かわそが「ちょっと見てこようかね」と気軽な様子で川に飛びこんだため、小春は少々心配していた。

「よかった……お前が傷だらけになって戻ってくるんじゃねえかとびくびくしてたんだ。血みどろの獺なんて止めてくれよ。獺の取り柄なんて、とぼけた姿しかねえんだからさ」

「誰が獺だ」とじとりとした目で小春を見上げながら、かわそは続けた。

「俺は大丈夫さ。何かあっても巻きこまれずに逃げきれる自信があるよ」

「そういうのはな、自信じゃなくて過信というんだよ。過信は失敗を招く。このありがたい言葉をよくよく肝に銘じておけよ」

「そうさな。うんうん、小春の言う通りだ」

適当な返事をしたかわそは、岸に上がって身を震わせた。少しそれをやっただけで、かわその身体は完全に乾いたようだった。かわその身を覆う毛は、水を弾きやすい性質らしい。その代わり、弾かれた水を全部被った小春は、「お前な……」と恨めしそうに呻いた。

「おや、すまんすまん。……なあ、こうしてここの連中がすっかり消えたなんてこと、これまでにもあったのかい？」

小春は水滴を両手で払いながら、口をへの字にして「うーん」と唸った。

「確かあった……あったあった！　あれは去年の――」

そこまで言いかけて、小春ははっと気づいた。

「アマビエだ！　ちょうど一年くらい前に、奴を追ってこの辺の水の怪たちがいなくなったんだった！」

「水の怪たちは、確かこの先の海で戦をしたと耳にしたが……」

かわその言に、小春は表情を引き締めて頷いた。

「――かわそ」

「うん、俺はいつでもいいよ」

小春の低い声音にかわそは軽い調子で返したが、その顔は真剣そのものだった。再び頷いた小春は、ぐっと拳を突き上げて叫んだ。

よし、行くぞ！――と。

「……威勢よく声を張り上げたはいいがね」

「皆まで言うな、かわそ」

小春は舟を漕ぎながら、首を横に振ってかわその言葉を遮った。

神無川のほとりに繋いであった舟を無断で借用した時、「いいのかね」と言うかわそに、小春は胸を張って「すぐに返すからいいに決まってる！」と返した。それが半刻前のことだ。

「すでに約束を違《たが》えてるじゃないか。おまけに、舟の中に置いてあった笠《かさ》まで拝借してさ」

「あるもんは何でも使うのが俺の決まりだ！　それに、まだたった半刻だぞ？　こんな短い時ですっかり物事が解決するわけがねえ。俺たちは妖怪だ。妖怪にとってのすぐと人間にとってのすぐは違うだろ？　俺が言ったのは、無論妖怪の方だから、まだまだ！」

「おいおい、まさか何日も掛かるわけじゃあるまいな？」

「そ、そんなわけねえだろ！」

笑って誤魔化した小春は、周囲を見回した。神無川を下り、広い海に出てしばらく経つが、辺りはしんと静まり返っている。

（……やはり、去年と同じじゃねえか）

枯れずの鬼灯ことアマビエを追って、水の怪たちが戦いを繰り広げたあの夏——小春と喜蔵もそこに巻きこまれ、戦った。

（あの時はまだ妖力もこっちの視る力も失ってなかったんだったか）

小春は右目にそっと触れて苦笑を漏らした。視る力はないはずなのに、不思議と以前と変わらず見えている気がした。

「どうした？」

先ほどと同じ台詞をまた述べたかわそに、小春は「何でもねえ」と首を横に振った。

「あんたはいつもそればかりだ。俺には言えないのかい？」

「そういうわけじゃねえよ。ただ……」

何と言ったらよいか分からず、小春は黙した。小春が考えていることは、非常に個妖的なことだ。悩みというわけでもないので、他妖に言っても解決はしない。

「ほら……ただの愚痴《ぐち》をこぼすことほど、無駄なものはねえからな！」

「右目の視力を盗られたのが、ただの愚痴とは思えないがねえ」

（……こいつ――）

かわその言葉に、小春は目の色を変えた。朱に染まった小春の瞳を見たかわそは、短い手を前に出して「違う違う」というように振った。

「そんなことを知っているとは……さてはお前、多聞の手先だな!?――とでも思ったんだろう？　なあ、小春。俺とあんたはどれぐらいぶりに会ったか覚えているかい？」

「……二十年？　いや、三十年くらいか？」

「七十年さ」

答えを聞いた小春は、そんなになるのかと驚き、目を丸くした。漕ぐ手の動きが緩慢になったのを見ながら、かわそはふっと笑みを浮かべて言った。

「妖怪の生涯は長いが、永遠に続くものじゃない。俺はあんたより少々年嵩《としかさ》だ。今すぐ死ぬというほど高齢ではないものの、残りの妖生はそれほど長くない。そうなると、この先どう生きるか考えるものさ。後悔を残さず死にたいからな。やりたいことはやれるうちに挑戦しておこうと思うし、気になることは調べておかねばとなるもんだ。幸いにも俺にはあちらにもこちらにも友がいる」

かわそは、妖怪が嫌う善良な妖怪だ。しかし彼は、妖怪たちに受け入れられた。かわその善良さが、人間相手だけに発揮されるものだったら、そうはならなかっただろう。人妖かかわらず、平等に優しく接し、親切を施すからこそ、かわそは皆に慕われていた。

「……友が多い自慢がしたいのか？　俺が聞いてるのはそんなことじゃねえんだけど」

「友は多いが、皆と心を通い合わせているわけではないさ。俺だって妖怪だ。好き嫌いは人間以上に激しいし、海より深い執念も併せ持ってる」

「前者はそう思わねえが、後者はよく知ってる」

小春はむすっとしながら、深く頷いた。妖怪の世に迷いこんだ人間を愛し、その相手が人間の世に戻ってからも見守り、陰ながら力を貸しつづけたのが、このかわそだ。かわそに一目置く妖怪たちも、この一方的な献身ぶりには、軽蔑《けいべつ》の念を持っているかもしれぬ。そもそも、人間を助けるという行為自体が、妖怪にとっては禁忌にも近いものだった。それを幾度となく繰り返している小春は、「普通の」妖怪にとって、異端中の異端なのだろう。

「寿《ことぶき》は……ああ、寿というのは、前に話した、俺が愛した人間の女のことだ。寿はただの人間だった。だから、俺はあの女とは共にいられないと考えたんだ。同時に、守ってやらねばとも思った。だから。人間は弱いからな。それに、寿は運が悪かった。殺されそうになって妖怪の世に来てしまったくらいだ……」

　だから、かわそは人間の世に行き、寿を見守りつづけた。不運に巻きこまれそうな時には、そっと手助けをし、辛い目に遭わぬようにと祈りつづけた。その甲斐《かい》あって、寿は天寿を全うした。

「自惚《うぬぼ》れかもしれないが、俺がそばにいなかったら、寿はもっと早くこの世を去っていたし、不幸になっていただろう」

「自惚れじゃねえだろ」

　即座に返すと、かわそは小さい目を見張って、嬉しそうに頷いた。

「ありがとう……うん、俺もそう思ってるんだ。まことに運の悪い女だったからなあ」

　ふふふと笑ったかわそは、小春に小さな手を向けて言った。

「だが、あんたは違う。運はいい――と言えるかは分からんが、たとえどんな凶運が舞いこもうとも、それを撥《は》ね除ける力がある。あんたは強い妖怪だ、身も心も――」

「な、何だよ急に……」

小春は口ごもった。褒《ほ》められて悪い気はしないが、かわその意図が読めず、困惑した。

「俺は寿のようにあんたを見守りつづけることができない。俺がそばにいては何かあった時に足手まといだし、あんたは他妖の力を借りるのが嫌な性質だ。だから、こうやって俺を頼ってくれたことが嬉しかったよ。あんたも俺を大事な友と思ってくれてるんだとさ」

「かわそ……」

しみじみと述べたかわそにうっかり流されそうになった小春は、はたと気づいて言った。

「答えになってねえ！　だから、何で俺の右目のことを知ってたんだよ！」

「だから、それは調べたからさ」

「はあ!?」

「何をしてるか気になってな。中々会いに来てくれぬから、仕方なく五十鈴に頼んだ。小春の近況を教えてくれってさ」

何でもないように言ったかわそに、小春は唖然とした。

「お前、あの婆《ばばあ》によく物を頼むな……って、そんなこと昨日は言わなかったじゃねえか！」

「五十鈴からちょこちょこ話を聞いてはいたが、あんたの口から聞いたわけじゃない。だから、あんたの話をまずは最後まできちんと聞かねばと思ったのさ。そうしたら、話す機がなくなってな」

「それを黙ってたと言うんだよ！」

大声を上げた拍子に思わず立ち上がりかけた小春は、自分が舟の上にいることをうっかり失念していた。

「あ！」

身体がぐらりと大きく傾いて舟から落ちそうになった時、「大丈夫か!?」という声がして、誰かに腰を支えられた。その機の良さと相手の力強さに驚きつつも、礼を述べようと振り返った小春は叫んだ。

「おかげさんで落ちずに済んだ。あんがと――ってお前っ!!」

小春を助けてくれた男の後ろに、見覚えのある相手が見えたせいだった。耳の下辺りでゆるく束ねた髪に、派手な着物。男前ではないが、人好きのする微笑が魅力的な男――妖怪百目鬼こと多聞だった。

「お前、何だってこんなところにいるんだ!?」

嚙みついた小春に、多聞は気軽な様子でひらりと片手を振って答えた。

「海に落ちなくてよかったねえ、大妖怪」

多分に嘲りを含んだ「大妖怪」に、小春は額に青筋を立てた。

「……何を企んでやがる」

「そうおっかない顔しないでおくれ。怖いじゃないか」

「お前がそんな殊勝なたまかよ！……さっさと問いに答えろ。答えねえと言うなら――」

「どうするつもりだい？　俺を殺すのかな？　それの使い心地がよさそうで何よりだ」

それのくだりで右目を指された小春は、ギリッと奥歯を嚙んだ。

（……お前が奪ったんじゃねえか！）

小春は手を右目に伸ばしかけて、ぐっと堪えた。片方の目が見えぬことにはすでに慣れた。今日なんて、まるで両の目が見えているような心地すらする。しかし、奪われた時の痛みと屈辱は、いつまで経っても消えてくれなかった。

こいつのせいで俺は──沸々と湧いてくる怒りと共に、どくどくと心の臓の音が響きはじめた時、かわその呟きが聞こえた。

「額に傷……」

どこかで聞いた話だと思いながら、小春は多聞の手前にいる男に視線を向けた。見ず知らずの小春を助けてくれた優しい男だが、人相はあまりよくない。かわそが言った通り、額に傷がついているせいだろうか。

──綾子さんと口論していた男は、身の丈こそ低いが、体格はがっしりとして力が強そうだった。鈍いかと思いきや、足も速い。一番の特徴は、額にある傷だ。

喜蔵から聞いた話が頭をよぎった小春は、男を指差して「……あー！」と叫んだ。

「お前、綾子に突っかかってきたっつー……ええっと、長太郎か!?」

「なぜ俺の名を……お前は──！」

怪訝な声を出した男・長太郎は、はっとして、小春の被っていた笠をバッと奪い取った。露わになった小春の顔を見て、長太郎は舌打ちした。

「……荻の屋にいる餓鬼《がき》か。助けなきゃよかったぜ」

小春が「はあ!?」と喚くと、長太郎は腕組みをしながら、鼻を鳴らして言った。

「よく面倒を見ていた餓鬼が死ねば、あの女も少しは自分の置かれている立場を思いだしただろう――男殺しの飛縁魔憑きということをな。あの女は周りにいる男を全員殺す。男殺しのあばずれだ。あの女に誑《たぶら》かされて、一体何人の男や女子どもが死んだことか……あの女は、この世に生きていてはならん化け物だ。自身が纏《まと》う地獄の業火に焼かれて死ねばいい！」

語っているうちに興奮してきた長太郎は、最後は顔を真っ赤にして叫んだ。しかし、それでもまだ言い足りぬようで、「あのあばずれは――」と続けたが、

「それ以上はやめておいた方がいいよ、長太郎さん」

そう言って止めたのは、気だるげな表情で頬杖《ほおづえ》をついていた多聞だった。

「何で……何であんたが止めるんだ！」

「その何でというのは、何だい？　俺の味方なのに、という意味かな？」

首を傾げて問うた多聞に、長太郎は「そうだ！」と声を荒らげた。

「俺に声を掛けてきたのは、あんただろ!?　あの女と揉《も》めた後、俺をわざわざ追いかけてきて、『力を貸すよ』と言ったじゃないか！」

「力を貸すとは言ったねえ。だからといって、味方というわけじゃあないよ」

にこにこしながら述べた多聞は、「何だと……!?」と喚きだした長太郎を尻目に、ゆっ

たりとした動きで立ち上がって、小春を指差した。長太郎の目が大きく見開いた。

「な……何だ、お前……！」

青い顔をして後退《あとずさ》った長太郎を見て、小春は内心首を傾げた。

(お前こそ何だよ。化け物を見たみてえな面しやがって)

今の小春は、人間の子どもにしか見えぬはずだ。それなのに、小春を見上げた長太郎は、青い顔で身を震わせ、唇まで戦慄かせている。

(一体何なんだよ……俺を見上げてそんな面――ん？　俺を見上、げて、……？)

小春は首を捻った。長太郎は喜蔵よりも小柄だが、小春よりはずっと上背《うわぜい》がある。それなのに、長太郎は顔を上に向け、小春を見上げている。

(俺もこいつを見下ろしてる……何で――)

沸々と疑念が浮かんできた時、必死な声が上がった。

「――……春……小春！　聞こえておらんのか!?　小春！　戻れ！」

はっとした小春は、声がした隣に視線を下ろした。小春の足許に縋《すが》りついているのは、かわそだった。円らな瞳に涙を溜めながら、「小春！　小春！」と呼ぶかわそに、小春は「どうしたんだよ、かわそ」と答えた。しかし、小春の声は聞こえていないのか、かわそはまだ小春の名を呼びつづけている。

「戻れ！　どうしてそんな風に……『荻の屋の小春』に戻れ――小春!!」

「荻の屋の小春？　何じゃそりゃ」

小春はくすっと苦笑を漏らした。確かに小春は荻の屋に居候をしている。だが、荻の屋の者になった覚えはない。

「俺が『荻の屋の小春』になっちまったら、『妖怪の小春』はどうなる？　そりゃあ、今はちっとばかし力を失っちゃいるが……あくまで今だけだ。何たって俺は大妖怪だからさ！」

笑い飛ばした小春だったが、やがてその笑みを引いた。

「おい……どうしたんだよ」

問いかけても答えはない。相変わらず足許からはかわその悲鳴じみた声が聞こえ、目の前で腰を抜かした長太郎は震えている。両者の反応に眉を顰めた小春は、多聞に視線を移した。

（どうせこいつはまた余裕ぶった笑みでも浮かべてるんだろうが）

それでも、我が身に起きているらしい異変を知らせてくれるとしたら、多聞しかいない。口を曲げながら舟上を見回したが、なぜか多聞の姿は見えなかった。一体どこに消えたのか――。

「俺を喰らうのかい？」

間近で響いた声音に、小春はびくりと身を震わせた。声のした方――前に視線を戻した小春は、息を呑んだ。眼前には、多聞がいた。毛むくじゃらの大きな手にその身を掴まれ、ぶらりと吊《つ》り下がっている。

（何で……一体誰がこいつを……）

どくどくと心の臓の音が再び聞こえだす。小春はおそるおそる多聞を摑んでいる手を見た。その先には、腕があり、胴体《どうたい》があり、足もあった。その手の主は三毛模様の毛に覆われており、手足の先には鋭い爪が生えている。顔は見えなかったが、小春は（そんなの当たり前だ）と思った。

（だって、この手の主は――）

「俺を喰らっても、猫股には戻れないが――それでもいいなら、喰っていいよ」

ゆったりとした笑みを浮かべて言った多聞に、化け猫姿の自身が嚙みついた――それが小春が意識を失う前に見た、最後の光景だった。

＊

――俺を喰らうのか。

妖怪のように厳《いか》めしい顔の男が言った。

喰らうもんか。

――それでお前が望む道を歩めるならば、喰らってもよいぞ。

馬鹿を言うな。俺は人間なんぞ喰う趣味はない！　喰らって力を得たところで、何になる？　あんなことしちまったと一生後悔しながら生きていけと言うのか？

——……そうだ。

何だと……？

——そうすれば、お前は一生忘れぬだろう……俺のことを。

何だよ、それ……お前を喰わなくたって、俺はお前を——！

悪夢だ——そう思った小春は、叫び声を上げた。

「……やめろ、それ以上近づくな！　俺はお前を喰いたくなんてねえんだ……!!」

小春は跳ね起き、心の臓辺りを手でがしっと摑んだ。荒くなった息を整えようとして、自分の傍らにあるぐにゃりとした感触に気づいてはっとした。慌てて退くと、そこには額に傷のある男が倒れていた。仰向きで小春を抱えていた体勢から察するに、小春を何かから守ろうとしていたのだろうか。

「何でこいつが俺を……そうだ！　さっき、目だらけ野郎と出くわして——」

その後どうなったのか、小春は思いだせなかった。出会って口論になったのは覚えている。多聞と一緒にこの男・長太郎がいたことも——。

「……ここ、どこだ？」

見知らぬ地にいる——それは、周りを見た瞬間に分かった。何しろそこは、何もない場所だった。上も下も、右も左も、見渡す限りが灰色で、木の一本も生えていないどころか、虫の一匹すら飛んでいないような有様だ。

そのうち小春は、しゃがみ込んで彼の頰を軽く叩いた。

「おい……起きろ。何で俺を庇《かば》うような体勢だったかは知らんが、礼は言わねえぞ」

(あれ……そういえば、前もこいつに助けられなかったか？　確か、舟の上で慌てて立ち上がろうとして――)

何かを思いだしかけた時、足許から「うう……」と呻き声が聞こえた。ゆっくりと目を開いた長太郎は、しばしぼうっとしていたが、

「お前……！」

はっとした顔をすると、慌てて半身を起こした。

「……何だここは」

「何だよ、お前も分からんのか。使えねえなあ！」

「……お前が俺をここに連れてきたんだろう。この妖怪め！」

長太郎が低く呻いた。

「あれ？　お前って、俺が妖怪だと知ってるんだっけ？」

首を傾げて問うと、長太郎は小春を指差して言った。

「そんなことは、二年前お前をはじめて見かけた時に分かった！」

「そんな前から知ってんのか!?　ただの人間のくせに……ああ、お前も彦次みたいに勘の鋭い奴ってわけか！」

「あのような色魔と一緒にするな！　俺のこれは、弛《たゆ》まぬ修行の成果だ！」

「ふうん？」

小春は顎に手を当てて、また首を捻った。

（二年も前から俺の正体に気づいていて、彦次のことも知ってる……喜蔵のことも知ってたんだよな？……一体全体何者だ？　町内で見かけた覚えもないが……）

猫が逆毛を立てるように威嚇してくる長太郎を、小春はじっと見据えた。長太郎も睨み返してきたが、やがて目を逸らしてその場に座りこんだ。膝を立て、両手で頭を抱えた長太郎は、寄る辺ない少年のようだった。

「……お前、何で綾子を憎んでるんだ？」

長太郎の話を真に受けるならば、彼は少なくとも二年前から綾子の周りをうろついている。飛縁魔憑きのことにも詳しそうだったので、もしかするともっと以前から綾子に憎しみを抱いていたのかもしれぬ。

長太郎は項垂れた様子のまま、一言も話さなかった。

（……駄目か）

爪を伸ばし、喉元に突きつけて脅せば、話しだすかもしれぬ。だが、小春はそうする気にはならなかった。

（そんなことしたら、俺は――）

また何かを思いだしかけた時、長太郎は重い口を開いた。

「憎いに決まってる……あいつは殺したんだ。俺たち二人ともな――」

そう言って長太郎は、ゆっくり面を上げた。虚ろな目を認めた小春は、その場に腰を下ろして、胡坐《あぐら》をかいた。続きをと促す前に、長太郎は語りはじめた。

＊

大和国《やまとのくに》の奥深く、吉野《よしの》の山々と大川に囲まれた池ケ原《いけがはら》村には、鶴吉《つるきち》と長太郎という双子《ふたご》がいた。姿かたちは瓜二つ。近所の者はおろか、実の両親でさえ見分けがつかぬ有様だった。

「なあ、長太郎。お前もおいでえや」

川に飛びこんだ鶴吉は、岸でしゃがみこんでいる弟に手招きしながら言った。暑い夏には川遊びと相場が決まっていたが、

「俺はええよ。ここで鶴らを見てる」

長太郎は頰杖をつき、にこにこしながら首を横に振った。

――お前たちは同じ顔してるけど、話しだしたらすぐにどっちか分かるなあ。

二人を知る者は、皆そう言った。生まれた時から、どこに行くにも何をするにも一緒だったものの、考えや行動は正反対だ。鶴吉が元気よく野山を駆け回っている間、長太郎はそばで木の実を拾い、長太郎が村の偉い宮司の話を真剣に聞いている横で、鶴吉は彼に寄りかかって居眠りをした。

――まるで似てへんのに、よくそんな一緒にいられるもんや。

父にさえそう驚かれたこともあったが、二人にとって共にあることは、ごく自然で当たり前だった。

（そやし、俺と長太郎は二つで一つやん）

母の腹の中で一つの魂《たましい》が二つに割れた――そんな風に考えていた鶴吉は、長太郎が頷かないと知りつつも、いつも誘いの手を差し伸べた。

「水が怖いんなら、ほな。俺が手え繋いだるで」

「ありがとう。せやけど、見てる方が楽しいからええねん」

「……ほんまお前は――わっ！」

手を引っこめ文句を垂れかけた鶴吉は、にわかに悲鳴を上げた。

「見事命中や」

目を開けた鶴吉は、含み笑いをしながら指差してきた長太郎を睨みつつ、視線を横に向けた。そこには、鶴吉に水を掛けた女子――幼馴染のあやが無邪気な笑みを浮かべている。髪はほつれ、顔も泥まみれだが、まるで気にした様子がない。

「……お返しや！」

鶴吉はそう言うなり両手で川の水をすくい、あやの顔にかけた。

「ひゃっこい！　ひどいわあ、鶴ちゃん！」

顔を濡らしたあやは、手の甲で顔を拭いながら言った。非難の声を上げたくせに、顔に浮んでいるのは楽しそうな笑みだった。

「あやが先にやったんやん」

「……お返しや！」

「あ、この……あやの阿呆！」

勢いよく水を避けながら、鶴吉は喚いた。双子の幼馴染のあやは、鶴吉以上に快活で、お転婆《てんば》を絵に描いたような女子だ。

「鶴ちゃん、水すくうん遅いなあ！」

「お前が速すぎるんや！」

わあっと声を上げながら水をかけあう二人を、岸にいる長太郎は微笑みながら見守る──それは七つになるまでの日常だった。


池ケ原村には、火の神が祀られていた。その昔、この村には大層美しい女人がいたそうだ。

（ひどい水害があった時、その人が命懸けて皆を守ってくれはったとか……）

死んだ後、神として祀られるというのはよく聞く話だったが、火の神とされた理由は知らない。誰かに聞こうとも思わなかったので、この先も鶴吉は分からぬままなのだろう。

しかし、ここでも正反対の長太郎は、火の神を祀る社《やしろ》の宮司によく話を聞きに行っていた。鶴吉も一緒に行きはするものの、宮司の話を最後まで起きて聞けたことは一度もなかった。

（俺には全然かかわりあらへん話やから、ええんやけどな）

火の神には全く興味がなかった鶴吉だったが、その祭りが六十年ぶりに行われるとなったら、胸が躍らぬわけがない。

祭りの当日、鶴吉と長太郎はあやの家を訪ねた。

「二人ともよう来たなあ！　ほな、上がりや」

明るい笑みで迎えてくれたのは、あやの兄の茅太《かやた》だった。ここの兄妹は双子とは反対で、見目は似ていないものの、中身はそっくりだ。

(今日は姉ちゃんおらへんのか……よかったあ)

あやより五つ、茅太より四つ上の姉は、あやと茅太以上に似たところがなく、まるでよその家の人間のような容姿や性格をしていた。彼女はなぜか鶴吉たちがあやと遊ぶのを快く思っていないようで、鶴吉たちを見るたび嫌な顔をした。兎《と》にも角にも一安心した鶴吉は、双子の背を押して歩く茅太を振り返って言った。

「あやを誘いに来たんや」

常だったら、「ええよ」と笑って即答してくれる茅太だったが、この時は首を横に振った。

「ごめんなあ……駄目なんや」

「何で？」と驚きの声を上げた双子に、茅太は困ったような微笑を浮かべた。

「あやも巫女《みこ》さま選びに参加するんや。今、その着付けが終わったとこや」

「あやが巫女さま!?　うわあ、絶対似合わんやつやん！」

けらけらと笑った鶴吉を、長太郎は驚いたように見た。

「どないしたん?」

「……何でもあらへんよ」

長太郎はにこりとして首を横に振ったが、鶴吉はむっと眉間に皺を寄せた。鶴吉は長太郎のことが大好きだったが、こうして何でも腹の中に想いを押しこめてしまうところは、不満に思っていた。

(片割れの俺にくらい話してくれてもええんとちゃう)

唇を尖《とが》らせた鶴吉と、いつも通りと見せかけ、どこかぎこちない笑みを浮かべた長太郎は、茅太の案内であやがいる部屋に通された。

「おーい、来たで!　あ……」

鶴吉はあんぐりと口を開いて、目の前にいるあやを見た。白衣《はくえ》に緋袴《ひばかま》という巫女装束を身につけたあやは、垂らした髪を朱の紐《ひも》で一つに括っていた。

(……ほんまにあやなんか?　神さまの間違いやあらへんのか?)

鶴吉は無論神さまなど見たことがなかったが、目の前に立つあやの神々しさと美しさは、およそ人とは思えなかった。手足に傷を作っても、髪がぼさぼさになっても、一切気にすることなく野山を駆け回っている幼馴染は、一体どこに消えたのか。

「鶴ちゃん!　太郎ちゃん!」

鶴吉と長太郎を認めたあやは、ぱっと顔を明るくし、駆け寄ってきた。

「これ動きにくくて嫌や。早う終わらんかなあ。宮司さまから『お前は巫女さま失格だ』て言われたいわ。せやったら、鶴ちゃんらと遊べるもん」

頬を膨らませながら言ったあやは、いつも通りのあやだった。

（……神さまに見えたんは気のせいやな）

そう思い直した鶴吉は、「さっさと言われてこいや」と腰に手を当てながら言った。

「早う帰ってくるんやったら、一緒に祭りに行ってやるわ」

「鶴ちゃんがうちと一緒に行きたいんやろ？　寂しがり屋やもんね、鶴ちゃんは」

ふふんと胸を張って言ったあやは、「太郎ちゃんもそう思うやろ？」と長太郎に水を向けた。しかし――

（どないしたん、こいつ……）

黙りこんだままの長太郎を不審に思った鶴吉は、長太郎の顔を見て、目を丸くした。長太郎は、見たことがないほど辛そうな表情を浮かべ、今にも泣きだしそうだった。

「長太郎？」

「太郎ちゃん？」

鶴吉とあやに同時に声を掛けられた長太郎は、両手で顔を覆い、くるりと踵を返した。肩を震わし、嗚咽《おえつ》を漏らしている様から、長太郎が涙を流していることは知れたが、鶴吉とあやはなぜ彼が泣きだしたのか分からず、困惑した。

「長太郎……」

茅太は優しく声を掛けながら、長太郎を胸に抱きこんだ。

「太郎ちゃん……兄ちゃんもどないしたん？」

不思議そうに首を傾げたあやの横で、茅太が長太郎に囁いた声を、鶴吉の耳は確かに拾った。

あやのために泣いてくれておおきに――その言葉の意味を鶴吉が知るのは、少し後のことだった。


祭りから三年が過ぎ、鶴吉たちは十になった。

勢いよく川に飛びこんだ鶴吉は、岸にしゃがみこんでいる長太郎に手招きしつつ、「ほな、お前も」と声を掛けた。

「ええよ。ここで見てる」

長太郎がいつもの通りににこにこして首を振ると、川の中にいた鶴吉以外の子どもたちがどっと笑い声を上げた。

「鶴も変な奴やなぁ。お前の弟は絶対こっち来おへんのやから、声掛けたらんでもええのに！」

「なあ？」と言った少年に、他の子どもたちもこぞって同意したが、

「これまでと今日は別の時や。もしかしたらうんて言うかもしれん。第一、俺が好きで声掛けてるんや。それをどうこう言われる筋合いないやん」

ふんと鼻を鳴らして答えた鶴吉は、ずんずんと歩いて川から出た。

「つ、鶴吉……怒ったん!?」

焦った声が聞こえてきたが、鶴吉は振り返らず、長太郎の腕を引いて歩きだした。

「……ええんか？」

「俺を馬鹿にするような奴は友とちゃう」

唇を尖らせて言うと、長太郎はくすぐったそうに笑った。

「あの子らが馬鹿にしてたんは俺やで」

「俺にとっては同じことや」

怒った鶴吉に、長太郎は何も言わず、微笑んだ。遊び場の野山に向かう途中、その山から誰かが下りてくるのが見えた。それが、巫女装束を纏った少女だと分かった途端、鶴吉は盛大に顔を顰め、足を速めた。

すれ違っても、互いに何の言葉も交わしはしなかった。長太郎はかすかに会釈したように見えたが、気のせいだろう。

(そんなことしたら、掟破《おきて》りや。俺の片割れはそんなことせえへん)

ざくざくと音を立てて山道を進みながら、鶴吉は深く頷いた。

「……大丈夫やろか。今日は元気がなさそうやった」

頂上に着いた時、長太郎はぽつりと言った。それが少し前にすれ違った少女のことだと分かった鶴吉は、「いつものことやろ」とぶっきらぼうに答えた。

「巫女になってから、ずっとあんなもんやん。いつもつんと澄まして……そのくせ、なんや夢見てるみたいにぼうっとしくさりよって、しょおもない奴に成り下がりよった」

「あやはあやのままや」

真面目な顔をして反論した長太郎を、鶴吉は鋭く睨んだ。

「何年も話してへんのに、何でそんなことが分かるんや」

「分かる！」

「分からん！」

鶴吉と長太郎は、生まれてはじめて取っ組み合いの喧嘩をした。村の子どもたちとは何度も喧嘩して勝ったことがある鶴吉は、当然自分が勝つと思ったが――

「あやは……あやは、変わってへん……」

地べたに仰向けに倒れた鶴吉のそばに立ち、長太郎は肩で息をしながら言った。着物はほだけ、顔に傷も作っていたが、喧嘩に勝ったのは長太郎だった。

「……分かった！　変わってへんわ！」

鶴吉は腕で顔を覆いながら、大声で叫んだ。

(変わってへんわけあるか！　そやしあいつは……あいつは巫女さまや！)

――あやが巫女さまに選ばれたんや。祭りの前からそうなるて姉さんは言うてたんやけど、信じられへんかった……ほんまにもう俺たちとは口も利けへんし、いろてもあかんのやて。それが巫女の掟やから……ごめんなあ、鶴吉……長太郎……。

祭りの日の翌日、いつものようにあやを遊びに誘いに来た鶴吉たちは、茅太から告げられた言葉に、顔を見合わせた。鶴吉は（兄さん、何を言うてるんや？）と不思議に思うばかりだったが、長太郎は真っ青になって、泣きだした。

――ごめんなあ……ごめんなあ……俺も悔しうてしようがあらへん……何であやが……名誉なことなんやから、ほんまは喜ばなあかんのに……。

そう言って双子を抱きすくめた茅太は、昨日の長太郎など比ではないほど大泣きした。思えば、訪ねてきた時にはすでに目が真っ赤で、瞼も腫れていたので、昨夜もきっと泣いたのだろう。号泣する茅太と長太郎のそばで、鶴吉は一人困惑していた。

火神の巫女に選ばれし者、身内といえども口を利いてはならず、触れてもならぬ。巫女である間は、それらを必ず守るべし――そういう掟が村に存在していたことを、鶴吉はその時はじめて知った。

――何であやがそんなことせなあかんの……？

ぽつりと疑問を口にした鶴吉に、茅太は真っ赤な目を剝いて答えた。

――そんなん、俺かて知りたいわ……！

いつも明るい茅太が、手が付けられないほど泣き喚いた。まるで、あやがこの世からいなくなってしまったかのような様子に、鶴吉はどうしようもない不安を搔き立てられた。その不安はある意味的中し、鶴吉たちはそれからあやと一度も口を利いていない。あやの家に行くこともなくなったので、茅太とも疎遠になってしまった。あやと一緒に茅太も人が変わったように大人しくなったと評判だったが、それを確かめに行く気にはなれなかった。

あやは巫女になってからというもの、よく一緒に駆け回った野山の中腹にある社へ、祈《き》禱《とう》を捧げるために毎日通っているらしい。女とは口を利けるはずだが、なぜかあやはいつも一人だった。

（そういやあいつ、男の中に交ざって遊んでたんやった）

自分よりも上背があって身軽だったため、鶴吉はあやの性別など気にしたことはなかった。ともすれば、長太郎よりも気の合うところが多かったのがあやだ。だから余計に、あやの変化が受け入れられなかったのかもしれぬ。

「……このまま、あやと一生口も利けへんのかなあ……」

鶴吉の漏らした言葉に、応えはなかった。

池ケ原村がひどい水害に見舞われたのは、双子が十二になった年だった。

毎年秋の嵐で田畑の一部が荒れるなどの被害はあったものの、この年のように田畑どころか、家々までもが流されるほどの状態は滅多にないことだった。外に様子を見に行った者たちは皆帰ってこず、家に籠って嵐をやり過ごすしか方法はないように思われた。そんな中、鶴吉たちの父は村の寄り合いに出かけた。

――火の神さまがお守りくださるから大事無い。必ず帰すので、心配するな。

迎えにきた宮司がそう言ったため、鶴吉たちは頷くしかなかった。宮司さまはこの村で火神さまの次に偉いんや——前年に病で逝《い》った母がよくそう言っていたのを思いだしたのだ。母が言っていた通り、宮司はどこか人間離れした雰囲気がある、立派な男だった。

「どないなってしまうん……鶴ちゃん、俺らの村はもうあかんかも……」

弱音を吐いてばかりの長太郎に、鶴吉は「大丈夫や！」と肩を叩いて励ましつづけた。しかし、大雨も風もやむ気配はなく、川はどんどん増水し、村を浸食していった。

（大丈夫や言うたけど、このままやと水没……そ、そんなことあるかいな！）

大丈夫、大丈夫やと何度となく繰り返しているうちに、いつの間にか朝を迎えていた。眩《まぶ》しさに目を細めた鶴吉は、自身の膝で眠っていた長太郎を起こし、外に出た。

「昨日の嵐が嘘みたいや！」

雲一つない晴天に、鶴吉は両手を上げて、歓喜の声を上げた。同じように喜んでいると思って隣を見ると、長太郎は眉を下げ、どうにも浮かない顔をしている。

「どないしたん？」

「……何かおかしいわ。嫌な予感がする」

ぽつりと言った弟を、鶴吉は怪訝な顔で見た。やがて帰ってきた父は、鶴吉と長太郎を家に戻し、珍しく居住まいを正すと、改まった口調で言った。

「嵐は止まった。宮司さまと巫女さまが助けてくれはったんや。これ以上災いは起こらへんと宮司さまは言わはった。もう大丈夫や」

鶴吉はほっと息を吐いたが、長太郎は顔を曇らせたままだった。

（心配性やなあ……用心深いんは悪いことやあらへんけど、度が過ぎる）

素直に喜ばぬ長太郎に、鶴吉は少々苛立ちを覚えた。

だがその日の夜――また村を嵐が襲った。前日と変わらぬ暴風と大雨は、また家々を流し、田畑を荒廃させ、人々を死に至らしめた。ようやく収まったと思った数日後、また同じ天候になり、村人たちはどんどん疲弊《ひへい》していった。

（俺らもあやの兄さんみたく死んでまうんかなあ……）

茅太は最初の嵐で、川に流され、亡くなったという。あやと口を利かなくなってから茅太ともほとんど話さなくなったが、鶴吉の中では今も茅太は兄のような存在だった。

（あやとよう似てたなあ。あやよりは人の話をちゃんと聞いてくれはったけど）

くすりと笑った鶴吉は、膝の上で頭を抱えて震えている長太郎を宥めつつ、凄まじい風雨の音に耳を傾けていた。耳慣れても、恐怖心は消えない。

「……助けてえや、火の神さま」

大丈夫やと豪語した父は、この日も宮司に呼びだされていた。宮司は代々出水《いずみ》家が務めたが、当代には親も兄弟も子もいない。頼れる者は、彼の友である父しかいないのだと、鶴吉は最近になって知った。

（俺……知らんことばかりやん）

そして何も分からんまま、死ぬんや――暗い考えがよぎり、鶴吉は泣きたくなった。

不安定だった天候がにわかに回復したのは、出水家に養子が入ることが決まった時だった。池ケ原村の人々は、諸手を挙げて喜びを露わにしたが、

「……何でお前が宮司になるん」

野山を歩きながら、鶴吉は低く述べた。

「宮司さまがそう望んでくださったから……」

眉尻を下げて笑って言った長太郎に、鶴吉はふんと鼻を鳴らした。江戸で修行をしていたという宮司に倣《なら》って、長太郎はすでに大和言葉を捨てている。

「お前は俺の片割れや！　俺と兄弟やのうてええんか！」

そんなことない！　と言ってくれることを期待したが、長太郎は何も言わなかった。肝心な時に黙る弟が、鶴吉は憎らしくてしようがなかった。

――長太郎。宮司さまが、お前を養子にいうて望んでくれはったんや。行ってくれるな？

訊ねる体《てい》ではあったものの、ほとんど強要するように述べた父に、鶴吉は深い失望を抱いた。七日前のことだった。その日以来、鶴吉は父と碌に口を利いていない。

（おとんなんか嫌いや！　宮司さまも……俺の片割れを奪うやなんて、どうかしとる！）

むかむかしながら歩を進めていた鶴吉は、中腹辺りで長太郎にぐいっと腕を引かれ、危うく転びかけた。何すんねんと怒鳴りかけたものの、長太郎は謝りもせず、鶴吉の腕を引

いたまま野道を歩いていく。この先にあるのは、川と社だ。そんなところに何の用があるというのだと訝しんだものの、長太郎の気迫に負けて、鶴吉は黙って従った。

社の近くで足を止めた長太郎は、鶴吉を振り返って言った。

「水害を止めたのは、あやだ。これまでは毎日数刻社に籠ってるだけだったが、これからはずっとあそこにいることになった。宮司さまがおっしゃったんだ。『未来永劫、巫女を社から出さぬように。さすれば二度と水害は起こらぬ』と……あやはこれまでただの巫女だったが、これからは火神の依代になると――」

鶴吉は茫然として、社の中を見つめた。そこには、巫女姿のあやがいた。これまでも何度かその姿のあやを見たことはあったが、腹が立ってまともに目に映したことはなかった。だから、こうして正面から見るのははじめてだったが――

「……あいつ、あんなやった？　あ、あんな……」

目を伏せているあやは、この世の者とは思えぬ美貌をしていた。鶴吉にとってあやは、暴れん坊の弟のようなものだった。会話を交わすことがなくなってからも、心の奥ではずっとそう思っていた。その弟分はもうどこにもいない――否、はじめからいなかったのだろう。

「俺……あやを助けたいんだ。あそこから出してやりたい。でも、今のまま出したら、また水害が起きるだろうし、あやも俺も掟破りで死んでしまうかもしれない」

「あ、あかん！　そんなことしたらあかん！　お前は宮司さまの養子になるんやろ!?　ゆくゆくは宮司になるお前が、そんな真似したら――」

長太郎の肩を摑み、揺さぶりながら言った鶴吉は、はっと息を吞んだ。長太郎は眉を吊り上げ、決意の籠った目をしている。鶴吉の腕をぐっと摑みながら、長太郎は口を開いた。

「あやを助けたいんや……絶対に、助ける！　そのための方法を何とかして見つけだすんや。そやさかい……俺は宮司にはなれん。……俺の代わりに養子になってくれへんか」

頼むわ、兄さん――鶴吉の胸に頭を押しつけながら、長太郎は押し殺した声を上げた。

はじめて兄と呼ばれたことに驚きながら、鶴吉は震える弟の肩を抱きよせ、その背を撫でた。少し距離の空いた社の中にいるあやに、こちらの話は聞こえているのか否か――人形のように端座する麗人を、鶴吉は静かに見つめつづけた。


「長太郎……いずれ宮司となるお前には、真実を教えよう。お前が昔から疑問に思っていた通り、社に祀られているのは神などではない。無論火神さまも祀られてはいるが、今の社はある存在を封じこめるために造られたもの。その存在とは――飛縁魔。男を惑わし、嬲り殺す恐ろしき妖怪だ」

長太郎と偽り、出水家に養子に入ったその日、鶴吉は養父からそう打ち明けられた。いきなり飛びだした妖怪の名に驚くよりも、

（あいつ、昔から疑問に思うてたんか……何で俺に言わんかったんや！）

鶴吉はまず長太郎に怒りを覚えた。しかし、それを口に出すわけにもいかず、鶴吉は

ぐっと堪えて神妙な面持ちで頷いた。

「飛縁魔は、元は人間の女だった。いささか美しすぎたせいで、皆からいらぬ嫉妬を買っていたそうだ。ある日、ひどい水害が起き、村の大半が水に沈んだ。飛縁魔は許嫁《いいなずけ》と共に社に——これは以前の社だが、そこに生き残った村人たちと避難していたそうだ。その社は京の清水《きよみず》さんの舞台のように高く造られており、滅多なことでは水没などしないはずだったが……その時は、水没一歩手前というほどひどい有様だったそうだ。池ケ原村には火神さまが祀られている。出水家が本来宮司を務めていたのはこちらの神だ。……その夜、許嫁に殺され火神さまの贄《にえ》となった女と火神さまが一体となり、飛縁魔という妖魔になった。神と魔は正反対なようで、非常に近しいものだ。許嫁への執着からこの世に蘇った飛縁魔は、その許嫁にすげなく振られ、ますます邪の力を増した。自分に邪《よこしま》な想いを抱いた男たちや、自分を殺し裏切った許嫁に対する恨みから、飛縁魔は我が村に供物を求めた。はじめは飛縁魔が恨みを持つ男を捧げていたが、皆殺されてしまった。それではと思い——」

「女子どもを捧げるようになったと……あやもそのうちの一人ということですか」

よどみなく喋っていた養父の言葉を遮って、鶴吉は言った。深く頷いた養父は、額を手で擦り上げながら深い息を吐いた。

「……褒められたことではないのは、分かっている。だが、仕方がないのだ。この村を、村に住む大勢の人々を守るには、これしか手立てはなかった。六十年に一度、たった一人の犠牲で済むなら、それにこしたことはない……お前もそう思ってくれるか？」

窺うように問うてきた養父に、鶴吉は居住まいを正しながら、はいと大きく返事をした。

「栄誉ある池ケ原村の宮司の名に恥じぬよう、精進してまいります」

そう言って叩頭《こうとう》した鶴吉は、ほうっと安堵の息を吐いた養父を、心の中でこう罵った。

（たった一人の犠牲やて？……阿呆！　そんなわけないやん！）

巫女となって囚われたのは、あやだ。しかし、そんなあやを心配し、自分のこと以上に気に掛けている人間はたくさんいた。亡くなったあやの兄も、長太郎も、そして自分も――。

（長太郎――お前が飛縁魔の呪を解くのを待ってるからな）

それまで、鶴吉は長太郎のふりをしつづけ、彼の手助けをすることを決意した。


「鶴吉が死んだ。夜中えらい熱が出て苦しみだした思たら、あっちゅう間やった」

出水家に訪ねてきた実父の言葉に、鶴吉は息を呑んだ。

「あのうんつく……巫女さまに触れたそうや……昨日、社の近くであいつを見かけた奴によると、自分から『俺は鶴吉だ』と名乗ったんやて。何でそんな阿呆な真似……」

玄関先で泣き崩れた父をしばし見下ろしていた鶴吉は、駆けだした。後ろから「長太郎！」という声が聞こえたが、立ち止まることなく走りつづけた。鶴吉が向かったのは、山の中腹にある社だった。前日に降った雨のせいで、山道はぬかるんでいた。何度か躓《つまず》きかけ、最後は転びもしたものの、鶴吉はそのことに気づいてもいなかった。

額から汗を垂らしつつ、鶴吉は社の前に立った。ここに来るのは、昨日に続いて二度目だった。いつものように目を伏せて心ここにあらずといった風に座っているあやを睨み据えながら、鶴吉は震え声を出した。

「昨日、お前の手え握ったんは俺やん！　ちゃんと俺やって名乗ったやろ!?　せやのに、なんで……なんで長太郎を殺したん!?」

鶴吉の叫びが轟いても、あやは俯いたまま、微動だにしなかった。

「……あや？　ちゃうか……いつもみたいに、飛縁魔なんやろ……」

低く呟きながら、鶴吉は昨日のことを思いだした。

いつも通り社の周りを清めていた鶴吉は、空を見上げて息を吐いた。

――雨や……さっきまであんな晴れてたのに。なあ、飛縁魔。あんた元は火の神さまなんやろ？　ぴたっとやませてくれへん？　神さまかて万能やない？　そらそうや。

あははと笑い声を上げながら、鶴吉は手にしていた箒《ほうき》を納屋にしまった。巫女のいる社の管理も宮司の仕事の一つだったので、鶴吉は毎日ここに通い、飛縁魔に話しかけていた。

(あやにいらうわけやないし、あやと喋ってるわけやないんやから、大丈夫やろ)

養父や長太郎が聞いたら真っ青な顔をして止めてきそうなことを、鶴吉は平気でしていた。そうしはじめて大分経つが、今のところ鶴吉は壮健そのものだった。

――長……鶴吉とはな、三日に一度は会うてるんや。ほんまは毎日でも会いたいんやけど、俺もあいつもせわしいからなあ。

誰が聞いているかも分からぬので、一応長太郎の名を言い直した鶴吉は、社の戸の鍵が掛かっていることを確認し、ふうと息を吐いた。

——ほな、俺帰るわ。また明日——……。

振り向きながら言いかけ、鶴吉は目を見開いた。社を囲む格子に、白い手が掛けられている。その手の主に、鶴吉は目を奪われた。養子になる前に見た時よりも美しさを増していたが、その顔に浮かんでいるのは、鶴吉がよく知る無邪気な笑みだった。

（飛縁魔……あや……？）

鶴吉はゆっくり社に近づいた。すると、あやはさらに表情を輝かせ、眩《まばゆ》いばかりの笑みを浮かべた。野山を駆け、川で水遊びに興じ、木の枝を振って戦の真似事などをした日々が、ふと脳裏に蘇った。暴れ回る鶴吉たちを眺めるだけだった長太郎に、鶴吉はいつも手を差し伸べた。その手は取られることはなかったが、長太郎はいつもそばにいてくれた。

——鶴ちゃん、太郎ちゃんばかり可愛がるやん。ずるい。

自分にはなぜ手を差し伸べてくれないのだと怒ったあやの膨れ面を、忘れたことはなかった。その時は何も言わなかったが、鶴吉はこう思っていた。お前は俺が手を差しださんでも、一緒に隣を走ってくれるやろ——と。

あやに手を差し伸べる機など一生ないと思っていたあの頃が、鶴吉は恋しくてならなかった。あまりの懐かしさに涙が滲んだ時、鶴吉は手を伸ばしていた。その手をあやは取った。

――……あ……！

我に返った鶴吉は、慌ててあやの手を振り払った。

――……嫌や、死ぬんは……殺さんといて!!

鶴吉は気が動転したあまり、頭を抱えて怯えた声を上げた。ひとしきり「死にとうない」と叫んだ後、はっと押し黙った。養父はここで何度も鶴吉を「長太郎」と呼んだ。

（あやも……否、飛縁魔も俺を長太郎と思てる……）

鶴吉は蒼褪《あおざ》めながら、社の中にいるあやに向かって言った。

――おい……今は長太郎て名乗ってるけど、俺は鶴吉や。お前が殺すんは、長太郎のふりをしとる鶴吉やからな！　殺すんやったら……出水の家におる俺を殺せ！

そう怒鳴った鶴吉は、踵を返し、一目散に山を駆け下りた。家に帰ると布団の中に潜り、目を閉じた。もうすぐ死ぬなら、最後に長太郎の顔を見ておくべきだと思ったが、そうする気にはなれなかった。鶴吉は長太郎を魂の片割れと思い、愛してきた。だが、長太郎が鶴吉に養子の身代わりを頼まなければ、こんなことにはならなかったのではと考えてしまい、泣きたくなった。

二度と目が覚めぬはずの鶴吉が迎えた今朝、届いたのは長太郎死去の知らせだった。

「……出水家におる方を殺せ言うたのに、何で……！」

泣き声まじりの声を上げた時、ふふふという不気味な笑い声が響いた。声のした社を見ると、そこには面を上げたあやが立っていた。鶴吉をじっと見つめる瞳は蠱惑《こわく》的で、微かに開いた唇は、紅でも塗ったかのように赤い。妖艶な表情を浮かべて笑うあやは、鶴吉の知っているあやとは似ても似つかぬ別人だった。

（……別人やない。あいつはもうおらん。こいつは――飛縁魔や……！）

不気味なほどの美しさにたじろぎ、思わず後ろに下がりかけた鶴吉に、あやは格子の隙間から手を伸ばしてきた。

「どないしても俺を殺す気か……ほんだら何で、昨日殺さへんかったんや！」

叫んだ鶴吉は、前に足を踏みだし、あやの手を乱暴に摑んだ。化け物のくせに温かな手をしている――歯を食いしばった鶴吉の目に涙が滲んだ時、

「――長太郎！　どこにいる!?　村の一大事だ！　出てきてくれ！」

養父の声が山に轟いた。

二度もあやに触れたのに、鶴吉は死ななかった。だが、その代わりとでも言うように、村で大勢の人死にが出た。

「……宮司さま、どうか……どうか、巫女さまに村をお助けくださいと伝えてください」

鶴吉は祈禱をしに訪れた先で、その家の老婆に手を握られ、涙ながらに頼まれた。こうして縋られることははじめてではなかったので、鶴吉は穏やかな微笑を浮かべ、老婆を安心させるような言葉を掛けた。

「ご心配めされるな。今の苦しみを越えれば、いずれ多くの幸せが降ると巫女さまはおっしゃっていた。婆さまの心は巫女さまにも火神さまにも届いている」

老婆はますます涙を流し、鶴吉の手を握ったまま、「ありがたや……ありがたや火神さま」とうわごとのように述べた。

長太郎が死んだ日から、村のあちこちで病人が出た。高熱に発疹という見慣れぬ症状に、村の医者はなすすべもなく、あっという間に何人もが命を落とした。突如流行りだした疫病に村人たちは恐れおののいた。村から出ようとした者もいたが、

――ならぬ。これは火神さまがお怒りになってされたこと。村を放りだして外に行けば、神の怒りは増すばかりだろう。……私と長太郎で、祈禱を捧げる。必ずや火神さまのお怒りを鎮めてみせよう。だからもうしばし耐えてくれ。

養父である宮司がそう宣言したため、皆村に留まった。鶴吉は言われるがままに村中を回って祈禱を捧げたが、その間にも疫病は猛威を振るい、結局は村の四分の一もの人命が奪われた。その中には、鶴吉の実父も含まれていたが、それを嘆き悲しむ暇はなかった。

(祈りなんて捧げて何になるん……こんなもんで宥められる奴やったら、皆を殺したりせえへんかったやろ――阿呆な養父殿や。それを信じとる村の奴らも皆……)

畜生と心の中で吐き捨てながら、鶴吉は毎日祈りを捧げた。あれ以来、一度も社には近づかなかったが、それを養父から咎められたことはなかった。

ようやく事態が収拾し、さらにふた月が経った頃、あやの姉が輿入《こしい》れすることになった。相手は鶴吉も知っている男で、幼い頃は遊んだこともあった。こんな田舎には似つかわしくない派手な見目をしていたが、中身は気のいい男だった。

(派手な男に地味な女かいな……縁組とは分からんもんやな)

話を耳にした時、鶴吉は不思議に思ったものだが、「長太郎」はその男と遊んだことはないので、すぐに忘れることにした。

しかし、その輿入れ当日――胸騒ぎを覚えた鶴吉は、野山に向かった。中腹で横道に逸れ、流れる川をまたぎ、その上にせり出すように造られている社へ上った。わざわざ近道を選ばなければならぬ理由は何もない。だが、今はただ急ぐべきだという予感があった。

社の前に立った鶴吉は、はっと息を呑んだ。そこにいるはずのあやの姿がない。

(まさか、あいつ……!)

鶴吉は駆けだした。あやの姉はあやをまるで構わなかったが、あやは姉を好いていた。あやの性格が昔のままなら、きっと姉の晴れ姿を見に行くはずだ。

嫁入り道中が行われる予定の場所に向かった鶴吉は、近くの草原に分け入った。隠れてこっそり見るなら、ここしかない。予感は当たり、あやは確かにそこにいたが――

「あ……」

目の前で起きている光景が信じられず、鶴吉は間抜けな声を上げた。男にのしかかられ、地べたに倒れたあや。あやにのしかかった、背を槍《やり》で突き刺された男。男を背後から襲い、槍を突き刺した女。ごろりと横に倒れた男の顔を見た鶴吉は、再び声を漏らした。絶命したように見えるその男は、あやの姉の婿《むこ》だった。男の背から槍を引き抜き、振り返ったのは、あやの姉のたえ――悪夢のような光景に目を奪われつつも、鶴吉は急ぎ駆けた。

「あんたさえおらんかったら！」

「やめや！　一体どないしたん……おたえさん！」

あやに槍を振りかぶったたえを、鶴吉は羽交い締めにしつつ叫んだ。

「この人が昔からあんたに惚れてるいうんは知っとった……あんたは巫女になった。誰の許にも嫁がんと、生涯独り身……うちははじめてあんたに勝った思うた！……せやけど、この人はあろうことか、あんたを手籠《てご》めにしようと……うちには指一本いらわんくせに！何であんたばっかり……返してえや！　この人を！」

泣き喚きながら槍を振り回すたえを見て、鶴吉は胸が苦しくなった。嫁入り道中を覗きにきたあやをたまたま見かけた男は、長年の想いが爆《は》ぜ、思わず襲いかかったのだろう。婿がいないことに気づいて捜しにきたたえがそれを目撃し、とっさに男の背に槍を突き刺した――

（……この槍、花嫁道中の飾りやん）

それで夫となる相手を突き殺すことになろうとは、たえも考えていなかったはずだ。

（せやけど、もしかするとはじめから疑うて……）

「いっつもうちを馬鹿にして……！　巫女に選ばれた時も、『うちより姉ちゃんの方がずっと似合いそうやなあ』て分かりやすい嘘吐いて……こんな意地が悪うて醜い奴のどこが綺麗なん!?」

たえは怒鳴り散らしたが、地べたに倒れたままのあやは、何も言わなかった。生気を失った虚ろな目でじっと見上げてくるばかりで、たえの言葉など届いていないように見えた。

「口も利かへん気い!?　うちにこの人を殺させといて、あんたは……!」

うわあああああと獣のような唸り声を上げたたえは、鶴吉を振りきる勢いで槍を振った。まずい——そう思った鶴吉は前に飛びでて、あやを庇った。ざくり——と鈍い音が響き、鶴吉はその場に頽れた。

（額が……焼けるように熱い……）

朦朧《もうろう》とする意識の中で、鶴吉は久方ぶりにあやの泣き顔を見た気がした。

額に深手を負った鶴吉は、それから数か月もの間、昏睡《こんすい》状態に陥った。目が覚めた時、養父が涙を流して「火神さまのご加護だ」と抱きしめてきたが、鶴吉は頷けなかった。

（おるかおらへんか分からん神さまのおかげやとは思えんけど……）

何か月も呑まず食わずで生きていられたことは、確かに人智を超えていた。

鶴吉が眠っていた数か月の間に、村には様々な異変が起きていた。たえは新たに他家へ嫁いだという。たえの夫になるはずだった男は、急な病で倒れたことになっていた。彼があやを襲おうとしたことが明るみに出るのを恐れ、そういう事態に落ち着いたのだろう。しかし、事実を知っている飛縁魔は、いつも通り村に災いを落とした。水害に疫病に火事――考えつく災いのほとんどをやりつくした結果、村人はさらに半数まで減った。

「出水家では飛縁魔を抑えられない――村人たちからそう言われてしまった。無理もない話だが……」

悔しさを滲ませて語った養父に、鶴吉はまだぼんやりとした頭で頷いた。一度上がった不満は膨れ上がるばかりで、村人たちは次第に出水家に嫌がらせをするようになった。投石に投書に落書きが日常茶飯事となった頃、養父はある決断を下した。

「巫女を『綾子』と名を改めさせ、村から出した」

「……飛縁魔は？」

「綾子の中にいる。……私は、飛縁魔を綾子の中に、もっとずっと奥底に封じこめた。綾子が死なぬ限り、出ていけぬようにしたのだ」

鶴吉の掠れ声に答えた養父は、重い息を吐いて言った。

「……池ケ原村の呪いはこれで終わりだ。不要となった我が家は、私の代で断絶することにした。お前との養子縁組も今日までだ」

村を出ていけ、鶴吉――養父の言葉を聞いた鶴吉は、唇を噛み締め、頭を下げた。

（あの人はいつから俺の正体に気づいてたんやろか）

眠っている数か月の間か、それとももっと前か――はじめからだったのだろうか。

「……そんなわけあらへん。俺らの芝居は完璧やった！　なあ、長太郎？」

懐に仕舞っている位牌《いはい》に声を掛けながら、鶴吉は山をいくつも越えた。

――勝手に追いだすのはこちらだ。当面は私が紹介したところで過ごすといい。そのまそこにいるもよし、他に移るもよし……好きなように生きろ。

養父の別れの言葉を思いだした鶴吉は、苦笑を浮かべた。紹介されて行った先は、東国の大きな神社だった。そこで鶴吉はこれまで通り神職に従事したが、そこには二年といなかった。

「……毎晩悪夢に魘《うな》されているお前を助けられなんだ。すまなかったな」

別れの時、世話になった宮司に頭を下げられた鶴吉は、驚きのあまり息を止めた。

（……知られていたのか）

世にも美しい女と、その女に惑わされ、周りの人々に手を掛けていく己――毎晩そんな夢ばかり見ることを鶴吉は誰にも明かさなかった。

「……あいつのせいだ。悪いのは、全部あいつだ」

山道を下りながら、鶴吉はぶつぶつと言った。

「あいつが皆を誑かして、おかしくさせたんだ……あいつさえいなければ、皆平和に生きられたのに……長太郎も父さんも死んだというのに、あいつは今ものうのうと生きてる……何でだよ。そんなの、おかしいだろ……！」

叫んだ鶴吉は、ぴたりと足を止めた。

（あいつは生きてる限り、また誰かを殺す……！）

ぞっと背筋に寒気が走る中、鶴吉は駆けだした。もつれる足を気にせず、どんどん前に進む。山を下りてどうすると聞かれた時には何も答えられなかったが、今ならこう言うだろう。

「あいつを殺す……あいつが皆を殺す前に、俺がこの手であいつを――！」

綾子と名を変えたあやがどこにいるのか、鶴吉には見当もつかなかった。だが、迷わず駆けた。目の錯覚かもしれぬが、視界の端に映る炎のような光を目指し、とにかく急いだ。ほどなくして、鶴吉は綾子を見つけた。故郷から遠く離れた地で夫と共に暮らしていると知った時、鶴吉は何とも言えぬ心地になった。飛縁魔を身体の奥底に閉じこめたことで、男とも話ができ、触れ合うこともできるようになったのだろう。

（それなら、あいつはただの人なんじゃないのか……？）

殺す――そう思って美濃《みの》まで来た鶴吉に、迷いが生じた。

夫婦が何の問題もなく睦《むつ》まじく暮らしているならば、黙って立ち去ろう。そう思いはじめていた鶴吉だったが、長屋を覗いた瞬間、その考えを捨てた。

「……恭司《きょうじ》さん……」

泣きながら夫の名を呼んでいるのは、綾子だった。彼女が胸に縋って泣いている相手は、顔に白い布が掛かっている。病死でないことはすぐに知れた。布団から出ている身体のすべてが焼け爛《ただ》れていたからだ。

男を取り殺す飛縁魔――それが目の前にいる。鶴吉は唸り声を上げて、綾子に襲いかかった。

（あやは……綾子は飛縁魔に呑まれちまったんだ！　そうでなけりゃあ、また人死にが出るわけがない！……これ以上、誰かを殺させてなるものか！）

あやと綾子、それに飛縁魔――名を変えようと、場所を移そうと、この女は人を呪い殺す。飛縁魔の暴挙を止められるのは、自分しかいない――そう思った鶴吉は、綾子の首に手を掛けたが――

「……あっ――!!」

綾子に触れた瞬間、鶴吉の身は炎に包みこまれた。一瞬で身を焼けつくされたような感覚に、鶴吉はそのまま意識を失った。


「……何で死んでないんだ」

目が覚めた鶴吉は、半身を起こしながら、呟いた。炎はどこにもなく、鶴吉自身火傷《やけど》の一つもしていない。しかし、なぜか周りは水浸しで、綾子の姿はどこにもなかった。

その後も、鶴吉は綾子を捜す旅を続けた。視界の端にちらつく炎を辿っていけば、綾子を見つけるのは容易だった。

（行く先々でやけに火事が起きるな……）

それに気づいた鶴吉は、火消しをしながら、綾子を監視することにした。綾子が土地を移るたびに、鶴吉も後を追ったが、どこでも必ず火消しの任に就いた。

浅草に来てから、綾子は変わった。以前はなるべく人と関わらぬようにして生きているように見えたが、少しずつ他人と付き合いはじめた。特に、綾子が住まう長屋の表にある荻の屋との関わり合いの中で、綾子は変わっていった。昔のような明るい笑みを見せるようになった綾子を見て、鶴吉は少し様子を見ることにした。あと半月、あとひと月――そうしているうちに数年が経った今、町内で小火が数度続いた。

(最近は大人しくしてると思ったが……また動きだしたか、飛縁魔！)

鶴吉はついに耐えきれなくなり、数年ぶりに綾子の前に姿を現した。どうやって殺すか――それに気を取られていた鶴吉は、綾子の顔を見た瞬間、息を呑んだ。

「……太郎ちゃん」

綾子はそう呟き、嬉しそうに笑った。実の両親でも見間違うほど似ている双子を、唯一ちゃんと判別したのがこの綾子だった。しかし、それは昔の話だったようだ。

(違う……あれは、俺のあやだ……こいつはあやなんかじゃない！)

頭に血が上った鶴吉は、綾子に罵声《ばせい》を浴びせた。これまで飛縁魔が引き起こした数々の行状を並べていくうちに、綾子は笑みを引き、蒼褪めていった。

「違う……それはうちやない……うちは――」

綾子は両手で頭を抱えて、何事か述べた。只事《ただごと》ではない様子に眉を顰めた鶴吉が手を伸ばしかけた時、綾子はまるで人が変わったかのような妖艶な表情を浮かべ、こう言った。

お前も皆のように燃やし尽くしてやろうか——と。

＊

「……その口論中に割って入ってきたのが、荻の屋の若旦那だ。あいつもあの女に惚れてるんだろう？　恐ろしい面してるくせに、まるで見る目がない奴だ。……その後、俺は多聞に声を掛けられた。あいつがこの世ならざる者なのは知ってる。俺はどうも妖怪や神といった類のものを嗅ぎ分けられる力があるらしい。何の役にも立たない力だがな。『手助けしようか』と多聞は言った。妖怪の言葉など信じられぬと思ったが……」

——あの世とこの世の境で、長太郎さんに会ったんだ。何でそんなところにいたかって？　俺の知己もあそこにいるのさ。あんな寂しい場所にね……あそこは、成仏できない者が行くところだ。兄さんを頼む——長太郎さんはそう言った。だから、俺はあんたに声を掛けたんだ。さあ、行こう。

気づけば導かれるまま、多聞が用意したらしい舟に乗り、海に繰りだしていた。舟にいる時は夢の中のようにぼんやりとしていた。このまま意識を失い、二度と目が覚めぬのではないかと思った頃、多聞は言ったという。

——この舟に乗って行きつく先には、あんたの望む未来が待っているよ。

語り終えた長太郎こと鶴吉は、深い息を吐いた。話している途中から俯いていたため、表情は見えない。だが、何とはなしに想像できた小春は、ぼりぼりと頭を掻きながら問うた。

「……お前の行きたかった場所は、こんなところだったのか？」

鶴吉は無言で首を横に振った。

「まあ、そりゃあそうだよな。こんな何もねえ灰色の世に行きたいと思ってる奴など、そう滅多にいるもんじゃない」

そう言ってからりと笑っていたところ、鶴吉はまた首を振る仕草をした。

「何だよ、本当はここに来たかったのか？　それとも、そもそもお前には望んでいる未来なんてないとか？」

びくりと身を震わせた鶴吉を見て、小春は立てた膝に頬杖をつきながら、「ふうん」とつまらなそうに言った。

「まあ、そうじゃねえかと思ったよ。お前、なーんか楽しくなさそうだもんな」

「……当たり前だ。俺はあの女に復讐するためだけに生きてるんだ。弟や村の皆の仇《かたき》を討つために——楽しいことなど一つもない」

ようやく声を発した鶴吉に、小春は「そこ！　そこが変なんだよ！」と指を差して言った。

「話を聞いてる限り、お前は綾子を……というか、飛縁魔を見つけだす力があるんだろ？

だから、綾子がどこに逃げようと、お前は綾子を見つけだした。遠くに逃げた仇討ち相手を捜しだすっつーのがまず大変なことなのに、その苦労はなかったわけだ。何度も見つけたなら、その分だけ討つ機はあったはず――どうやって甚振《いたぶ》ってやろう？　どうやって殺そう？……憎い仇を追い詰めたなら、そうやってわくわくするはずだ。だって、討ち取りたい相手なんだろ？　俺がお前だったら、楽しくて堪らないね！」

わははと笑いながら言った小春は、ちらりと顔を上げた鶴吉を見て、首を傾げた。

「どうした？　その面……ずっと殺したかったんだろ？　目の前に無防備な相手がいるんだから、どう殺そうか少しくらいわくわくしたって、俺は責めないぞ？」

鶴吉は苦虫を嚙み潰したような顔で、「……妖怪と一緒にするな」と吐き捨てた。そんな鶴吉をじっと見ながら、小春は笑みを引いて言った。

「そりゃあ楽しくないよな。お前はさ、綾子を殺すのを考えること自体、嫌だったんだろ？」

「……何を馬鹿なことを」

鶴吉は鼻で笑ったが、口許はひくりと引き攣っていた。

「だってお前、てんで綾子を殺す気なんてねえだろ」

きっぱり言いきると、鶴吉は拳を握りしめながら、地を蹴るように立ち上がった。

「……………」

「何だ？　せっかく立ち上がったのに、何も言わねえのか？　だったら、俺が代わりに言ってやろう」

「よっ」と掛け声と共に身を起こした小春は、腰に手を当て、顎を持ち上げながら言った。

「お前は綾子を殺す気なんて、これっぽっちもない。綾子が浅草に来てから何年経った？　お前は喜蔵のことも俺のことも、彦次のことさえも知ってた。それほど長い間、綾子を見つめつづけてたんだろ？　近くからこっそり！　数年の間で、何度殺す機会があった？　片手じゃ足りないだろ？　いや、両手足の指を使ったって足りねえよな？　いくらでも機はあったのに、実行に移しさえしなかった。それが答えだ」

「妖怪が知った口を利くんじゃねえ！　俺はずっとあの女を追いかけてきたんだ！　長太郎……弟を殺した奴の仇を討つことだけを考えて……いや、弟だけじゃない……俺の鶴吉としての人生も、あの女に奪われた！　だから俺は、俺たち二人ともを殺したあいつに復讐するために……そのためだけに生きてきたんだ……！」

喉が嗄《か》れそうなほど叫んだ鶴吉を、小春はじっと見上げて口を開いた。

「それがお前の生きる理由なんだな？　それを否定するのは妖怪の俺だって心苦しいが……諦めろ。お前は仇討ちなんて向いてねえよ」

「また知ったふりをしやがって……！　俺は妖怪のお前にも見抜けぬほど邪悪な心の持ち主だ！　そうでなけりゃあ、殺すために女を追いかけるわけがねえ！」

鶴吉はふんっと鼻を鳴らし、地を蹴り飛ばすような仕草をした。

「うーん……いまいちだな。お前はどうもさ、様になってねえんだよ。悪態の吐き方も、悪ぶった仕草も、てーんで下手くそだ。まあ、仕方ねえか……だって、お前良い奴だもんな！　弟を気遣ったり、庇ったり、守ったりしてさ。あと、綾子の世話好きなところって、お前の影響だろ。懐いてたんだなあ、お前に。妹というか、弟みてえなもんだったんだろ？　だから、お前は飛縁魔にまで話しかけちゃってたわけだ。お人好しだなあ、お前。記憶が定かじゃねえけど、さっき俺のことも助けてくれたよな？　いやあ、やっぱり良い奴だ！」

反論しようとした鶴吉を手で制し、小春はしたり顔で続けた。

「まあ、聞けって。人間も妖怪もな、似合わねえことはしないに限るぞ。向き不向きっつーもんがあるだろ？　向いてねえことをするっていうなら、相応の覚悟が必要だ。思うような結果を得られずとも努力しつづける覚悟とか、そのためにすべて捨て去る覚悟とか……お前は殺そうとしているふりをしてるだけだ。お前がしてたことはな、綾子を見守ることだ。いい加減それを認めろよ。お前だって辛いだろ？　そんな風に己を偽って生きてくなんてさ――っ！」

ぐっと呻いた小春は、自身の胸倉を掴み上げた鶴吉に、嘲笑を向けた。

「図星を指されて腹が立ったのか？　お前、いい歳して餓鬼だな！　いいぜ、俺を殴っても。餓鬼に殴られても、俺は痛くも痒《かゆ》くも――……って、投げていいとは言ってねえだろ!?」

思いきり投げ飛ばされた小春は、素早く半身を起こしながら叫んだ。しかし――

「長太……いや、鶴吉……!!」

小春がまた叫んだのは、声にならぬ声を上げながら鶴吉が地に沈んでいったからだ。

（否──沈んでいったっつーよりも、誰かに引きずりこまれたような──）

しかし、ここには誰もいないはずだ。小春は急いで鶴吉の許に駆けた。あと数歩でたどり着くという時、小春は何かに躓きかけた。

「……お前……誰だ!?」

飛びすさりながら、小春は鋭い声を上げた。今いた場所には、小春を悠々と摑みとれるほど大きな白い手があった。地下からにょきっと生えているその手は、何かを探しているかのように、わさわさと動いた。

ぞっと背筋に悪寒を感じた小春は、じりじりと後退りした。手の動きは鈍いが、そこから醸しだされている気は、非常に強いものだった。

（強いというか、禍々《まがまが》しい……これ、妖気じゃねえだろ）

しかし、どこかで感じた気と似ている──そう考えだした時、白い手がにわかに動きを止めた。つられて動きを止めた小春は、目を丸くした。

その時灰色の空間にどこからともなく現れたのが、青、赤、青、赤──色を変えながら光り輝くものだった。丸々とした形に、円らな瞳、尖った唇。その見覚えがありすぎる者の登場に、小春は前を指差しながら、思わずこう叫んだ。

「アマビエ……見ーつけたっ!!」

その瞬間、白い手が物凄い勢いで動きはじめた。その手の目指している先がアマビエだと分かった小春は、はっと我に返って、駆けだした。

「ちょっと待ったあ！　誰だか知らんが、そいつは渡さねえぞ！」

小春は、アマビエを捕らえようと広げた手を蹴り飛ばしつつ、アマビエに手を伸ばした。

（あと三寸……一寸……よし！）

アマビエを腕の中に捕らえた小春は、満面の笑みを浮かべたが――

「……ぐっ！　くそ、放しやがれ！」

追いついた手に身を摑まれ、身動きが取れなくなった。華奢な見目とは違い、凄まじい握力の持ち主であった手は、骨を砕くのも躊躇せぬといったように、小春を強く握りしめた。

「ぐぐぐぐぐ……っ！」

ギリギリと締め上げられる力に抗ったものの、呻き声が漏れるばかりで、まるで抜けだせる気配がしなかった。骨が軋《きし》む音が響いた。焦った小春は、裏返った声で叫んだ。

「おい、手！　俺を放せ！　俺を砕いたら、俺の腕の中にいるアマビエまで砕けちまうぞ！」

握る力が弱まった瞬間、小春は悲鳴を上げた。アマビエを妖質に取ったのは名案だと思ったが、どうやらその反対だったらしい。手はアマビエを抱えた小春ごと、地の下に引きずりこんだのである。

地下に入った途端、小春は口から水泡をふいた。先ほどまでとは打って変わって、周りに広がっているのは青く澄んだ水だった。

（おいおい……よりによって、海の中かよ！）

　身動きが取れぬ身で、息ができない場所に連れてこられるとは思っていなかったため、慌てて口を閉じた。腕の中にいるアマビエは小春が抱いてからというもの、何の光も発さず、大人しくしている。

（こいつ、干したての布団みたいにふっかふかだな）

　どうでもいいことを考えることで、なるべく息のことを考えぬようにしたが、

「……っ！」

　にわかに目の前に現れた巨大な女の顔に、小春はぶはっとふきだした。一気に水を吸いこんだせいで身体の力が弱まり、その隙をついてアマビエがすり抜けた。しまった――そう思った時にはすでに遅く、小春を摑んでいた手がアマビエだけを捕らえ、すっと離れた。顔も胴体も手足も皆巨大な女は、髪も着物も血に染まっているかのように真っ赤だった。

（ように、じゃねえな……あれは本当に血に染まったんだ）

　小春の脳裏によぎったのは、引水初の屋敷で目にした呪だった。

　引水家を守るため、初代当主は自身の白髪で九十九体の人形を作った。彼の妖力と念が込められたそれらは、引水家のあちこちに封じられた。人形たちは立派に家を守ったが、ある日屋敷で凄惨な事件が起きた。その時流れた血を吸収してしまった人形たちは、次第に正から邪へと性質が変化していき、九十五体が引水家を逆に追い詰める存在となったの

だ。彼らは昨年の夏、小春たちの手によって退治され、引水家は何とか事なきを得た。血に穢されなかった四つの人形は、今も引水家を守護している。

（そういや、あれも水にまつわる一件だったな……アマビエの時といい、もう水のあれこれは御免だ……まあ、もうその機会はない……か……）

薄れゆく意識の中、小春は苦笑しながら、水の底に沈んでいった。

五、河童の矜持

その話が弥々子の耳に入ったのは、明治六年の秋のことだった。

「アマビエがまた隅田川に現れたんだ！　江戸《えど》川や渋谷《しぶや》川にも……弥々子姐《ねえ》さん、あんたはこのことを知ってたかい!?」

神無川を訪ねてきた知己の発言に、弥々子は「相も変わらずつまらない冗談を言うね」と鼻を鳴らした。数年ぶりの再会だというのに挨拶もなしに叫んだ岬《みさき》は、どこの川にも属さぬ気ままなはぐれ河童だ。

「俺の冗談はいつも冴《さ》えてるさ!……いや、そんなことはどうだっていいんだ。その反応だと、弥々子姐さんも知らなかったんだな!?　俺は物凄い情報を摑んできたのか……！」

ふふふと悦に入った岬の額を指で弾いた弥々子は、方向を変えて海へと泳ぎだした。異変があった時には、海に行く――それが、水の怪たちの間では、決まりとなっていた。慌ててついてきた岬をちらりと見つつ、弥々子は言った。

「アマビエが現れだしたのはいつからだ？　見た奴はどのくらいいるんだい？　あんたが

言った場所以外でも見た奴はいるのか？」

「弥々子姐さん……俺を信じてくれるのかい」

感極まったような声を出した岬に、弥々子は「相も変わらずおめでたい奴だね」と呆れた。

弥々子と岬が出会ったのは、四十年前の梅雨《つゆ》の時期だった。なぜはっきり覚えているかといえば、岬の間抜けさがあまりにも印象的だったせいだろう。水の怪だというのに岬は、氾濫《はんらん》した川で溺れ死にそうになったのだ。助けたのが、たまたま彼を見つけた弥々子だった。

――あんた、何で溺れたんだい。泳ぎが不得手なら、こんな時に川に入るんじゃないよ。

引き上げた岸に岬を転がした弥々子は、彼を見下ろしながら言った。

――……猫が溺れてたんだ。人間なら放っておくが、猫が溺死《できし》なんて可哀想じゃないか。

――猫を助けようとして自分が溺れ死にそうになるなんて、みっともないにもほどがあるよ。大体、あんたが命がけで助けようとした猫はどうした？　どこにもいないじゃないか。

どこから来たのか分からぬ木片などが物凄い勢いで流れていく川には、生き物の姿など見当たらない。岬が見た猫は濁流《だくりゅう》に呑まれ、すでに物言わぬ屍《しかばね》と化しているのだろう。

――猫は……ここにいる……。

ぽつりと言った岬は、懐から取りだした布を弥々子に見せた。

――……これのどこが猫なんだい。

――流れてきた木片にこれが被さったものが、猫にそっくりだったんだ。川に飛びこんで、やっとのことで猫を摑んだと思ったら……いやあ、驚いたの何のって。あんまりびっくりしたせいか、なぜか足がつっちまってね……。

そのまま溺れてしまったという岬は、えへへと照れ臭そうに笑った。弥々子は屈みこみながら、強い力で岬の広い額を叩いた。

(見間違いで溺れ死にそうになったくせに、「命が助かった俺はなんと幸運なのだろう！」だものね……本当に昔からおめでたい奴だよ)

弥々子は深い息を吐いた。弥々子が気まぐれで岬を助けた日から、彼はずっと弥々子を「姐さん」と慕っている。最初のうちは毎日のように神無川にやって来たので、「鬱陶しい。殺すよ」と脅したところ、岬はひと月に一度しか訪れなくなった。それでも多いとうんざりしていた弥々子だったが、最後に会って以来数年姿を現さぬことを気にしてもいた。

「あんた、ここしばらくどこに行ってたのさ」

「ああ、妖怪の世だよ。あっちで修行を積んでいたんだ」

何でもない風に岬は答えたが、弥々子は一瞬動きを止めた。

「……何でわざわざ。修行ならこちらの世でもできるだろう。元々あちらで育ったのなら分かるが、あんたはこちらの世で成長したはず」

「俺のあれこれを覚えていてくれたのか！　姐さんはやはり俺を想ってくれているんだ

な」

「あたしは物覚えがいいんだ。誰が何を言ったかくらい、すべて覚えてるよ」

「だが、俺のことは特に覚えてくれてるんだろう？　こりゃあもう夫婦になるしか……そ、そうそう、『何でわざわざ』だっけ？　そうだなあ……あちらの世で修行を積んだ方が手っ取り早く強くなれると思ったからかな。人を驚かせたいなら、人間の世にいた方がいいに決まってるが、俺がしたいのは修行だったからね」

「何で強くなろうと思ったんだい。あんたは気ままなのが好きなんだろ？　修行をしてたら、気ままでなんていられなかっただろうに」

　岬はへらへらと笑うばかりで、弥々子の問いには答えなかった。

「あんたのことはもういい……アマビエのことを教えな」

　舌打ちしながら言った弥々子は、ぐんと泳ぐ速度を上げた。以前の岬なら、あっという間に引き離されていたはずだが、今日はしっかりついてきている。

　岬によると、アマビエは夏の一件後、ひと月もしない内から江戸界隈《かいわい》の海川に出没するようになったという。

「アマビエを直接その目で見た奴は、俺が知っている限り三妖だ。出没箇所は様々で、一度だけの場所もあれば、何度も現れたところもあるようだ。とりあえず、江戸の中をうろついているのは確かのようだよ」

「アマビエを見た連中は、アマビエの様子について何か言ってたのかい？」

「いや……連中も見たには見たらしいんだが、驚いているうちに、アマビエはいつの間にかその場から去って行ったらしい」

「それじゃあ、少なくともアマビエの奴は、妙な行動を取ってなかったんだね？」

「うーん……どうだろう……？」

曖昧な答えに顔を顰めると、岬は慌てて言い訳をしはじめた。

「だ、だってさ、元から変な奴だから、妙な行動取ってても分からないじゃないか！」

「何でアマビエが変だと知ってるんだよ。あんたアマビエと仲がいいとでも言うのかい？」

「そんな妖怪がいるならお目にかかりたい……いや、かかったんだった。実はな、妖怪の世で会ったんだよ。アマビエを調べはじめて百十一年のアマビエ研究家に……いや、本当にいるんだよ！　俺はそいつからアマビエについて色々聞いたんだ！」

――アマビエは、ひょっとこのように唇が尖っておる。あの唇には何の意味があるか分かるか？　あれはな、口笛を吹こうとしておるのさ。だが、アマビエは生まれてこの方、口笛を吹けたことがないのだ。うん、才がないのだろう……しかし、諦めずずっと挑戦してるところが天晴《あっぱれ》だ。口笛を吹こうとしてない時は、唇は尖ってないのかって？　いつでも口笛が吹けるように構えていたら、戻らなくなったそうだ。何でそんなことって……そりゃあ、格好よく登場したいからだろう。そんなわけあるか？　いや、当妖がそう言ってたんだもの。友のわしに嘘は吐かんさ。

岬が訊ねたわけでもないのにアマビエについて熱く語ったアマビエ研究家は、幼少期と青年期、それに老年になってからの三度、アマビエに助けられたことがあるという。

「そのお爺は中々うっかりなところがあって、三度とも猫が流されていると勘違いし、川の中に飛びこんで溺れたらしいぞ」

「何でどいつもこいつも流されてる猫を助けたがるんだい？……で、あんたはそんな作り話を信じたと？」

「俺だって流石に疑ったさ！　でも、真実の証を見せられちゃあ、信じるしかないだろ？」

——これがアマビエの鱗だ。美しいじゃろう？

キヒヒと奇妙な声で笑った、白熊に似た老妖怪の大きな手のひらの上には、きらきらと輝く欠片があった。

「……それがアマビエの鱗だったと？」

弥々子はちらりと横を向いた。いつの間にか隣を泳いでいた岬は、こくりと首を縦に振った。荒い息遣いをしているせいで、口から大量の水泡が出ている。少しだけ哀れに思った弥々子は、泳ぐ速度を落として話の続きを促した。

「そいつが見せてきたのが本当にアマビエの鱗だったという証はあるのかい？」

「間違いないさ！　その鱗はずっと光り輝いていてな。青から赤、たまに紫に変わったりする様は、確かにアマビエとそっくりだったんだよ」

「おや、あんたもアマビエを見たことがあるのかい？」

「夏の騒動の時さ。俺はその時まだあちらの世にいたんだが、こちらで何かことが起きていると聞いて、あちらとこちらの境辺りまで泳いで行ったんだ」

確かに何やら騒がしかったが、岬のところからはよく見えなかった。一度人間の世に戻ってみるか——そう思いかけた時、頭上をアマビエが通過した。青から赤、赤から青、やがて紫へと色を変じながら、楽しそうに泳ぎ去っていく様を、岬は茫然と眺めていた。

「ふうん……その時アマビエを捕まえてりゃあ、今頃天下無双の妖怪になれてたのにね」

からかうように言った弥々子に、岬は真面目な顔をして首を横に振った。

「おや、あんたも『誰の力も借りずに強くなる！』と綺麗事を言う気かい？」

「何だいそれ？　俺はまずアマビエを捕まえる力がないから無理だよ。捕まえられるもんなら、捕まえてるさ。強くなれる機があるなら、その方法が卑怯だろうと、妖怪なら気にしないもんだろう。あんたが思い浮かべた誰かがおかしいのさ」

「……そうだね」

笑みを引きながら頷いた弥々子は、また少し泳ぐ速度を速めた。岬が言った通り、妖怪のくせに正攻法しか認めぬ小春がおかしいのだろう。弥々子もずっとそう思っていたが、岬にあっさり肯定されると、なぜか得心がいかぬような心地がした。

「姐さん……そろそろ休まないかい？」

二刻経った頃、岬がだらしのない笑みを浮かべて言った。息は荒く、汗も掻いている。手足の動きを見るに、大分疲弊しているようだった。

（まあ、泳ぎっぱなしだからね）

海に行ったはいいものの、水の怪の姿は一妖も見られなかった。

（まだ皆異変に気づいてないのか、はたまた異変など起こってないのか）

「姐さん〜」という泣き言に我に返った弥々子は、仕方なく近くの岸に上がった。釣り場のようだったが、雨がちらついているせいか、人間の姿は見えなかった。屈みこんだ弥々子の横で、岬は全身を投げだすようにして仰向けに倒れた。

「はあ……はあ……はあ……あはは……！」

「何だい、気味が悪いね」

「いや、やはり姐さんはいいなあと思ってさ。久方ぶりに会ったのに、まるで遠慮がない」

「あんたに遠慮するわけないだろ。大体、あたしは誰にも遠慮などしないさ」

「おや、あの顔の怖い商人にもかい？」

岬の軽口に、弥々子はすっと立ち上がった。そのまま海に戻っていこうとする弥々子を見て、岬は慌てて身を起こした。

「悪かった！　あんたの心が他の奴に囚われたままなのが面白くなくて――」

「いや、面白いよ。見てごらん」

岬の言を遮った弥々子は、海の向こうを指差した。そちらに視線を向けた岬は、「あ!」と声を上げた。山がそびえ立っている――そう錯覚してしまうほどの大波が出現していた。

「な、何で急に津波が……さっきまで海はまったく荒れてなかったじゃないか!」

「あれはただの津波じゃないよ」

「何でそんなことが分かるんだい?……あ、あれ――!?」

何かに気づいた様子の岬を鼻で笑った弥々子は、腕組みをしながらじっと海を見た。波が起きている場所から伝わってくるのは、禍々しい気だった。

(妖気……じゃないね。似ているが、もっと陰湿でどろどろしてる)

妖怪同士であれば、互いの持っている妖気に大概は気づくものだ。例外は、百鬼夜行の行列を統べる青鬼《あおおに》や、百目鬼こと多聞のように、強すぎる妖気を普段は自ら封じている者くらいだろう。今、弥々子たちの目の前に漂っている気は、はっきりと感知できた。

「禍々しいが、どこか神聖でもある……」

「そうだね……元は神だった奴が、何らかの呪を受けて、魔へと堕ちることがある。どうやら、こいつはその『堕ちた神』のようだ」

岬の呟きに、弥々子は頷きつつ言った。二妖が海を眺めていたのは、三十も数えぬうちだった。その間に、高波は跡形もなく消えた。

「一体どこに消えたんだ……?」

「さあてね」と肩を竦めた弥々子は、何の躊躇もなく、海の中に入った。岬が慌てて海に飛びこんだ音がしたが、その時にはもう弥々子は水の世に向かっていた。

水の世はどこにあるのか――水の怪以外の妖怪にそう問われるたび、弥々子は決まってこう答えていた。

――あたしたちにとってはどこにでもあって、あんたたちにとってはどこにもない場所にあるよ。

馬鹿にされたと勘違いし、怒る者もいたが、それが弥々子を含めた水の怪たちの正直な気持ちだった。水の怪は水の世で生まれ、いつの間にかそれぞれが育つべき場所に行く。大抵は妖怪の世に向かい、その後人間の世に赴いたが、妖怪の世から出ぬ者もいた。少なくとも、皆一度は水の世を出るのが決まりらしい。それを不思議に思った時もあったが、弥々子はすぐに忘れた。そこに理由があってもなくても、己にはかかわりのないことだと思ったからだ。

「弥々か。久しいのう」

水の世に着いて間もなく、弥々子の目の前に不意に現れたのは、巨大な真っ白の魚だった。水の世を統べる彼女の名は、須万《すま》――陸に上がることなく、深い海の中にずっと存在する須万は、いつも両目を閉じている。目が見えぬというわけではなく、見る必要がないのだろう。水の世は、どこの世にもある「危険」が存在しない安寧の地だった。

（その代わり、娯楽も刺激もないんだけどね）

水の世にあるのは、ひたすらの静寂と無だと弥々子は思っていた。

「ご無沙汰です。早速ですが、お伺いしたきことがあります」

弥々子の媚《こ》びぬ態度を咎めることもなく、須万はひれをゆったりと動かしながら述べた。

「何でもよいぞ。さて、いくつ」

五十――と言いかけた時、「ちょっと待ったー！」と騒がしい声が響いた。ぜいはあとますます荒い息をしながら近づいてきたのは、岬だった。

「俺が渡します！」

「いらないよ。あんたの命であたしの分を賄《まかな》ったら、五百は取られるよ。あんた、そんなに生きないだろ」

「ひどい言い種だあ、姐さん……」と泣きだした岬に、弥々子はうんざりした顔をした。

須万は水に関する万事を知っている。それが妖怪の世であれ、人間の世であれ、無論水の世であれ、須万の瞼の裏にある視る力を以ってすれば、何でも見通せるという。水の怪の特権は、須万からその情報を得られるという点だろう。ただし、そうするには、自分の寿命を渡す必要があった。情報の大きさと、その妖怪の資質によって、値は異なる。弥々子はまだ一度も須万から情報をもらったことはないが、時が来れば利用しようと考えていた。

（それが今だと思ったんだけどね……余計な奴がついてきちまった）

半べそを掻きながら、「あんたの寿命は俺のもんでもあるんだよ!?」と訴えてくる岬を足蹴にしていたところ、須万は「五ずつ」と言った。

「五年ぽっちじゃあ、大したことは知れません」

「お前の五十では、水にまつわる大半のことを教えねばなるまいよ」

（この方は世辞も弁えてらっしゃるのか）

半ば呆れながら、弥々子は「ではお願いします」と頭を下げた。岬が慌てて弥々子に倣った直後、須万は歌うように言った。

「邪神となりし水旁《みずつくり》、アマの力を得、人間の世を統べんと企てん」

弥々子と岬が顔を見合わせた瞬間、辺りが眩い光に包まれた。白く輝く中で、薄目を開いた弥々子は、そこに佇んでいる真っ白な裸身の女に礼を述べた。

「須万さま、かたじけない」

よい、という風に相手が頷いたのを見たのを最後に、弥々子の視界は真っ白に染まった。


「……行きはいいが、帰りはどうしてこう唐突なんだろうね」

目を開いた弥々子は、釣り場のある海辺に漂っていた。

「だから皆水の世に行きたがらないのさ……須万さまは一見物腰柔らかで優しげだが、寿命を取引に使う恐ろしい方だ。弥々子姐さん……あんたはまっこと無茶する妖怪だな！」

はあと深い溜息を吐いた岬は、頭にワカメを被りながら、海の中から現れた。それを指摘してやることもなく岸に上がった弥々子は、曳舟《ひきふね》がある方角に顔を向けて呟いた。

「水旁神《みずつくりのかみ》か……引水の地を興したあの女神が、すっかり堕ちたものだ」

今から四百年の昔、曳舟の奥にはひどく枯れた土地があった。南の国をたっぷり潤《うるお》してきた水旁神は、その地を見つけるなり、こう述べた。

――……私はこの地を水で潤そう。空に浮かぶ雲や鳥や虫をも映しだす、鏡のような美しき地にするのだ。

この宣言は見事達成されたものの、少々「過ぎた」。地一帯が水に沈みこんだ時、力を使いすぎた水旁神は、その場に倒れた。それを救ったのが、後にこの地を引水と名づけ、家を建てて当主となった鬼の萬鬼《なきり》だった。彼《か》の鬼に惚れた水旁神は、この地を授けた後、しばしよそに向かった。その間に人間の娘と夫婦になっていた萬鬼は、水旁神の不興を買って、地もろとも呪を掛けられた。そして、屋敷を除く引水の地は、水に沈みこんだ。水の怪たちの間では、知られた話だった。

「屋敷だけ避けたのは、萬鬼をまだ恋しく思ってたからだろう？　何とも言えぬなあ……」

「いくらでも言えるよ、馬鹿だってね。報われやしないのに、憎みきれず半端に情けを掛けるなんて、みっともないったらありゃしないよ」

「姐さんは潔いからなあ……大抵の奴は、そう思いきれないもんさ」

むっと顔を顰めた弥々子に苦笑しながら、岬は話を戻した。

「引水の地から水が引いたのが、その四十年後……だったか？　それから数代後、屋敷の中で刃傷沙汰《にんじょうざた》があったんだよな」

「そうだよ。萬鬼の玄孫《やしゃご》とその想い人の妖怪が揃って自死を遂げた。その時流れた血が引水の地に染みこみ、さらなる呪を呼んだのさ」

その呪がようやく解けたのは、今夏のこと。

（まさかそこにあの馬鹿鬼と兄さんがかかわってるなんてね）

小春と喜蔵——深雪や彦次、綾子をも巻きこんだその一件は、喜蔵と引水初の偽りの祝言を以って解決した。弥々子はその場にいなかったものの、水に関する大きな事件ということで、他の水の怪たちから話は聞いていた。

「その時、水旁神は出てこなかったんじゃなかったか？　もう死んだのかと思ってたよ」

「あたしも聞いた覚えはないね……けど、出てきた」

「もしかすると、消えたと見せかけて、ずっと引水の地にいたのかもしれないな……呪のせいで外に出られなかったが、それが解き放たれたと同時に、水旁神の力も解放された」

「……その線が濃厚だろうね。しかし、なぜアマビエを狙う？」

弥々子の問いに、岬はうーんと首を傾げた。頭の上のワカメは、それでも落ちず、弥々子は自身の太ももを摘まんで笑いを堪えていたが、

「邪神になったのなら……やはり、もっと力が欲しくなったんじゃないか？」

岬の答えに、はっと我に返った。

「……考えてみれば、それしかないね。元々強力な力を持っている神だったが、命は永劫続くわけじゃない。長らく呪で封じこまれていたせいで力も弱まってる」

アマビエが得られれば、永遠の命とそれに相応《ふさわ》しい力も手に入る。邪な心を持つ者が、それを魅力的に思わぬはずがなかった。それならば——

(あたしは江戸の海川を守る。いずれ、あたしのものになるからね)

誰よりも強い水の怪になる——弥々子の興味はそこに尽きた。それは日々の修行によって達成されなければならぬものだ。アマビエの力を使って抜け駆けされては、かなわない。

「——神無川に帰る」

おもむろに腰を上げながら、弥々子は言った。

「皆にアマビエのことを伝えるのかい?」

「当然さ。そうでなきゃ、アマビエは捕まえられないからね」

「あんた……自分たちだけでアマビエを捕まえる気なのかい!?」

仰天したように言った岬の横を通り、弥々子は海の中に潜った。すぐに追いかけてきた岬を認めた弥々子は、「当然だろ。あたしを誰だと思ってるのさ」と豪語した。

「……あんたは俺の尊敬する河童の神さまさ」

「河童の神さまだって?　変なことを言う奴だね、まったく」

笑った弥々子の口から出た水泡に目を細めながら、隣を泳ぐ岬はぽつりと言った。

「……俺はまことにそう思ってるんだよ」

「何か言ったかい？」

よく聞き取れず問うと、岬は「手伝うと言ったのさ」と明るい声音を出した。

「あんたの配下の河童たちと共に、アマビエを探すよ！」

「あんた、うちの川に居つく気かい？　群れをなすのが嫌いなくせに」

「ほんの一時なら大丈夫だよ。俺だって水の怪の端くれだからね」

にこにこと笑って言った岬に、弥々子は怪訝な顔で頷いた。

（まあ……ほんの一時ならいいか）

しかし、それからすぐに捜索を始めたものの、アマビエは見つからなかった。それは水旁神も同じだったようで、時折高い波が起きることはあったが、いつも一瞬で消えてしまった。アマビエの話は徐々に広まっていき、今春には水の怪たちの大半がアマビエを追う事態になっていたものの、誰もそれを公言する者はいなかった。

（水旁神のことを知ってる者はいないようだが……ただ隠してるだけかもしれないね）

疑心暗鬼に囚われる中で迎えた、明治七年七月――。

「弥々子ー！　お前、アマビエの件は勿論知ってるんだろ!?」

神無川に現れるなり、小春は大声で叫んだ。

（……来たね）

弥々子は、岸に立った小春と喜蔵の姿を水中から認めて、目を眇《すが》めた。喜蔵は常通りの仏頂面で、小春もいつもの明るい表情を浮かべている。だが、よく見ると、その日は笑っていない。疑うような眼差しの小春に、弥々子は心の中で声を掛けた。

(本当のところはどうなんだい？　あんたこそ、アマビエの件を知っていたんじゃないのか？　俺もアマビエの力が欲しい――そう考えたんだろう？)

妖怪らしくないとはいえ、小春も妖怪だ。皆が抱いている邪心を、小春が本当に持っていないとは断言できない。アマビエ捜索が上手くいかず、弥々子は内心焦れていた。その苛立ちが、昔から含むところのある小春へ向かうのは、無理からぬことだった。それを知らずに神無川にやって来た小春は、弥々子を呼びだそうと盛んに呼びかけた。

「おーい、出てこい弥々子河童！　神無川の棟梁だろ、なあ弥々子！　お前、アマビエを追ってるんだって!?　ここしばらく留守だったのは、そのせいか。水の世で一体何が起きてやがるんだ!?」

弥々子が川面から頭を出すと同時に「あ！」と指差してきた小春と、何も言わず軽く会釈した喜蔵。姿かたちも中身も正反対な二人だが、不思議と馬が合っているらしい。

(……腹が立つね)

アマビエ捜索に進展がないせいか、今日は余計に苛立ちを覚えた。

「どこから聞きつけたか知らんが、あたしたちが探してるのは、アマビエの鱗だよ。アマビエなんて追ってない」

「……お前が本体を追わず、鱗だけでいいと言うなんて思えねえけどな！」

怪訝な表情を隠さず言った小春に、弥々子はにやりとした。よく分かっているじゃないか――そう思いつつ、弥々子は心に浮かんだ言葉とは反対の言葉を述べた。

「あんたがあたしの何を知ってるのかと言いたいところだが……そうだ、ちょうどいい。これまでの借りを返してもらおうか」

小春と喜蔵は顔を見合わせ、息を吐いた。頷きはしなかったが、了承したということだろう。何しろ彼らは弥々子に借りがある。

(妖怪なんだから、そんなもん返さなくてもいいのにね)

着物の裾を帯に差しこみながら川に入ってきた小春を眺めつつ、弥々子は鼻を鳴らした。

「何でアマビエを探してるんだよ」

川の中を探りながら、小春は言った。弥々子は「アマビエじゃなく鱗だよ」と言い返して、鱗を探すふりをした。

「何で鱗なんだよ。そりゃあ鱗にも多少力はあるだろうけど、本体の方がずっと強いだろ」

「これだから、世間知らずの妖怪は嫌だね。アマビエの鱗は、妖怪の世でそりゃあ高値で売り買いされてるんだ。奴はその身のみならず、鱗まで希少かつ力が籠っているのさ。売ったらいくらするのか、教えてやろうか？」

「はあ!?　金のためにこんなことするもんか……って、それまことか……!?」

弥々子からアマビエの鱗の値を聞いた小春は、ぎょっとした顔をして固まった。

「なあ……そんな金を得てどうするんだ？」

ようやく我に返ったらしい小春が、また川の中を手で探りながら言った。

「人間に金が必要なのは分かる。こっちは何でも金で解決できるからな。けど、妖怪は違うだろ。金で解決できることもなくはないが、そんなの稀《まれ》だ。大抵のことは、そいつの持ってる力で決まる。金なんてそう役に立たないだろ」

弥々子が舌打ちをせずに済んだのは、ちょうど川に入った喜蔵がこう述べたからだ。

「お前が知らぬだけで、妖怪の世も金で解決できることがあるのだろう。自分の考えが世の常識と思うのは驕《おご》りだ」

「煩えな！　人間は黙ってろよ！」

「煩い妖怪も黙っていろ。ここは人間の世で、お前は居候の穀潰しだ」

「ぐああ！　腹立つ！」

小春は上を向き、地団太を踏んで言った。身を避けた喜蔵は、少し離れた場所で鱗探しを始めた。長い身体を折り曲げ真面目に作業をする喜蔵を、弥々子は見るともなしに見ていた。

「……あーあ、あいつあんな張りきっちゃって馬鹿みてえ」

不機嫌そうな声を出したのは、小春だった。いつの間にか仁王立ちして、苛立ちの滲んだ表情で喜蔵を見つめている。

「嘘吐きに騙されてるとも知らずにさ」

「疑うのは勝手だが、反論するのも、痛い目に遭わせるのもこちらの勝手だよ」

弥々子は無表情のまま冷たく言った。喜蔵から視線を戻した小春は、弥々子をじっと見据えた。永遠に続くかと思われた睨み合いは、小春の漏らした笑みで終わった。

「そういうかにもきっつい顔をしてた方が、お前らしくていいぞ」

「だから、言ったはずだ……あんたにあたしの何が分かる？」

「そんなの分かるわけないだろ。だから、俺が勝手に思ってるだけさ。お前は性格も言葉もきついけど、本当は情に脆《もろ》くて、お人好しなところもある――良い奴だってさ」

小春は頭の後ろで腕を組み、にへらと緩《ゆる》んだ笑みを浮かべた。

「そんなこと言われたって、あたしは絆されないよ」

「何だよ、おべっか使って損した！」

ちぇっと舌打ちした小春は、その場にしゃがみこんで川に手を差しいれた。

「そんな大雑把《おおざっぱ》な手つきじゃあ、アマビエは捕まえられないんじゃないのかい？」

「鱗なんだろ？　だったら、これで十分！……まあ、鱗だろうとアマビエ本体だろうと、俺は決して負ける気はねえけどな」

「力を失ってるくせに、大きな口を叩くね」

「それでも――俺は勝つ」

爛々《らんらん》と輝く瞳をした小春は、高々と宣言した。そう大きな声ではなかったのに川中に響き渡ったのは、声にこもった意志の強さの表れだろう。

（……あたしはあんたのそういうところが嫌いなのさ）

弥々子は隠しきれぬ怒りの籠った目で、熱心に作業する小春をじっと見下ろした。


「今日はもう帰りな」

小春たちが神無川に来て一刻経った頃、弥々子は彼らに帰宅を促した。

（もっと早く帰したかったが……こいつは鈍感なくせに、変に勘がいいからね）

鱗探しに励む小春を横目で睨みながら、弥々子はふんと鼻を鳴らした。

「……次はいつ来ればいいのだ」

そう問うたのは、岸に上がって休んでいた喜蔵だった。笠を被らず来たので、顔が日に焼けて赤くなっている。

（馬鹿だね、まるで火傷だよ）

当人は気にしてもいない様子だったが、弥々子は顔を顰めた。

――弥々子、お前は優しいな。

喜蔵と対峙していると、どうやっても浮かんでくるのが、喜蔵の曾祖父の逸馬だった。姿かたちはそっくりでも、小春と喜蔵くらい二人の中身はまるで違う。だが、まったくの別人と知りながらも、弥々子はどうしても二人を同じ人間のように思ってしまう節があった。

――顔はそっくりだけど、本当に逸馬とは正反対だな。お前といればいるほど、顔すら似てねえように思えてきたぞ。あいつは俺に優しかったもん。だから、もっと優しくしろよ！　似てねえけど、曾孫だろ！

喜蔵に足蹴にされながら小春が発した言が蘇り、弥々子は拳をぎゅっと握りしめた。

(何であんたはいつも……)

「今日は、と申しただろう。次もあるのだと思ったが」

喜蔵の声で我に返った弥々子は、やや動揺を露わにしつつも、別れの言葉を告げた。

「今日はもういいよ。役立たずと罵らないでやるうちに、さっさと帰んな」

小春にそう告げたのは、八つ当たりに他ならなかった。それは小春も分かったのだろう。鳶色の目でじっと見てきた小春は、馬鹿にするような笑みを浮かべて言った。

「……じゃあ、今日のところは、俺も追及するのはやめておいてやろう」

小春と喜蔵の姿が見えなくなった頃、弥々子は川の中に潜った。それを待ち構えていたらしい配下の河童たちが、続々と弥々子の周りに集ってきた。

「棟梁……これでよかったんですかい？」

おどおどした様子で問うてきたのは、河太郎だった。

「何がだい？」

「いや、その……」

口ごもった河太郎だったが、弥々子の視線に負けたのか、やがて意を決したように言った。

「猫股鬼に真実を話し、助力を請わなくてもよかったんですかい!?」

河太郎が叫んだ瞬間、川の中に無数の水泡が立った。

「あいつ……言いやがった」

「皆が思ってることだけどさ……」

ぼそぼそと話し合っている河童たちを見回した弥々子は、猫のような目を細めて笑った。

「河太郎」

そう言って手招きすると、河太郎はおそるおそる近づいてきた。

「二度目はないと言ったのを覚えてるかい?」

「あ……あ……!」

もはや何色かも分からないほど顔色を悪くした河太郎は、口から水泡を大量に放出し、震えあがった。弥々子は笑みを浮かべたまま、河太郎にすっと手を伸ばした。

(誰が情に脆くてお人好しだって? 笑っちまうね)

さしでぐちを利いた配下の河童を手に掛けようとしている今の弥々子を見たら、小春も少しは見解を改めるだろうか。きっと小春なら、なりふり構わず間に割って入り、「慕ってくれてる仲間を殺そうとするとはどういう了見だ!」と怒りの声を上げるに違いない。

「そういうあんたが、あたしは大嫌いだって言ってるだろ……!」

沸き上がってきた激情をそのまま叫びに変えた弥々子は、河太郎の脳天に手刀を振り下ろしかけたが――

突如、大波が起こった。

「うわっ！」

「な、何だ!?」

周りにいる河童たちの悲鳴が轟いた。声を上げなかったのは、弥々子の気にあてられて喪神した河太郎と、河太郎を殺し損ねた弥々子だけだった。

「……皆、水の世に行きな！　この大波に呑みこまれる前に早く！」

弥々子の命を受け、河童たちは慌てて川底に向かった。弥々子は気を失った河太郎を小脇に抱えながら大波を掻き分け、水上を目指した。何度も流されそうになりつつも、ようやくのことで水面に顔を出した弥々子は、高波が起きている川と、その向こうに広がっている海に視線を向けた。

（この禍々しい気は――水旁神の奴……ついに動きだしたか！）

弥々子は、ぐっと奥歯を噛み締めた。以前見た時よりも、波は高くなっている。

（どうする？　こんな時に限って、何であいつはよそに偵察なんかに行ってるんだ！）

心の中で岬を詰った時、ぶわり――音にたとえるなら、そんな音がした。

（……何だこの熱風は）

火事場のような熱気を含んだ風が、突如吹いた。弥々子はとっさに目を瞑った。

「――棟梁！　ご無事ですか!?」

掛けられた声に、弥々子はやっと目を開いた。

「水の世に行けと言っただろうに」

周囲に群がっている配下の河童たちの姿を認めた弥々子は、呆れかえった声を出した。

「も、申し訳ありません。どうしても棟梁のことが気になってしまって……」

一斉に頭を下げた河童たちに軽く手を振った弥々子は、小脇に抱えたままだった河太郎を近くにいた河童に託し、泳ぎだした。

「お供します！」

「……好きにしな」

許しを得た河童たちは、嬉しそうな笑みを浮かべて弥々子についてきた。そうして数名の河童を引き連れ、神無川を隅から隅まで泳いだ結果、弥々子はあることに気づいた。

（水位が下がってるね……けど、岸に水は溢《あふ》れてない）

あれだけの大波が起きたというのに、岸は乾いていた。もしかすると、水は溢れたものの、一瞬で乾いたのかもしれぬ。夏とはいえ、日差しだけでそれが叶うわけがない。

（さっきの熱風か……）

あれほどの熱さだ。自然に吹いたわけではあるまい。ならば、誰かが起こしたのだろう。熱風が吹いた時、弥々子は強い妖気を感じとった。

（一体どこの誰がやったんだ？　そんな力のある妖怪、この辺りにいたか……？）

あれこれ考えているうちに、日が暮れた。すっかり暗くなった頃、ようやく岬が偵察から戻ってきた。

「姐さん……奴が動きだしたようだ」

いつになく真面目な顔をして述べた岬に、弥々子は頷いた。

「あんたも遭ったのかい？　この川にも来たよ。昨年よりも禍々しさが増してた。神聖な気なんてまるでなくなっちまったようだった。思っていた以上に魔に近づいているようだね」

「そうだね……でも、きっと俺たちが勝つよ」

「何だい、余裕じゃないか」

「余裕なんてないさ。でも、大丈夫だ。だって、俺には弥々子姐さんがいるからね」

「他妖を当てにするな。あんたに何があっても、あたしは助けないよ」

「嫌だな、俺が期待してるのはそっちじゃないよ！」

明るい笑い声を立てた岬に、弥々子は怪訝な目を向けた。

弥々子率いる神無川の河童たちと岬は、海に向かった。異変があれば海へ——その決まりは、今日こそ守られるらしい。途中、他の川に住まう水の怪たちと出会ったが、それぞれ干渉せず前に進んだ。彼らの行先も、弥々子たちと同じだった。

「……出くわした途端に喧嘩になるかと思っていました」

「今はそれどころじゃないと皆分かってるんだろうさ」

配下の河童の呟きに、弥々子はそう返した。緊張した面持ちで海に向かう彼らを見るにつけ、弥々子は確信した。

(今日のあの高波と熱風は、他の川でもあったんだ。それが水旁神の仕業だと気づいている奴がいるかどうかは分からないが)

後者に関しては五分五分だと、弥々子は睨んでいた。知っている者がいたとしても、ごく最近気づいたのではないだろうか。

(知ってたら、すぐに吹聴しそうな馬鹿が多いからね)

冷たい水の中に住んでいるくせに、水の怪は血気盛んな者が多かった。昨年のアマビエの件もそうだ。皆がもう少し冷静であれば、血で血を洗う事態にはならなかったはずである。

「馬鹿は嫌いだよ」

「申し訳ありません！　賢くなるから許してください……棟梁!!」

弥々子の独り言にそう返してきたのは、河太郎だった。高波と熱風の件ですっかり気が削がれてしまった弥々子は、河太郎を殺すのを止めた。情けを掛けたわけではないのに、目を覚まして生きていることを知った河太郎は、それからずっと感動の涙を流しつづけている。

「だから、馬鹿は嫌なんだ」

はあと溜息を吐いた弥々子は、隣を泳ぐ岬の額を拳で小突《こづ》いた。弥々子姐さんは嘘吐きだなあと言って笑った声が、しかと聞こえていたからだ。

神無川一行が到着して四半刻も経たぬうちに、海は江戸近郊に住まう水の怪たちで埋め尽くされた。

「……まるで昨年のよう。ううん、あの時よりももっと数が多いかもしれない」

「おい、右方を見るなよ。お前が片腕を落とした江戸川の河童がこちらを睨んでる」

「私の顔を潰しかけた奴もいる……平気な面して来やがって……後で成敗してくれる！」

周りから様々な声が聞こえてきた。どれも密やかな会話だったが、徐々に声が大きくなっていっている気がした。

「……姐さん、不味かないか？　このままじゃ昨年の二の舞だ」

岬に耳打ちされた弥々子は、分かってるさという風に顎を引いた。岬の言う通り、このままではまた水の怪同士の戦いが起きるだろう。すでに口論を始めている者たちもいるようだった。あと四半刻――否、その半分くらいで、誰かが動きだす。何かあれば海にという決まりがあっても、その先は何も決まっていなかった。前年の戦いのわだかまりも残っており、互いの出方を窺っている様子だ。こうして集ったはいいが、誰も場を取りしきろうとする者はいなかった。

「真っ先に狙われるのはあたしかもしれないね」

「姐さん……そんな不吉なこと言うもんじゃないよ」

「あたしは今も昔も恨まれてる。昔は好き勝手やってたし、今は人間なんかと親しくしてる。そのくせ、水の怪たちの間で幅を利かせてるんだ。そりゃあ皆は面白くないさ」

ふんと鼻を鳴らした弥々子に、岬はぐっと詰まったような顔をした。気が優しい岬も、れっきとした妖怪だ。弥々子の言っていることには、頷ける部分があるのだろう。

「あたしはいつの間に、妖怪らしくなくなったんだろうね……」

弥々子は誰にも聞こえぬほど小さな声で呟いた。同種であろうと敵と見なせば即殺し、人間を見かけたら老若男女かかわらず襲いかかって喰らっていたあの頃――弥々子は立派な妖怪だった。傷つけた同種に恨まれることはあっても、非難されることはなく、畏怖の対象と見なされていた。妖怪に最も必要なのは、強さだ。どんな性質であっても、それがあれば一目置かれて、突き抜けた才があれば上に立てる。百鬼夜行の行列に並ぶほどの実力を身につければ、妖怪の世にも名が知れ渡り、名誉が得られた。そこで驕ることなく修行に励むと、ほとんどの妖怪が見たことのない景色をも見ることができるのだろう。

(あたしはそこまで行きつかなかった。その前にせっかく得ていたものを捨てちまった)

逸馬との出会いが、弥々子の運命を変えた。人間を喰らわなくなったのは、彼に義理立てしたからだ。逸馬がいないのなら、もうそんなことをせずともよいはずだが、弥々子は少しも人間を喰らいたいとは思わなくなった。

――死んだらそれまでだ。楽になどなれぬ。生きているからこそ辛くもなるが、その逆もある――らしいぞ。

逸馬の曾孫の閻魔のように恐ろしい顔が、脳裏によぎった。人間を喰らって得られるものはないと、今の弥々子は知っていた。

（知りたくなかったよ、そんなこと……）

妖怪らしくない己も、人間を喰らいたくないという気持ちも、小春を厭う理由も――どれも立派な妖怪でいるには、不要なものだった。

「妖怪らしくないと駄目なのかい？」

それが自分への問いかけだということに、弥々子は少し経って気づいた。訊ねた岬は、口から水泡を出しつつ、話を続けた。

「らしくなくても、姐さんは妖怪だろ。妖怪として生まれたら、それで十分妖怪らしい――ああ、違うな……この言い方だと、生まれがすべてということになる。……たとえば、姐さんが元々人間や獣で、途中から妖怪として生きてきたとしよう。それでも、俺は姐さんを妖怪の中の妖怪だと思うよ」

「……意味が分からないね」

「そうかね？　生まれもまあ大事だろう。でも、それより大事なのは、どう生きてきたかさ。姐さんが自分が妖怪らしくないと思うのは何でか分からんが、らしいらしくないなんて些末《さまつ》な問題じゃないか？　だって、姐さんは立派な妖怪だ。たとえ誰かが姐さんを『あんたみたいな妖怪らしくない奴を妖怪とは認めん！』なんて言ってもさ、俺にとっては姐さんこそが誰よりも立派な妖怪だもの」

「そりゃああんたの勝手な思いこみだろ。あたしは……」

「それを言うなら、姐さんの『妖怪らしくない自分』というのも、思いこみだろ？」

からりと笑って言った岬から目を逸らし、弥々子は深緑の唇をきつく嚙み締めた。

（……こいつも腹が立つね。小春なんかよりもずっと業腹かもしれん）

血の味が滲んできたが、構わなかった。そうしていないと、胸のうちに押し寄せてくる感情をすべて発露してしまいそうだった。

「もう我慢ならぬ！」

叫び声を上げたのは、目黒川《めぐろがわ》の河童の棟梁だった。それに追随するように、彼の配下の河童たちの「おおおおお」という怒号が響いた。

「何かが起きているのは分かっている……それが俺たち水の怪たちにとって重大な案件であることも――だからこうして集ったのだ。だが……それでどうなる？　問題が解決するのか？　昨年のことを忘れて、睦まじく策を話し合えと？――やはり、無理だったのだ！」

がなり立てた目黒川の河童の棟梁の後を継ぐように、鼻で笑ったのは、隅田川を根城にする水の怪・真中《まなか》だった。

「そうとも、土台無理だったのだ。あの戦でどれだけの者が傷つき、命を落とした？　自分の海川の者たちがやられたことには気づいていても、他の海川の者のことなど覚えてる者はいまい。……おまけに、またアマビエだ！　皆、それを狙っているのだろう⁉」

激昂しながら言った真中に、辺りは騒然とした。アマビエのことは、ここにいる誰もが知っているはずだ。しかし、皆知らぬふりをして今日まで来た。誰が一番に動きだすのか様子を窺っていた者もいれば、不穏な気配を察し口を噤んでいた者もいただろう。だがどんな理由であっても、皆の共通する思いはたった一つ――

「アマビエが欲しい――そう思わぬ者はここにはいない！」

真中が叫んだ時、そこにいたほぼ全員が臨戦態勢に入った。

「あたしはいらないよ」

たった一妖だけ身構えずにそう述べたのは、弥々子だった。辺りは一瞬静まり返ったが、

「……弥々子河童――貴様、嘘を申すな！」

いち早く我に返った真中は、弥々子を指差して鋭い声を上げた。

「馬鹿だねえ。こんな時に暢気に嘘なんか言うもんか」

「……お主はそうして皆の気を散らし、横からアマビエをかっさらっていく気だ」

江戸川の者がそう言うと、神無川近くの小川に住まう水の怪たちも、「そうだそうだ！」と加勢の声を上げた。

「弥々子河童は知略に優れた怪！　俺たちとて何度騙されたことか！」

「それはあんたらが間抜けだからだろう。まあ、賢いと褒められて悪い気はしないがね」

「な……！　褒めてなどないわ！」

顔を真っ赤にして喚く者たちは無視して、弥々子はすいっと海の真ん中に泳ぎでた。その後をついてこようとした岬を目線で制すと、岬は「嫌だ」ときっぱり言った。

「これは俺がしたくてしてることだ。姐さんの意見は聞けない」

睨んでも怯まぬ岬に、弥々子は息を吐きつつ、そのまま前に進んだ。海に集った妖怪たち全員を見渡せる場所で、弥々子は動きを止めた。

(すごいね、大盤振る舞いじゃないか)

神無川以外の水の怪たちから向けられた無数の殺気に、弥々子は思わず笑みをこぼした。だが、不思議と弥々子の心は波紋一つない湖面のように平静だった。

「昨年の一件以後、アマビエが未だに江戸界隈をうろついているのは、奴を追う者がいるからだ。その名は水旁神——皆も聞いたことはあるだろう。引水の地を創った神だが、いつの頃からか邪神と化した。長年その身を封じこまれていた水旁神は、邪の力を蓄え、この世に蘇った。だが、まだ力が足りず、それを補おうと目をつけたのがアマビエだった。水旁神がアマビエを得れば、強大な力を持つことは必至——この海どころか、江戸すべてを呑みこむほどの存在となるだろう」

方々からざわめきと動揺が伝わってきたが、弥々子は構わず続けた。

「水旁神が江戸を支配するようになれば、あたしたちはどうなる？　答えなんて誰に訊かずとも分かることだ——一妖残らず死ぬよ」

「う、嘘だ……！」

叫んだのはまたしても真中だった。

「だから、こんな時に嘘は言わないよ。こうしている間にも、水旁神はアマビエを手にしてしまっているかもしれない。そうなったら、皆終わりだ」

「……水の世に行けばよいではないか」

よく通る声が響いた。その声の主に視線を向けた弥々子は、目を眇めて言った。

「流《りゅう》か……昔はよく手合わせしたね。懐かしむ時も惜しいから、あんたにはこう反論しよう――水の世に行くなんて、逃げるも同然だ。あたしはそんな真似絶対にしない」

海に来て初めて、弥々子は身構えた。渋谷川の河童の棟梁・流の実力は、弥々子が一番よく知っている。当時よりも強くなっている様子の流だ。「逃げるも同然」と言いきった弥々子に腹を立て、襲いかかってくるかもしれぬ。だが――

「俺も水の世には帰らぬ。よって、弥々子。俺はお前と協定を結ぼう」

流の言に、この日一番のざわめきが起きた。中で最も驚いていたのは、弥々子だろう。

「あんた……ははは。あたしが提案する前に、よくも先に言ってくれたね」

引き攣った笑みで言った弥々子に、流は口許だけで薄っすら笑んだ。

「言った者勝ち、やった者勝ちだ。妖怪とはそういうものだろう」

「……こりゃあ一本取られたな、姐さん」

背後から含み笑いした岬の声が聞こえて、弥々子はますます笑みを引き攣らせた。

神無川の弥々子と渋谷川の流が裏で結託し、アマビエを我がものにしようと企んでいる。奴らの好きにさせてなるものか！――そんな声も上がったが、結果的には次の意見が大勢となった。

「こたびだけは協定を結び、力を合わせて水旁神に対抗する――自分勝手、自由気ままな妖怪にあるまじき合意を皆から引きだした感想は？」

「そんなもんにいちいち感想など抱かないよ。それどころじゃないと昨日も言っただろ」

「そうでした」と舌を出した岬に、弥々子は舌打ちをした。水の怪たちにすべてを打ち明けた時、弥々子は密かに死を覚悟していた。襲われたら返り討ちにしてやるつもりだったが、あまりにも多勢だ。一対一の真っ向勝負なら、全員に勝てる自信もあったが、一気に襲いかかられたら一巻の終わりだった。

――……俺も協定を結ぶ。

流の後、そう言いだしたのは、真中だった。

――弥々子河童も流河童も信用ならぬ。この先もそれはずっと変わらぬだろう。こたびの件もまことなのか定かでないが、俺も水旁神の話はちらりと耳にした。……実はその姿も目にしたことがある。姿というよりも、影だったが――禍々しさを纏った、正に邪神だった。弥々子河童の言通り、奴がアマビエを手にしたら、すべては終わるだろう。アマビエを手にしなかったとしても、このまま放っておけば、いずれ災厄が降りかかる……こちらの世に生きる妖怪として、見過ごすわけにはいかぬ。何度も言うが、俺は弥々子河童も流河童も信じてはおらぬ。唯一信じているのは、己自身だ。だから、己が信じたこの道を選ぶことにした。

毅然と言い放った真中に、弥々子ははじめて一目置いた。

（勿論、そんなこと当妖には言ってやらないけどね）

真中が宣言したことで、一気に流れが変わった。真中と同じように水旁神の話を耳に挟んでいた者や、それらしき影を見た者は、彼に同意した。まるで水旁神のことを知らなかった者でも、強力な水の怪たちがこぞって協定を結ぶと言ったことで、心が動いたようだった。

――信じないよ。アマビエはあたいが探しだす。そして、その力を我がものにする。

そう言って去った女怪もいたが、弥々子は彼女のことも（いい心構えじゃないか）と内心思ったものだ。誰の力も借りず、たった一妖で生きるのは、どれほど才がある妖怪であっても難しい。特に、徒党を組む習性がある水の怪たちにとって、それは非常に困難だった。

「まあ……だからといって、あたしはそうしないけどね」

「ん？　何か言ったかい？」

「何でもないよ。ほら、さっさと働きな！」

岬の問いに素っ気なく答えた弥々子は、彼の背を押して、自身も泳ぎだした。協定を結んだ後、水の怪たちは地域の分担と、落ち合う時を決めた。決して抜け駆けはしない。それをした者は、皆から制裁を受ける――そう約し、水の怪たちは一斉に海川を移動した。忙しく動いているうちに、あっという間に翌日を迎えた。日が空の一番高いところに上るまでの間に、水の怪たちは三度落ち合い、互いに情報交換をした。

——アマビエはやはり江戸から出ていないようだ。昨日は渋谷川界隈に出没し、しばし空を見上げていたそうだ。どうも、日光浴をしていたらしい。

——日光浴してたかなんてどうでもいいよ！　こっちはあの熱風について調べてきた。あの時の風は、水のないところでは普通の温度だったようだよ。

——高波は江戸界隈の海川全域で起きた。一瞬だったので、目撃した者は少ないようだ。人間でそれを見た者は多分一人だ……ええっと、神無川近くの割長屋《わりながや》に住まう春画絵師だったかな？　ろくでもない男に違いないので、放っておいたが。

——水旁神の弱点はやはり萬鬼のようだ。奴と似たような顔をしている妖怪を連れていけば、もしかすると隙ができるやも……まあ、萬鬼の顔なんて知らんけどさ。

——熱風とは無関係かもしれんが、浅草で近頃小火騒ぎが続いてるそうだ。浅草といえば、飛縁魔がいる。奴がやった？　いや、どうだろうか……奴は長らく女の身に封じこまれている。立て続けに小火を起こせるほどの力があるかどうか。

参考になりそうなものも、ならなそうなものも、同じくらいあったが、弥々子が一番気になったのは、浅草で続いているという小火騒ぎだった。

(兄さんもあの馬鹿鬼もそんなこと何も言ってなかった。荻の屋の方は無事だということだろうが……)

高波に熱風、水に火——正反対のことが同時に起きているのは、偶然なのだろうか。

「と、棟梁！」

　神無川に戻ってきた弥々子に慌てて泳ぎよったのは、河太郎だった。

「昨日の熱い風が吹いた時！　飛縁魔憑きの女の家で火事が起きたって！」

「……何だって？」

「誰かが飛縁魔の話してただろ？　火事を起こす力はないと言ってたが、小火だったら起こせるんじゃないかって……でも、小火しか起こせぬ者が、あんな熱風を出せるか？　分からん！　だから、とりあえず訪ねてみたんだ！」

　人に化けられぬ河太郎は、合羽《かっぱ》と笠を被り、全身に晒しを巻いて浅草に向かった。不気味な様相だったためか、皆河太郎を遠巻きにした。これ幸いと綾子の長屋まで行った河太郎は、そこに充満していた禍々しい気に驚き、慌てて外に飛びでた。

「禍々しい気って、飛縁魔の妖気だろ。そこまではっきり残ってたのなら、噂よりも力は強そうじゃないか。それなら火事くらい起こせるね」

「うん……いやさ、何だか妙だったんだ。飛縁魔の妖気も漂ってたと思うが、それだけじゃないように思えたんだよな。何と言ったらいいんだろう……怨念《おんねん》というのか……」

　自信なさそうにぼそぼそと言った河太郎に、弥々子が返事をしようと口を開いた時、

「この先の海にアマビエが現れたぞ……!!」

　岬の切羽詰《せっぱつ》まった声が響いた。

その場にいた配下の河童たちを引きつれて、弥々子は急ぎ海に向かった。

神無川と海の境が見えた辺りから、異変は起きていた。曇り空の下だというのに、水面がきらきらと輝いている。それも、赤や青に染まっているように見えた。

(随分と薄っすらだけどね……これはまことにこの先にアマビエがいるようだ)

確信した弥々子は、ますます速く泳いだ。必死についてくる配下の者たちを鼓舞しつつ、海に出た瞬間、弥々子は息を呑んだ。

唇を前に突きだすように尖らせ、短い手を上げた丸みを帯びた妖怪――アマビエが、数間先で青く光り輝いている。まるで自身を見せびらかすように胸を張り、その場でくるくると四回転したものの、何かに躓いて転んだ。その間の抜けた様子に、アマビエを取り囲んでいた水の怪たちはぽかんとしていたが、

「うわあああ!」

「ひいいいいいいい!!」

彼らの悲鳴が轟いた。突如巻き起こった高波に呑みこまれたせいだった。

「皆、堪えるんだ!」

弥々子は叫んだ。余波が弥々子たちの許まで来るのは時の問題だったが、それは想像よりも早かった。

「と、棟梁……!」

「俺たちには構わず――」

襲いかかってきた高波に、弥々子の配下の河童たちの何妖かが呑まれた。ちっと舌打ちした弥々子は、身体にぐっと力を入れながら、前に進んだ。

「棟梁！　あ、あれは無理です……かなわない！」

「そんなことやってみないと分からないだろ!?」

止めてきた者を振り払った弥々子は、今度はアマビエが宙に舞ったのを認めて、鼻を鳴らした。

（やはり、そう簡単に捕まる気はないか。そうだろうとも。あたしたちがずっと追ってたのに、一向に手に入らなかった奴だ。でも、今日ばかりはそのまま逃げきりな！）

鈍そうに見えるアマビエだが、手を伸ばすように高波が上がるたび、ひょいひょいと身を避けた。ひやりとする場面もあったが、アマビエと高波の間には、次第に距離が開いていった。弥々子の願い通り、このままアマビエが逃げきるかと思った時――

「あ！　あいつ……！」

誰かが上げた声に、弥々子は思わず息を呑んだ。岬が、いつの間にかアマビエのすぐ近くにいる。弥々子は岬の許へ泳ぎだした。相変わらず波は高く、その威力も強い。

（何を馬鹿なことしてるんだよ、岬――力もないくせに、愚か者め！）

罵りの言葉を並べているうちに、弥々子は何とか岬の近くまでたどり着いた。アマビエを捕まえようと水面をぴょんぴょんと跳ねている岬に、弥々子は「この馬鹿！」と叫んだ。

「そうやってるうちに、また水旁神が迫ってくるよ！　どうせ捕まえられないんなら、今はそいつを逃がすべきだ！」

そう言った途端、アハハと笑い声が聞こえた。

「いやだな、姐さん。せっかく会えたんだ……ここで逃がしてたまるかよ」

「他妖の話を聞け！　今はそいつを諦めて――」

「諦めるもんか――こいつは俺の物だ!!」

声を張った岬は、それまでと比べ物にならぬほど高く跳び、アマビエをその手中に収めた。

「やった……これで俺は――」

喜びの声を発した瞬間、岬はアマビエもろとも、高波の中に呑みこまれた。

弥々子は岬の名を何度も呼びながら、海の中に沈んでいく彼を追った。赤、青、赤、青と点滅するように輝く海の中に、岬たちの姿は見えなかった。だが――

「岬！　おい、岬！」

くっくっくっ――海の中に、低い声が響いた。いつの間にか海面から顔を出した、血に染まったような赤い衣をまとった赤髪の女が笑っている。姿かたちは人間だが、比べようもなく大きい。握りしめた右手が赤、青と点滅している――アマビエを捕らえたのだ。その指の隙間から出ているのが岬の足だと気づいた弥々子は、ううううと獣のような唸り声を上げて、その女――水旁神に飛びかかった。

「……お前を殺す！」

腕を振り上げた弥々子は、その手で水旁神の脳天を割ろうとした。

「殺されるのはお前だ」

呪わしい声が響いた時、弥々子はとっさに身を捻った。

ドオオオオ――凄まじい音がした直後、弥々子は宙を舞っていた。攻撃は避けられたものの、その衝撃波を受けた結果だった。遠くに弾き飛ばされた弥々子は、押し寄せてくる波に追いつかれる前に岸に上がり、指を噛みきった。歪んだ「も」の字に苦笑する間もなく、弥々子は開いたもののけ道の中に飛びこんだ。

（水旁神を仕留められる者のところに連れて行ってくれ）

もののけ道は、この道を歩く者が一等行きたがっている場所に導いてくれる。弥々子の願いである打倒水旁神――それを叶えてくれる者はいるのだろうか。

――弥々子、頼む！　ほら、お前の好きな胡瓜《きゅうり》やるからさ、ちょいと頼まれてくれよ！

（……あの馬鹿鬼でないことは確かだ）

ふっと笑った弥々子は、もののけ道を駆けた。

出口は思いのほか早く見つかった。穴の縁に手を掛けて中に入った弥々子は、何かが破ける音を聞きながら、穴の外に出た。出た先は、広々とした座敷だった。人間が三人――否、人間に化けた妖怪が二妖と、妖気を醸しだしている人間が一人いるようだ。

「……何や、穴が――弥々子河童!?」

こちらを指差しながら言ったのは、人間の老爺姿の妖怪だった。

(こいつは獣——鳥の経立だろうね)

瞬時に老爺の正体を見破った弥々子は、彼のそばに立つ美丈夫を見た。

(桂男じゃないか。ここは引水の屋敷か? それにしちゃあ、水の気配がまるでないね……)

そこまで考えた弥々子は、すぐ近くにいた人間の女を認めて、はっと息を呑んだ。

(——飛縁魔憑きの綾子!)

人間らしからぬ妖気を放ち、不気味なほどの美貌を持つ女は、虚ろな目をして立っている。生気のない表情をじっと見据えた弥々子は、呻き声を発した。

「あんたは——そうか、『火』か……!」

飛縁魔は、火にまつわる妖怪だ。水に対抗できるとしたら、火しかない。火と水は相容れぬものだ。やはり、昨日の熱風は、飛縁魔が放ったものなのかもしれぬ。

(きっとそうだ、この妖気は確かに昨日の……こいつだったら、水旁神に対抗できる!)

手を伸ばした弥々子は、綾子の腕を摑み、また穴を潜った。素早く封じた穴の向こうで喚き声が聞こえたが、気にせず踵を返した。

「ついてきな」

弥々子は綾子の腕を引っ張りながら言った。応えはなかったものの、綾子は大人しく従った。あっという間に着いた行きとは違い、帰りは長い道のりに思えた。連れ去られたというのに抵抗一つしない綾子は、弥々子が手を離しても、黙って後をついてきた。足音が二つ響くだけの暗い道——弥々子ははじめてもののけ道が恐ろしいと感じた。

「……あんた気味が悪いね。こんな事態に巻きこまれたというのに、一切動じないなんてさ」

沈黙に耐えきれず発したものの、綾子はそれでも無言だった。

「まことに人間なのかい？　いや、違うか——あんたは飛縁魔憑きだものね。身はかろうじて人間のようだが、きっと心はすでに妖怪になっちまったんだ。不気味な女だね。何で兄さんはこんな女がいいんだろう？　趣味が悪いよ、まったく」

嘲笑交じりに言っても、答えはなかった。反応らしい反応さえしない綾子を、苛立ちを通り越して本当に不気味に思った弥々子は、深い息を吐きながらぼやいた。

「……少しは抵抗しようと思わないのか？」

どうせ返事はないのだろうと思った直後、地を這うような低い声音が響いた。

「そんなことして何になるんですか。人のさだめは、生まれた時から決まっているんです。どう抗っても変わることのないさだめが……これまで必死にそこから逃れようと生きてきましたが——疲れました」

息苦しそうに言った綾子を、弥々子はちらりと振り返った。生人形と並べて置いたらどちらが本物か見分けがつかぬというほど、ますます生気を失くした顔をしていた。

このまま死ぬのではないか——そんな不安がよぎった時、弥々子は顔を前に戻した。

（……死ぬなら、あたしの役に立ってからにしてくれよ）

まだ死なれては困ると考えた弥々子は、ふっと苦笑を漏らした。人の生き死にまで勝手に決めるなど、妖怪はまことに業が深い生き物だ。

（まあ、そこがいいんだけどね）

弥々子は自身が妖怪であることを嫌だと思ったことはなかった。そんなことを一度でも考えたら、今こうして水旁神を倒すために邁進《まいしん》してはいなかっただろう。

——生まれもまあ大事だろう。でも、それより大事なのは、どう生きてきたかさ。

岬がそう言った時、弥々子は何を言っているのだと訝しんだが、今は得心がいく気がしていた。自分らしい生き方をすれば、自ずと妖怪らしい妖怪になれる。その逆も然りなのだろう。小春ほど妖怪らしくない妖怪はいないし、喜蔵ほど人間らしくない人間もいない。だが、小春は妖怪の中の妖怪で、喜蔵は誰よりも優しい人間だと弥々子は知っていた。

「……認めるのは癪に障るがね」

ぼそりと言った声は思ったよりも響いたが、綾子はやはり反応一つしなかった。不気味な女だと改めて思った弥々子は、道の先に出口が見えた時に口を開いた。

「あんたは逃げつづけてきたと言ったが、さだめも何もかも放りだしてどっかに行くことが逃げるということさ。あんたは受け入れちまった。そして、誰も巻きこまぬ道を選んだ。馬鹿な女だね、あんたは。さだめから逃げられぬと思った時に、周りを巻きこんでしまえばよかったんだよ。嫌な奴は全員——好きな奴だってもろとも巻きこんで、一蓮托生《いちれんたくしょう》にしてしまうべきだったのさ」

そんなことをしたら、皆死んでしまう――小声で返した綾子に、弥々子は鼻を鳴らした。

「それの何が悪いんだい？　一人で何もかも背負いこんで死ぬなんて馬鹿げてる。あたしがどうしても死ななきゃならない事態になったら、皆道づれにして死ぬよ。その方がまだ心がすっきりするだろう。自分だけが不幸になるなんて冗談じゃないね。あんたも本当はそう思ってるんだろう？　自他共にいつも命の危機にさらされてきたんだ。そんな人生馬鹿らしくてやってられなかっただろ？」

からからと笑った弥々子は、数歩進んで振り返った。ここに来てはじめて足を止めた綾子は、首を横に振っていた。

「この期に及んで、いい子ぶるのかい？　あたし以外どうせ誰も聞いてやしないんだ。本音を言えばいいじゃないか」

綾子が口を開いたのは、少し経ってからだった。

「……ありがとうございます」

眉を顰めた弥々子に、綾子は顔を上げながら続けた。

「私はずっと逃げてばかりだと思っていたんです。誰も巻きこみたくないからという名目で、よくしてくれた人にも本心を伝えず、偽りの笑みを浮かべて……誰とも正面から向き合わずここまで来ました。ずるい人間だと……私は私が嫌いで堪らなかった。でも、あなたは私が逃げなかったと言ってくれた……それがとても嬉しかったんです」

ありがとう――再び礼を口にした綾子は、にこりと笑った。それまでの生気のない顔が嘘のような、子どものように無邪気な表情だ。それは、数十年昔に違う人間が弥々子に向けたものとそっくりだった。

――弥々子、ありがとう。ずっと友でいてくれて嬉しかったよ。どうやら、もうすぐお別れのようなのだ……先に旅立つ友を許しておくれ。

弥々子は舌打ちし、足早に歩きだした。

「あんた、嫌みが通じない馬鹿なんだね。おめでたい女だよ」

ぱたぱたという焦ったような足音がついてきた。

（……畜生……畜生！）

内心に沸きおこった怒りは、何に対してのものなのか。弥々子は自分の気持ちが分からないまま、残り少ないもののけ道を進んだ。


穴から出た途端、弥々子は綾子を抱えて横に飛びのいた。もののけ道の先は、弥々子が行きに穴を開いた岸だったが、そこに高波が襲いかかったのだ。それを操っているのは、巨大な赤髪の女――水旁神だった。

「……あ、ありがとうございます」

腕の中にいる綾子に礼を言われ、弥々子は思わずふきだした。

「本当に馬鹿だねえ……そりゃあ、助けるさ。あんたは大事な生贄《いけにえ》だからね。あんたは火の女だ。水と対抗できうる唯一の存在さ。あんたと、今暴れてる水旁神がぶつかり合って消えてくれたら有難いね」

弥々子はべらべらと話しながらも、襲いくる波を避け、海辺を縦横無尽に移動した。綾子を抱えながらでは、想像していたよりも大変だったが、やめるわけにはいかなかった。

(奴が隙を見せた時、この女を奴にぶつけよう)

果たしてそれで飛縁魔の力が目覚めるのか――何の確証もなかったが、弥々子は目覚めると信じていた。火と水は相容れぬものだ。飛縁魔は水旁神が気に食わず、水旁神は飛縁魔が苦手なのだろう。そうでなければ、昨日の高波と、高波を鎮めた熱風の説明がつかない。

「……ちっ！」

急に角度を変えた波に押された弥々子は、そこに生えていた木に強《したた》かに背をぶつけ、舌打ちをした。水旁神の波を作る精度が上がっている。波の間からぬっと姿を現した水旁神は、木の枝で動きを止めた弥々子を認めて、にやあと笑った。背筋にぞっと悪寒が走った時、水旁神は両腕を広げて掲げながら、地鳴りのごとき唸り声を上げた。

どぼどぼどぼどぼ――。

それは、大量の水が空に向かって積み重なっていく音だった。水旁神がさらに腕を上に掲げると、両腕の下にできた二つの水の塊も上に伸びていった。その水には、目鼻口のような模様が浮かびあがり、雄叫びを上げているように見える。小高い丘ほど積み重なった二つの水の塊は、もはや波とは言えぬ代物《しろもの》だった。

（一体何が──アマビエは……!?）

はっとした弥々子は、周りを見回してすぐに彼の妖怪の居場所に気づいた。水旁神の腹の辺りから、赤青赤青と色を変じつつ輝く光が見えたせいだった。

「アマビエを呑みこんだのか……」

岬──声に出さず名を呼んだ弥々子は、木の枝で立ち竦んだまま、唇を噛んでいた。我に返ったのは、水の塊と目が合った時だった。先ほどの水旁神と同じくにやあと笑うと、相手は何事か呟いた。それに対し、もう一方の水の塊が頷いたような動きをした途端、二つの塊は一つにまとまり、大山のごとき形に変化した。

「──行け」

水旁神が腕を振り下ろすと、水の塊は弥々子たちを取り囲むように迫ってきた。

（おいおい……流石にあれは避けられないよ）

右に逃げても左に逃げても、今からでは間に合わない。どうするべきかという考えも浮かばず、半ば諦めの境地に至った時、弥々子は肩を強く押された。

「弥々子さん──私をあの神さまの許に放り投げてください」

眦《まなじり》を吊り上げて言った綾子は、戦に赴く者のように、決意の籠った表情をしていた。

「あんた……やはり、一よりも大勢を取る愚か者なんだね。自分は犠牲になっても、他の奴らが助けられればいいなんて──とんだ馬鹿だよ」

「違います。正直に言えば、よく知らない人たちがどうなろうと、私はどうとも思いません。でも――江戸には、私の好きな人たちがいます。どんな私でも受け入れてくれて、情を傾けてくれました。あの人たちを、私は守りたい……それをせずにただ死ぬなんて、真っ平ごめんなだけなんです！　だから、弥々子さん」

お願いします――そう言いながら頭を下げた綾子は、弥々子の肩を握る手にますます力を込めて、そのまま木を上へとよじ登りだした。木上に立ち、両手を広げた綾子は、すっと息を吸いこんで叫んだ。

「水の女――聞こえるか。私は火の女だ。お前と私、どちらが勝つか勝負しよう！」

赤青赤青赤青赤青――目にも留まらぬ速さで色を変えて光ったのは、水旁神の腹だった。片手でその腹を押さえた水旁神は、変じる光の色よりも速く綾子の許に駆けた。

「……勝つのは私だ、火の者よ！」

あと少しで水旁神の手が綾子に触れるという時、弥々子は木上に立ち、綾子の胴を摑み上げた。

「弥々子さん――……！」

悲鳴じみた声を上げながら、綾子は宙を舞った。弥々子が渾身《こんしん》の力を振り絞って投げたので、どこまで飛ばされたかは分からない。

(少なくとも水旁神の手が届かぬ場所さ)

海とは反対の方に投げた綾子は、いつまで生き残れるのだろうか。

「……この弥々子河童さまが助けてやったんだ。せいぜい長生きしな！」

なあ、逸馬――この世のどこにもいない相手に声を掛けながら、弥々子は水旁神の懐に自ら飛びこんだ。

*

何かが水に叩きつけられる鈍い音が響いた。

「海の藻屑《もくず》となったか、粉々になって消えたか」

振り上げた手を下ろしながら、水旁神はくすくすと笑いはじめた。

「あれも愚かな河童だ。せめて好いた男のために身を投じればよいものを、憎き感情を持つ人間の女を庇うとは――否、あの女の中身は魔か」

憎い憎い魔だ、男を誑かす魔性――ぶつぶつと言った水旁神は、波が乱立している海を見回し、また笑った。

「水の怪どもは一妖残らず消えた。これでこの国の海川は、私のものだ」

ふふふふふ、あははは、と高笑いをしながら、水旁神は海の中を歩きだした。いつの間にか赤にも青にも光らなくなった腹を、首を傾げつつ擦《さす》った。

「お前もすっかり私の一部と化したのか？　そうか、そうか」

ふふふ、あはは、ふふふ――笑いの止まらなくなった水旁神は、両腕を高く掲げた。その仕草に合わせたかのごとく、ひときわ大きな波が巻き起こったのはその時だった。乱立していた波を吸収し、次第に形を変えたその大波は、空に届くほど縦長に渦を巻きながら伸びた。

「この地を水に浸そう。一度すべてを失くし、まっさらな地とした後、私が再び興す」

四百年ぶりにそんな宣言をした水旁神は、上げていた腕を遠くに投げるように、ゆっくり下げはじめた。波はその動きに従って、地の方へと向かっていく。

あと少しで浅草の町が波に丸ごと呑まれるという時、水旁神は目を見開き、笑みを消した。

「……お前は——!!」

水旁神の叫び声が上がった時、人の形をした真っ白なものが、彼の神に襲いかかった。

――私も一緒に行きます。止めても無駄です。……いつかあなたが私を助けてくれたように、今度は私があなたの力になりたいから――何があっても、この手は決して離しません。

喜蔵は神無川へと駆けながら、先ほど初から言われた言葉を思いだしていた。

（……すでに十分力になってくれているではないか）

斜め後ろをちらりと見遣ると、笠を被り、短い呼吸を繰り返しながら走る初の姿があった。

――どうしてもと言うなら、あなたは後から歩いて――。

――私、こう見えて足は速いんですよ。あなたが全力で走ったら流石に追いつけないかもしれませんが……なるべくついていけるように努力します。だから、喜蔵さんは思うままに行動なさってください。必ず追いつきます。

豪語した通り、初は中々足が速かった。

（だが、俺が心配したのは、そちらではない）

喜蔵はちらりと空を見上げた。雲で太陽が隠れているのがせめてもの救いだった。こうして外を駆け回るなど、正気の沙汰ではない。夏の本番はまだ先だが、毎日今日が一等暑いのではないかと思うほどだった。ジリジリと飽きもせず鳴きつづける蝉の声が否応なしに耳に届くのも、余計に暑さを感じさせる。

――せめて笠を……あなたは、奴のものでちょうどよいかもしれません。

小春用の笠――といっても、被り忘れて出て行く場合がほとんどだったが――を渡しながら言うと、初は少しだけ目を見張った後、にこりと頷いた。喜蔵はしばし見惚れて、はっと首を横に振った。

初の頑張りのおかげで、神無川へは四半刻の半分も掛からず着いた。しかし――

「おい、弥々子！　出てこい！」

川に向かって幾度も叫んだ喜蔵は、何の応えもないことに苛立ち、地を蹴った。

「ここにはいないようですね」

「……隠れているだけかもしれぬ」

「いいえ――いません」

きっぱりと答えた初に、喜蔵は怪訝な顔を向けた。

「私は彦次さんのように妖気がはっきりと分かるというわけではありません。けれど、何とはなしにそうかなと思う時はあるんです」

それは特に水の怪相手だと顕著だと言う。眉間を緩めた喜蔵は、顎に手を当てた。初の言う通りだとすると、弥々子は一体どこに向かったのだろうか。いくらもののけ道を通るといえども、綾子を連れての道中は骨が折れるはずだ。

「海にいると思います——ただの勘ですが」

川の先をすっと指差した初を見て、喜蔵は手を下ろして頷いた。

「では、そちらに向かいましょう」

「でも……ただの勘ですよ」

「俺はあなたの勘を信じてる。もし外れたとしても、俺が勝手に信じたことなのだから、あなたには何の責任もない」

「……喜蔵さん」

嬉しそうに笑った初からそっと視線を逸らし、「まだ走れますか」と喜蔵は問うた。

「引水までだって走れます」

いつもの凛とした声音が返ってきた。「俺はそこまでは無理だ」と呟きながら走りだした喜蔵に、初はくすりと笑みをこぼした。

神無川と海の境まで来た時、初はにわかに足を止めた。それに気づいた喜蔵が立ち止まった瞬間、

「わあああああー！」

頭上から悲鳴が聞こえた。喜蔵がとっさに後ろに跳んだ直後、どっしんと音を響かせ、

目の前に人間のような大きな物体が落ちてきた。

（人間のような……ではなく、人間か――いや、これは……）

四つん這いになって、打ちつけた尻を手で擦っている相手を見下ろし、喜蔵は顔を顰めた。

「桂男」

「ひょえ！」

喜蔵に低く呼びかけられた相手は、妙な悲鳴を上げながら、おそるおそる振り向いた。

「あ……な、なんだ。荻の屋の若旦那じゃありませんか。あまりに恐ろしい声だったので、黄泉《よみ》の国から死者が呼びかけて来たのかと思ってしまいましたよ……ああ、びっくりした」

ふうっと安堵の息を吐いた桂男に、喜蔵は手を伸ばした。

「な、何をする気ですか!?　まさか、私を喰らう気なのか……!?　ひえっ、やめてえ！」

ちっと舌打ちをした喜蔵は、喚く桂男の眼前に伸ばした手をぐっと近づけた。

「この手を取って、さっさと立ち上がれ。三、二、一――」

「は、はい！　取ります！　立ちます！　立ちますから！」

喜蔵がしまいまで数える寸前、桂男は喜蔵の手を取って、すっくと立った。近くにいる初を認めると、「ああ……やはりついて来てらしたか」と息を吐きながら呻いた。

「お前一体どこから現れたのだ」

空から落ちてきたとしか思えぬ桂男に、喜蔵は眉を顰めて問うた。桂男は顔をきょとんとさせ、空を指差したが、喜蔵が舌打ちしたため、慌てて言った。

「ま、まことのことなんですから、仕方ないでしょう!?　馬鹿烏が連れてきてくれたんですよ!」

「あんたなあ、せっかく運んでやったのに。馬鹿とは何や、馬鹿とは……」

呆れ声で言ったのは、ゆっくりと下降し、桂男の頭上に着地した七夜だった。

「お前……家に戻ったのではなかったのか?」

突然の七夜の登場に、喜蔵は目を瞬かせた。荻の屋に綾子たちのことを知らせにきた七夜は、又七の家に戻ったはずだったが——

「荻の屋出たら、ちょうどご主人が帰ってきてな。わての様子を見るなり顔を逸らして、『ちょっと店に出ることにしよう。七夜は夜まで待っててくれるかねえ』て言いだしてな」

苦笑交じりに言った七夜に、喜蔵は口をへの字にした。

「……あの人は鋭いのか鈍いのか、よく分からぬ」

「そらどっちもや。えらい鋭くて、えらい鈍い。人間も妖怪も、片方の面だけでできてる奴なんていいひんわ」

七夜は、はあぁと疲れきった息を吐いた。その時になって喜蔵は、七夜の翼や身体がぼろぼろにくたびれていることに気づいた。

「七夜さんはどうやって浅草から引水まで行き、今度は海まで来たのですか。空から来たということは、もののけ道を通られたわけではないのでしょう。その小柄な身でどうやって彼まで運んでこられたんですか？」

七夜の有様に絶句していた喜蔵は、初の問いにはっとした。

「流石初さま！　いいところに気づかれましたね。そうです、私たちはもののけ道を通ってきたわけではなく――」

「私は七夜さんにお聞きしました」

黙っていろと暗に言われた桂男は、まだまだ話そうとしていた口を無理やり閉じた。

「……うう―ん……それはやな……」

いつも多弁な七夜が珍しく口ごもったため、喜蔵は眉を持ち上げた。

「言えぬ事情でもあるのか？」

「まあ、色々あるにはあるなあ……簡単に言うと、でっかくなって、物凄い速さで空を翔《か》けたっちゅう話や」

「そんなことができたのか……ならば、これまでもそうすればよかっただろうに」

呆れて言った喜蔵に我慢ができず口を開いたのは、七夜を肩に乗せかえた桂男だった。

「普段の姿がほぼ九官鳥なのに、それほどの力がいつも出せるわけがないでしょう？　それなりに対価を支払ったからこそ、その莫大な力を発揮できたんですよ」

これだから想像力のない人間は嫌なんだとぶつぶつ言う桂男をねめつけた初の横で、喜蔵は表情を引き締め、声を低くして問うた。

「……誰に何の対価を支払ったのだ？」

猫股の長者との戦いで妖力のほぼすべてを失った小春は、それを対価だと言い張った。しかし、喜蔵はそう思えなかった。小春が支払ったものは、あまりにも大きい代償《だいしょう》だ。長きに亘《わた》る因縁に決着がつき、勝利を得ることもできたが、言ってしまえばそれだけだった。

（お前の手許には何も残っていないではないか）

何より、小春は深く傷ついた。身も心も――そう言うと、小春は「そんなわけあるか！俺はどこもかしこも壮健そのものだ！」と喚くに違いない。だが、喜蔵は小春が深い喪失感を抱いていることに気づいていた。

（喪失感だけではなく、怒りもあるかもしれぬが……）

誰よりも強くなりたいと願っていた小春だ。その強さを保ち、増していくための力をすべて失ったのだから、落ちこまぬわけがない。小春や七夜が身を挺してまで助けてくれたことは非常に有り難く、感謝している反面、喜蔵は彼らの心身が心配でならなかった。

「誰にも払ってへんけど」

「は？」

「あえて言うならわて自身？」

頭をぎこちなく横に傾かせつつ、七夜は言った。

「面倒やからもう言うてまうけど、わての種族は一生に三度でっかくなって、物凄い速さで飛べるねん。今回がその三度目やったから、もうこの力は使えんちゅうことや」

「……そんな大事な力をどうして今使ったのだ」

「使わん刀はなまくら言うように、使わん力もなまくらや。使うべき時が来たら使うんが、道理っちゅうもんやろ」

何でもないように言った七夜に、喜蔵はぐっと詰まった。ひどい八つ当たりをしたのは、つい四半刻前のことだ。喜蔵がもし七夜だったら、八つ当たりされた相手のために必死になって行動することはないだろう。

「おい——先ほどはひどいことを……」

言いかけた喜蔵は、桂男の肩でこくりこくりと舟を漕いでいる七夜を認め、顔を顰めた。

「随分と疲れているみたいですね」

桂男に近づきながら、初は言った。

「一生に三度しか使えぬ力を使ったわけですからね……馬鹿な烏ですよ。大事な力を他人や他妖のために使いきるなんて」

肩から落ちかけた七夜を手で支えて呟いた桂男に、喜蔵はますます顔を顰めた。

「性根が優しいんでしょう。妖怪なのにとあなたは言うかもしれませんが、私は人間も妖怪もそう変わらないと思います。どちらの種にも、良い者と悪い者が存在しますから」

初は常通りの無表情で言うと、桂男の肩からそっと七夜を持ち上げ、胸に抱いた。

「そんな小汚い烏をお抱きになってはいけません！」

「時は一刻を争うんですから、無駄口は叩かないでください」

桂男にぴしゃりと言い返した初は、振り返って言った。

「行きましょう――綾子さんを助けに」

揺るぎない真っすぐな眼差しに、喜蔵は目を見開き、深く頷いた。


神無川と海の境を越えてすぐ、喜蔵たちは海で起きている騒乱の音を聞いた。その音を響かせているのは、海の中央辺りで戦っている水の怪たちと、大きな波だった。

「今の今まで、何も見えず、何も聞こえなかったではないか」

それなのになぜと驚く喜蔵に、隣を走る桂男は言った。

「境界線を越えたからですよ！ 神無川まではぎりぎり人間の世でしたが、こちらはもう妖怪の世――いいえ、妖怪と神の世でしょうか。数は前者が圧倒的でも、力は後者が飛びぬけていますからね。たった一神でも、水の怪たちだけではかなうわけがない！」

「……あの波を起こしているのが、神なのか？」

海のあちこちに巻き起こっている高波を睨み据えながら、喜蔵は問うた。

「そうです。あの邪悪な姿……あなたにも見えているようですね。あれが水旁神です」

「水旁神……引水の地を拓いたという、あの――!?」

桂男はいつになく厳しい表情を浮かべて顎を引いた。額を伝ったのは、ただの汗ではないようだ。この暑さの中、顔が異様に青白い。海に視線を戻した喜蔵は、波を起こしている人物――というにはあまりにも巨大な相手をじっと観察した。

赤髪に赤い衣を纏っているのは、喜蔵が十人合体しても足りぬほどの巨人だった。ぞっとしたのは、その大きさだけではなく、目だった。黒目のみならず、白目の部分までもが、真っ赤だったのだ。髪や目とは反対に色を失くした唇は、わなわなと震えている。しかし、それは笑みの形を作っており、口から洩《も》れているのは楽しそうな声だった。

「弱い――赤子のようではないか。それほど非力な身で、よくも私に向かってきたものだ。妖怪が神に勝とうなど、千年――否、万年早い！」

そう叫びながら腕を振り上げた直後、水旁神の腕の下から高波が巻き起こった。

「くっ……！」

「耐えろ！　波の中に呑みこまれるな！」

水の怪たちは互いに声を掛け合ったが、そのうち幾妖かは波に呑みこまれた。何とか耐えた者たちも、顔を見合わせて四散した。

「先ほど海の藻屑と消えた女河童のように、真正面からぶつかってくるなら、少しは可愛げがあるものを――」

水旁神はにたあと笑うと、今度はゆっくり両手を掲げはじめた。その時ちょうど浜辺に降り立った喜蔵は、血の気が引いた。

（女河童……まさか、弥々子ではあるまいな!?）

渦を巻いた大波を出現させた水旁神を見据えて、喜蔵はごくりと唾を呑みこんだ。今目の前で暴れている神を放っておけば、大変なことになるだろう。このままでは、やがてこの浜辺も、少し離れた場所にある彦次の住まう岡場所《おかばしょ》辺りも、丸ごと呑みこまれてしまうに違いない。何とかしなければ――そう思ったが、何の手立ても浮かんでこない。こんな時、小春がそばにいたら、どうしていただろうか。

「……役立たずの馬鹿鬼」

そう呟いた時、目の前に突如波が生じた。無防備だった喜蔵は、とっさに後ろにいるであろう初を庇おうと手を伸ばしたが――

「……ぷっはあー！」

後ろに何の手応えもないことに焦る間もなく響いたのは、間の抜けた声だった。波の中から、かわそがひょっこりと顔を出した。

（なぜこ奴がここに……）

驚き固まった喜蔵を尻目に、かわそは「ふうう」とまた息を吐くと、ゆっくり陸へと近づいてきた。喜蔵は目を見開いた。

「二人も回収するのは骨折りだったよ。女人はともかく、男がすこぶる重くてな」

両脇に抱えた男女を見比べつつ言ったかわその許に、喜蔵は勢いよく駆けた。「おお、韋駄天《いだてん》」とのんびりとした口調で述べたかわそは無視して、喜蔵はかわその右脇に抱えられていた女――綾子を奪い取った。すぐさま浜辺に寝かせた喜蔵は、綾子の息や脈の確認をしようと手を伸ばした。しかし――

「――何だ、これは」

綾子の首に触れる一寸手前で手が止まり、喜蔵は怪訝な声を出した。どれほど力を込めても、それ以上手は前に進まない。どうやら透明の壁のようなものが綾子の全身を覆っているらしい。

「何なのだ……くそっ！」

近くに落ちていた貝殻を拾った喜蔵は、尖った部分で壁を削ってみようかと考えたが、

「やめておけ。せっかく火の女を助けてくれた壁だ。無体な真似をしたら可哀想だ」

かわその声が響き、びくりと動きを止めた。

「……助けてくれたとは何だ？　一体これは――」

どさり――喜蔵の言葉は、かわそが抱えていたもう一方を浜辺に落とした音でかき消された。

「おや、うっかり。どこか打ってないといいが」

「こ奴は――長太郎！」

思わず身構えた喜蔵に、かわそは小さな手のひらを向けて言った。

「待て待て。そ奴は今眠りについているから、何も悪さはせんよ」

「なぜ眠っていると……海の中にいて、息が続いたのか？　綾子さんは……！」

はっと気づいた喜蔵は、急ぎ綾子に視線を戻した。動転していて気づかなかったが、綾子の胸はしっかりと上下していた。瞼は閉じられているものの、かすかに睫毛が震えている。ちらりと長太郎の様子を窺うと、そちらも綾子と同じくただ眠っているだけのよう

だった。透明の薄壁に覆われ、浜辺に仰向けて眠る二人を見下ろして、喜蔵は茫然として呟いた。

「一体……何があったのだ」

「ふむ……ことが終わってからと思ったが、まだまだ戦は続きそうだ。手短に話そう」

ちらりと海を見遣って言ったかわそは、常よりもやや早口で語りだした。

「小春と共に舟に乗って海に出たのだ。しかし、その時は何も起きていなくてな……それに苛立った小春が、舟の上で勢いよく立ち上がったのだ。そうしたら、まんまと体勢を崩した」

「落ちたのか」

思わず問うた喜蔵に、かわそは縦横の両方に首を振った。

「落ちる――そう思った時、別の舟が現れたのさ。そこに乗っていたのが、百目鬼と長太郎」

突如出た多聞の名に喜蔵は身を硬くしたが、かわそが次に述べたのは意外な言葉だった。

「それでな、この長太郎がとっさに手を伸ばし、小春を支えたのさ。おお、落ちずに済んだと思ったんだが……小春がなぜか突然暴れに暴れて、長太郎もろとも海に落っこちた。百目鬼はそのまま姿を消したよ」

「……あの馬鹿鬼はどうなったのだ」

一瞬呆れかけた喜蔵だったが、すぐに表情を引き締めて訊いた。ここにいるなら笑い話で済むが、小春は近くにいる気配すらない。

「分からん。俺はすぐに小春を追って海の中に飛びこんだが、見失った。俺たちがいた海は、おそらく妖怪と人間と水の世のあわいの場所だったんだろう。そうじゃなきゃ、魚一匹会わんわけがない」

いくら捜しても見つからず焦りだしたかわそは、一旦岸に戻ってみようと考えた。

「小春のことだから、長太郎を抱えて戻っているかと思ったんだ。いくら奴でも、そんなことできるわけないのにな……」

苦笑したかわそに、喜蔵は口をへの字にして首を横に振った。

「岸に上がったら、ちょうどこの浜辺だった。振り返って海を見て、驚いたよ。そこではすっかり水旁神と水の怪たちの戦いがはじまっていたからさ。その時、海の中であの女神と対峙していたのが、弥々子河童さ」

（やはり、『女河童』は弥々子だったか……）

喜蔵はちらりと海を見た。そこでは、先ほどよりはやや勢いを欠く水旁神がいた。神を取り囲むようにして泳いでいる水の怪たちは、神の様子を窺いつつ攻撃しているようだ。

「弥々子河童は、それはもう勇敢だった。人間を抱えながら神に対峙するなど、正気の沙汰じゃないとは思ったがね」

「弥々子が抱えていたのは、この女か？」

綾子に手を差し向けて言った喜蔵に、かわそは頷いた。

「水旁神とぶつかる寸前、弥々子河童が火の女を放り投げたんだ」

喜蔵は拳をぎゅっと握りしめた。

（……お前はやはり妖怪らしくない妖怪だ）

綾子が頭上を通過した時、その顔を認めたかわそは、急ぎ綾子が落下するであろう地点まで駆けた。距離は遠かったものの、走れば間に合わなくはない。落ちてきた綾子を摑めそうだと安堵した時――弥々子が海に叩きつけられた。水旁神はそれで満足することなく、すぐさま腕を振り上げると、また新たな波を作った。蛇のようにうねりながら伸びたその波は、まるで人間の手のような形に変じ、綾子の身をぐっと摑んだ。

「しまった――そう思った時にはもう、火の女は水旁神の眼前まで迫っていたのさ。手の形をした波が神に献上するように火の女を差しだし、神はそれを手で取ろうとしたんだが……」

綾子に触れた途端、水旁神は「うあああああ」と叫び声を上げ、海の中に引っこんでしまった。思わぬ光景に、海にいた水の怪たちも、岸にいたかわそも、しばし固まっていた。綾子に宿る飛縁魔に反応したのかもしれない。水旁神の手から滑り落ちた綾子が海の中に沈んだのに気づいたのは、しばらくしてからだった。我に返ったかわそは、急ぎ駆けだしたが――

「この長太郎が、火の女を抱えて泳いでいるのが見えてな。一体どこから現れたんだと驚いたが、今はそれどころじゃないと海に入ったよ」

綾子を抱えて泳ぐ長太郎にあと少しで手が届くという時、長太郎と綾子はにわかに生じた波に呑みこまれた。海の真ん中にまた水旁神が現れたのを認めたかわそは、急いで海の中に潜って二人を捜した。やがて見つけたものの、相手は人間だ。もう死んでしまっているだろうと半ば諦めつつ、二人に手を伸ばしたかわそは驚いた。薄い透明の壁に包まれた二人は、その壁に守られるようにして、健やかな寝息を立てていたのだ。

「何が何だかよく分からぬが、ともかく二人を小脇に抱え、岸に上がった。それがたった今の出来事さ」

かわそが語ったことの顚末に、喜蔵はむっと押し黙った。長太郎はなぜこんな行動に出たのだろうか。

(綾子さんが憎いのではないのか？　それに、なぜあの馬鹿鬼まで助けたのだ)

小春が死ねば、綾子は悲しむ。綾子の不幸を願っているなら、小春を助けぬ方がよかったはずだ。相手が小春と分からず助けたなら、小春が暴れた段階ですぐに離れていい話である。そうしなかったから、二人とも舟から落ちたのだろう。

(……分からぬ男だ)

喜蔵は眉間に深い皺を寄せながら、長太郎を見下ろした。激しい憎悪を抱きながら生きているとは思えぬほど、穏やかな表情で眠っている。

「弥々子はどうなったのだ」

「……分からん。海に叩きつけられたのは見たが、その後は――」

かわその答えを聞いた喜蔵は、また海に視線を向けた。先ほどよりもさらに水旁神は圧されているように見えたが、水の怪たちの数と勢いは変わらなかった。

「水旁神はどうしたのだ。動きが鈍くなっている気がするが……」

「そりゃあ、引水の者たちが頑張っているからさ」

かわその答えに首を傾げかけた喜蔵は、はっとして立ち上がった。この浜辺に着いてから一度も初の姿を見ていないことに、喜蔵はようやく気づいた。

「桂男もだが……奴はどうでもいい。お初さん！」

叫びながら踵を返した喜蔵は、目を見開いた。少し離れた場所に、祈りを捧げるように手を合わせている初と、その横で人形四体を初に翳《かざ》している桂男の姿があった。萬鬼の白髪と妖力で作られた九十九体のうち、無事だったのはこの人形たちだけだ。それは屋敷を支える柱に封じられ、今も引水家を守っているはずだったが――

「お初さん！　一体何を――」

「黙れ！　この方の気を散らすな閻魔商人！」

喜蔵の呼びかけを遮った桂男は、滝のような汗を掻いていた。着物もびっしょりと濡れているため、海に入ってきたかのような有様だ。駆け寄った喜蔵は、初の横に立った。

「……この方は、歴代の引水家で一、二を争うほど力が強い。その力のすべてを、この人形に込められているのです。水旁神の動きが鈍っているのは、十中八九この力にあてられたせいでしょう」

驚く喜蔵にふんと馬鹿にしたように鼻を鳴らした桂男は、一つ息を吐いて話しはじめた。

――何か妙な気配がします。

初がはじめて異変の予兆を口にしたのは、昨秋のことだった。

「妙な気配とは？　と訊きましたが、ご本人もよく分かっておらず、首を傾げていました。時折同じ台詞を口に上らせるものの、何を指してのことだかは判然としませんでした」

まさかまた引水の呪いが強まったのか――そう危惧《きぐ》した桂男は、引水の地をたった一妖で調べはじめた。その結果、桂男は思わぬ吉兆に気づいた。

「地に染みこんでいた水旁神の気配が薄まっていた――ほぼ消えていたと言っても差し支えはないでしょう。妙な気配とはこれかと私は喜びました……しかし、念のため知己の水の怪にそれとなく探りを入れはじめていたのですが……」

――浅草に参ります。あなたもついてきなさい。

今日、突然そう言いだした初に、桂男は驚きつつ、感動した。いつも勝手についていき、鬱陶しがられること十数年――はじめて、ついてくることを願われた。

「それがたとえ私の力を利用するためでも、私は嬉しかったんです」

切なげな表情で述べた桂男に、喜蔵は何と声を掛けたらよいか分からず、頭を掻いた。

――今日は何か大変なことが起きる……きっとあの妙な気配とかかわりがあります。

荻の屋に行く道中、初はそう言ったきり、口を噤んだ。妙な気配は水旁神がついに跡形もなく消え去ったことではないのか――そう思った桂男だったが、初には黙っていた。

「あまりにも不確かなことでしたから……それに、危ない目に遭ってほしくなかった。この方はすぐに無茶をする。今だってこうなんですから」

そう述べた桂男があまりにも優しい目をしていたので、喜蔵は文句を言いかけてやめた。荻の屋に来た時、桂男がすぐその話をしていたとしても、今の事態は避けられなかったはずだ。

水旁神が消滅したのではなく、引水の地から江戸の海川へ移り、力を増していたのだと桂男が悟ったのは、又七の屋敷に弥々子が現れた時だった。桂男や七夜には目もくれず、「火の女」と呟き、綾子を連れ去った弥々子の目的は、彼の神しかいなかった。水に打ち勝つには火――それは、長らく引水の地に仕える桂男だからこその考えだった。

「水旁神がなぜ急に復活を遂げたのかは分かりませんでしたが……きっと、アマビエのせいでしょう。あれは多大な力を持つ水の怪です。水旁神も影響されぬはずがない」

桂男が指差した先にいるのは、水旁神だった。

「水旁神は、アマビエをその体内に取りこんでいます。時が経つにつれて輝きが鈍くなっていますが……ほら、薄っすら見えるでしょう？　腹のところに光が」

喜蔵は言われるまま、水旁神の腹をじっと見据えた。すると、確かにそこから鈍い光が出ていた。青赤、青赤と色が変じていく様は、確かに去年喜蔵が見たものとそっくりだった。

「……もう終わります」

初がそう言った瞬間、にわかに勢いを取り戻した水旁神が、腕を振り上げて高波を作った。

「うわああ」

「ぎゃああ！」

次々に呑みこまれていく水の怪たちを見て、喜蔵は思わず前に出かけたが――

「あと少し――よし、今だ！」

密やかながら決意の籠った声を上げた桂男は、人形を手にしながら、ふわっと宙に舞った。

(こ奴に空を飛ぶ力はないはず……七夜!?)

飛んだのは、初の膝で眠っていた七夜だった。形はそのまま、何倍にも大きく変化した七夜は、背に桂男を乗せて、水旁神の許まで一目散に翔けた。

「あ奴……一生に三度の三度目を先ほど使ったのではなかったのか……」

喜蔵が茫然と呟いた時、水旁神の眼前まで迫った桂男が、彼の神に人形を投げつけた。

「……お前は――!!」

水旁神が気づいた時、すでに人形は彼の神にしがみつくように張りついていた。

うわああああああああ――。

水旁神の雄叫びが響き渡った。ゆっくりと後ろに倒れていった水旁神は、ざっぶんと大きな音を立てながら、海に叩きつけられた。

　水旁神が海の中にすっかり沈んだ後、ざわめきが起きた。

「……仕留めたのか？」

「水泡も出ていない……海の奥底へと沈んだに違いない」

「か、勝ったのか……？」

「勝った……勝ったぞ‼」

　どっと歓声が上がったと同時に、海の中からわらわらと水の怪たちが出てきた。所属の海川を超えて、彼らは手に手を取り合って喜んだ。

「よかった……これで江戸は守られた。やはり、うちの親方は素晴らしい方だ！」

「確かにそちらの親方殿は凄かったなあ。それにつけても、うちの大将！　特に際立った働きをされていた！」

「うんうん、そりゃああんたらのところは立派だった。しっかし、特筆すべきは俺の棟梁だ。まっこと優れたご活躍ぶり！　歴史に残る偉業だ！」

「あたしからしてみたら、皆さんすごいわよ。でもね、それでもやっぱりうちの頭が一番！」

　互いに褒め合うと見せかけつつ、自分の頭が一等だと自慢し合う配下の者たちのそばで、当の頭たちは苦笑をこぼしていた。

　浜辺から水の怪たちの様子を見ていた喜蔵は、ぽつりと言った。

「……終わった、のか」

満面の笑みを浮かべた桂男と、彼を乗せた大きな七夜が、こちらに向かって翔けている。

すべては初の力と、それを助けた桂男たちの力のおかげだと、喜蔵は安堵の息を吐いた。

「……あなたにはいくら御礼を言っても足りぬ。まことに感謝――」

「ごめんなさい」

横を向きながら礼を述べはじめた喜蔵を遮って、初はか細い声音で続けた。

「私の力では、倒せなかったようです」

カッと空が光った。

(何だ……何が起きた？)

眩しさに目を閉じかけた喜蔵は、初を背後に庇いつつ、海に視線を向けた。青赤青赤青赤――点滅するように光を発していたのは、今しがた海に沈んだはずの水旁神だった。

「ううう……ううううう……うううう……うう……!!」

苦しげな唸り声を上げた水旁神は、頭と腕をぶんぶんと振り回しながら、海の中を移動した。あちこちに出現した波が、水旁神を倒したと喜んでいた水の怪たちを、ものの見事に呑みこんだ。ぐるぐると渦を巻く波に囚われてしまった者は、その身を粉々に散らされ、言葉の通り海の藻屑と消えた。

「ううう……ううう……うううううう……うう……うううう！」

水旁神は唸り声を上げて暴れつづけ、まるで立ち止まる気配がない。もう勝てぬと分かった水の怪たちの一部が、必死になって岸に向かって泳ぎはじめた。

「若旦那！」

綾子と長太郎を小脇に抱え、こちらに駆けてきたかわそが叫んだ。

「逃げるぞ！　あんたは水の女を抱えて……さあ、走るぞ！」

「私はここを動きません」

かわその言葉にそう返したのは、地に両手をついて俯いていた初だった。

「私の家の者が戻ってくるまでは――」

（……桂男か）

喜蔵は眉を顰めた。復活した水旁神が起こした波に呑まれ、海の中に消えたのを初も見ていたのだろう。

「ここにいたら、あんたまで殺されるぞ！　それを桂男が望んでいると思うのかい!?」

「……望まないでしょう。でも、いいんです。私が嫌だから残るんです」

珍しく語気を強めたかわそに、初は顔を上げながら答えた。その目に宿った強い光を認めたかわそは、唇を引き結び、唸った。

「……やめてくれ！　俺はそういう目をした奴に弱いんだ！」

くそうと悔しそうに言いながら、かわそはその場に綾子と長太郎を寝かせ、踵を返した。

「おい――どこへ行く」

「桂男とあの鳥を回収してくるよ。そうすれば、水の女は逃げてくれるというからさ」

喜蔵の問いに答えながら、かわそは歩きだした。その姿に違和感を覚えた喜蔵は、かわその腕を摑んで言った。

「お前、足を挫いているだろう？」

ぐっと一瞬詰まったことで、喜蔵は自分の考えが当たっていたことを知った。

「あ……何をするんだ!?」

「そこで大人しくしていろ。お初さん、そいつが逃げぬように抱いていてください」

初にかわそを預けた喜蔵は、岸に繫いである舟に駆け寄り、それを引きずって戻ってきた。

「喜蔵さん……やめてください！」

喜蔵が舟で海に漕ぎ出ようとしていることに気づいた初が、悲鳴を上げた。声音は切実な色を帯びていたものの、初は座りこんだままだった。

（人形にすべての力を込め、精根尽き果てたのだろう）

今の初ならば無理やり抱えて逃げられる。桂男と七夜のことは残念だが、波に呑みこまれた彼らがまだ生きているという保証もない。なおのこと、逃げるという道以外、喜蔵たちが取るべき方法はないように思えたが――

――約束だからな！　ほら、指切り。

海に落ちてしまったまま行方知れずの小春のことが、頭から離れなかった。ここで逃げたら、二度と小春には会えない――なぜかそう思えてならなかった。

「旦那……やめろ！」

ずるずると舟を引きずって海に向かっていく喜蔵に、かわそは叫んだ。

「無駄死にする気か！」

「やってみなければ分からん」

「分かる！」と怒鳴ったかわそを無視して、喜蔵は歩を進めた。あと数歩で海というところで足を止めた喜蔵は、初たちに振り向いて言った。

「もしあの馬鹿が後から来たら、『今さら何しに来た。役立たずの小鬼め』と言って、追い返すか、木の幹にでも括りつけてやってくれ」

「旦那……あんたっていう奴は――」

喜蔵の言葉に、かわそは呆れたような声を漏らした。前に向き直った喜蔵は、屈みこんで舟の縁に手を掛けた。

（……ただ守られるだけは性に合わん。馬鹿鬼め、どこかで見ていろよ）

今度は自分が約束を守る番だ――そう誓った喜蔵は、舟を海に浮かせ、勢いよく飛び乗ろうとした。

「――せっかちな鬼面野郎だな。おまけに無鉄砲馬鹿」

失笑交じりの声が響いた瞬間、喜蔵は強い力で肩を押され、そのまま後ろに倒れた。

「あいつは俺に任せろ。お前は皆を頼むぞ」

何よりも聞きたかった声が聞けたというのに、喜蔵は顔色を青く染め、唇を戦慄かせた。

喜蔵を押し倒し、ぴょんっと跳ねながら海に翔けていったのは、猫股と鬼が混ざったような見覚えのある妖怪――猫股鬼だった。しかし――

「その目は何なのだ……」

その身には、いくつも目が浮かびあがっていた。まるで、百目鬼のように――。

＊

ぼたぼたぼた――最後の肉片が海に落ちた音が響いた。

「……もう終わりか」

海に浮かんでいるおびただしい肉片を見下ろしながら、猫股鬼はぽつりとこぼした。

「随分と呆気ないもんだ」

なあ――呼びかけた声に応えはなかった。猫股鬼が水旁神と戦いはじめてから、水の怪たちは凍りついたように固まり、その場から動けずにいた。

「神と名乗るなど、おこがましい」

猫股鬼は肩を竦めるような仕草をして言った。対峙してから五十も数えぬうちに彼の神を木っ端みじんに破壊したのだから、そうも言いたくなるだろう。その様を目撃した者たちは皆、こう思っていた。

化け物――と。

皆の心の声が聞こえたわけでもないだろうに、猫股鬼はぴくりと身を震わすと、そのまま水面を駆けて岸に戻った。

とんっと軽い音を立てて浜辺に降り立った猫股鬼は、喜蔵たちがいる方に歩きかけ、足を止めた。

「どうした」

「お前は……誰だ」

猫股鬼は問うた。初たちの前で、喜蔵とかわそが身構えている。

「助けてやったのに、あんまりな言われようだ」

喜蔵の押し殺した声に、猫股鬼は少しも笑わず言った。

小春だ——確かにそう口にしたが、喜蔵は信じられなかった。

「お前は力を失ったはず……猫股にも鬼にもなれぬと申していたではないか！」

喜蔵は思わず怒鳴った。猫股鬼の姿はまだしも、その身に無数に浮かんでいる目は——。

「……百目鬼に何かされたのだな？　だから、お前はそんな形で……あんな惨《むご》たらしい真似を——」

水旁神が瞬く間に刻まれ、細かい肉の塊と化したことを思いだした喜蔵は、口許を手で覆った。

「惨たらしい……それを言うなら、水旁神だろ。あれは水の怪を何十妖も殺した。俺は、たった一神だ」

殺した数を比べるなど、どうかしている！――そう叫びたかったが、吐き気に襲われていた喜蔵は顔を顰めるしかできなかった。

「小春……」

かわそはそう呟いたきり、口を噤んだ。喜蔵の後ろにいる初は、固唾《かたず》を呑んでいる様子だった。綾子と長太郎は喪神したままなのだろう。彼らをどうにかしなければならない――口を押さえていた手を外しながら、喜蔵は言った。

「……元の姿に戻れ」

口から出たのは、掠れた唸り声だった。いつもなら、「何だあ今の声。まるで獣だ！」と笑い飛ばしたはずの小春は、まるで喜蔵の声が聞こえていないかのような顔をして、前足で耳の後ろ辺りを何度も掻いていた。

「元に戻れと申している！」

荒らげた声音に一番驚いたのは、喜蔵自身だった。はっとした喜蔵は、また手で口許を覆い、視線を横に逸らした。

「駄目だ」

赤く染まった目と目を合わせた喜蔵は、眉を顰めて「なぜだ」と問うた。

「もう戻れない」

小春はあっさり答えた。燃えるような赤い瞳をしているくせに、冷え冷えとした視線で見下ろしてくる小春に、喜蔵はまた訊ねた。

「どういう意味だ。説明しろ」

「なぜ説明しなければならないんだ」

「……何を申している」

「だから、なぜ言わないといけない」

心の底から不思議だと言わんばかりの表情で問うてくる小春に、喜蔵は何と答えていいのか分からず、黙りこんだ。

「俺がこうなった理由をわざわざ話さなきゃならん理由は分からんが……まあ、いいか」

居丈高な言い方をした小春は、その場に腰を下ろしながら、くしゃりと表情を歪めるようにして笑った。

「目を取り戻した――それだけだ」

声を潜めて言った後、小春は歌うように語りだした。

＊

長太郎こと鶴吉の過去を聞き、彼と共に不思議な空間から海に引っ張りだされた小春は、水底に沈んでこのまま死ぬことを覚悟した。

（短い生涯だったぜ……せめて二百歳は超したかった……）

そういうさだめならばしようがないと、目を閉じてその時を待ったが――

「……いやいや、全っ然来ねえじゃねえか！」

叫んだ小春は、はたと気づいた。

「あれ……俺、死んでねえのか？」

小春は呟きながら身を起こし、ぴょんぴょんと跳ねた。跳躍力は常通りで、身体も軽い。どこか痛めているような様子はなく、壮健そのものに思えた。

「けど、死んだことねえしなあ……死後の世で目覚める時がどんなもんなのか、分からん」

今の自分のように元気いっぱいの死者がわらわらと蠢《うごめ》いている死後の世を想像し、小春は「うへえ」と舌を出した。

「そもそも、死後の世なんてもんがあるのかどうかも——あれ、ここは……」

小春はその時はじめて周囲を見回した。右も左も上も下もすべて灰色に染まっていることの空間は、あの白い手に引っ張られる前にいた場所によく似ていた。

「似てる……いや、同じ場所なのか？　どこもかしこも同じだから、まるで分からん！」

喚きながら地団太を踏んだ後、小春はふうと息を吐き、その場に腰を下ろした。胡坐を掻きながら、もう一度周囲を見回す。しんと静まり返ったそこは、小春以外の誰の気配もない。誰もいない灰色の空間——何か引っかかりを覚えた気がして、首を傾げた。

（ただの気のせいか？　それとも、いつかどこかで来たことあったっけ？）

小春はもう百五十年以上生きている。そのすべての記憶をすっかり覚えているとは言えなかった。百年前、花信《かしん》という天狗に「百年経ったら出直してきな！」などと再戦を約束したことも、ころりと忘れていた。

「俺が忘れっぽいんじゃなく、妖怪なんて大抵はそんなもんなんだ。だって、妖怪だぞ？他妖と戦ったり、人間を化かしたりしてるうちに、昔のことなんて忘れちまうもんさ。……でも、ここに来たのはそんな昔じゃなく、もっと最近だったような……」

ぶつぶつ言っていた小春は「二《ふう》」と昔の名で呼びかけてきた声に、びくりと身を震わせた。

*

「また私と戦いたいの？　嫌だなあ。だって、二弱いんだもの」

おっとりと笑みながら言った美しい黒猫に、三毛猫の二は逆毛を立てて言い返した。

「煩え！　一《ひい》、とっととやるぞ！　さあ、構えろ！」

「それが他猫にものを頼む態度かな」

含み笑いしながら述べた一という名の黒猫は、軽く身を屈めた。

「――だから言ったのに」

ボロボロになって倒れた二を見下ろした一は、艶やかな自身の毛並みを舌で舐めつつ言った。二が「煩え……」と力なく呟いた時には、一の姿は消えていた。その時二の許に、地を擦るような足音を立てて近づいてきた者がいた。

「……無様だ」

冷ややかな目で二を見下ろしながら言ったのは、二とよく似た三毛猫の三《みい》だった。一、二、三――ただ数を並べただけの簡単な名の兄弟たちは、生まれた時から特別な力を持っている。生まれた順に強い力の差を一番悔しがっているのが、この三だった。

「俺がここで手を下せば、お前は死――」

「だからお前も煩いっつーの！　ぼうっとしてるなら、手を貸せよ！」

殺気を出しながら言った三の言葉を遮って、二はじたばたと暴れながら喚いた。まるで赤子のような様子に毒気を抜かれたのか、三はむっと顔を顰めて、くるりと踵を返した。丸まった背が完全に見えなくなった頃、二はぼそりと言った。

「……たった三匹の兄弟なんだ。ちょっとくらい手を貸してくれたっていいじゃねえか」

心に寒い風が吹いた時、二ははっと目を見開いた。

＊

（……あれ？　俺今何か昔の夢見てたか？）

ぱちぱちと目を瞬いた龍は、背に悪寒を感じ、身震いした。

「寒っ！――あ！」

慌てて口を閉じたのは、健やかな寝息が聞こえてきたせいだった。つぎはぎだらけの薄い布団で寝ているのは、眉間に皺を寄せた男だった。龍はその男に近づき、軽く肉球を男の鼻に押し当てた。すーすーと一定の調子で続く寝息に、龍は呆れた息を吐いた。

（こいつ、本っ当に無防備だな！　元侍とは思えん！）

おまけに、御家人《ごけにん》という立派な身分だったそうだが、どうしても龍にはこの男――荻野逸馬がただの間抜けなお人好しにしか見えなかった。

（俺に小春なんて女子どもみてえな名をつけやがったしな）

二という立派な――とは言い難いものの、母猫からつけられた名は、もう名乗ることはない。経立という、妖力を帯びた獣である龍は、その強さを指して「三毛の龍」と呼ばれていた。神話にもたびたび登場するほど強い存在の名を冠されたことに、龍は大分得意になっていたが、その後よりによって大嫌いな人間に愛らしい名をつけられた。

（……首を取るまでの辛抱だから、まあいいけどよ）

龍が逸馬に近づいたのは、猫股になるためだった。経立から猫股へと変化するには、情を交わし合った人間に飼われ、その者の首を喰らうことが条件とされていた。猫股を統べる猫股の長者に命じられた時、龍は面倒臭いと思いつつも、楽勝だろうと考えていた。人間は、妖怪にはるかに劣る生き物だ。見目も中身も力も、妖怪がすべて勝っていると龍は信じていたため、人間を殺すことに関しては何の感慨も抱いていなかった。

龍は逸馬の鼻に当てていた肉球を、今度は彼の眉間の皺に押しつけた。ぐいぐいと揉むように押しつづけると、逸馬は次第に表情を緩めていき、口許に嬉しそうな笑みを浮かべた。

「……こいつを喰らったら、すっげー不味そう」

呟いた龍は、溜息を吐いてその場に丸まった。貧乏長屋で過ごす冬は、外で暮らしていた時よりもなぜか寒く感じられた。ぶるりとまた震えた時、

「そんなところで……寒いだろう。こちらにおいで……」

逸馬は目を閉じたままむにゃむにゃと言うと、龍に手を伸ばし、自身の布団の中に引きずりこんだ。爪を出して引っ掻いてやろうか——そう思った龍だったが、逸馬の布団の中は抗いがたいほど温く、気づけばそのまま寝入っていた。

＊

せっかく得た猫股の地位も力も捨てた小春は、頭に埋めこまれた角を摑み、へへと笑った。

「すっげえ……本当に鬼だ、俺……」

常通り明るく述べたつもりだったが、声は弱々しく、掠れていた。

地に仰向けて寝転がっていた小春は、身体を横にして、咳きこんだ。痰にまじって出て

きたのは、黒ずんだ血だった。ひとしきり咳きこんだ後、小春は半分開いていた目で、周囲を見回した。黒、金、赤茶の毛が散乱している中で、それらを合わせた三毛模様の尾が落ちている。それらは、血で赤く染まっていた。

——最後に訊く。まことによいのか。

猫股の力を捨てて鬼になる——そう望んだ小春の願いを叶えてくれた青鬼が、重々しく訊ねたのはいつだったのか。四半刻前なのか、数日経ったのか、まるで時の経過が分からなかった。

——いい。やってくれ。

一思いにすぱっと——そう言いきらぬうちに、青鬼は小春の尾を切り落とし、頭に穴を空けて、鬼の角をねじ込んだ。その時の想像を絶する痛みは、いささか忘れっぽい小春でも、生涯忘れることはないだろう。

「……これでいいんだよな……」

未だ痛む全身に辟易しながら、小春はぼそりと言った。誰の応えもないことに苦笑した小春は、また激しく咽《む》せて、血を吐きつくした。

*

「……お前は何だ」

地に伏せた相手が述べた言葉に、小春はきょとんとして首を傾げた。

「猫から猫股、そこからまた鬼に転じ……何のためにそんなことをした」

打ち負かした相手から想定外の問いをされた小春は、頬を掻きながら言った。

「何のためって……そりゃあ自分のためだろ」

「まことにそうなのか……？」

疑わしそうに言った相手は、身を起こそうとして失敗し、そのまま顔を地に打ちつけた。痛そうな様子に小春が思わず顔を顰めると、相手は地に顔を伏せたまま、くすくすと笑いだした。

「襲いかかってきた相手にも情けを掛ける。決して命までは取らず、手を貸しさえする。人妖分け隔てなく接し、慈しみの心を向ける――お前がなるべきなのは、猫股でも鬼でもない」

人間だ――その言葉を聞いた瞬間、小春は片手で相手の首を掴み上げ、その首をぎりぎりと絞め上げた。相手ははじめこそ笑っていたものの、小春が手の力を緩める気がないと知ってから、恐怖の表情を浮かべた。顔色が赤くなったり青くなったりした後、紫に変わった。口から泡がふきだしかけた時、小春はぱっと手から力を抜いた。どさりとその場に沈んだ相手は、死妖のごとき顔色をしていたものの、わずかに息があるようだった。

「この後生き残れるかどうかは、お前の運と実力次第だ。ま、せいぜい頑張れよ？」

そう言って歩きだした小春は、数歩進んで立ち止まった。

「死んだらそれまでだが、生きてるなら苦しめられるだろう？　だから、俺は殺さないのさ」

ひっと息を呑む声が響いた後、何も音がしなくなった。妖気のかけらさえ感じられなくなったのを認めて、小春はまた歩きだした。

＊

「つまらん――顔にそう書いてあるぞ」

百鬼夜行の行列に並んでいる時、そう声を掛けてきたのは青鬼だった。厳めしい身体と顔付きをしているが、理知的で落ち着いた性格の妖怪だ。

（なんたって、五大妖怪の一妖だものな）

その中に数えられることもあったものの、まだ彼と並びたつ実力はないと考えていた小春は、不思議そうに首を捻った。

「俺、すっげー楽しいぞ？　なんたって、百鬼夜行に呼ばれたんだ！」

経立だった時も猫股だった時も鬼になった後も、小春は常に力を欲していた。それぞれなりたての頃には非力だったものの、修行を重ねるうちに、どんどん強くなった。いつ百鬼夜行に呼ばれてもおかしくなかったが、そのあまりの変わりようを周囲が受け入れるようになるまで、大分時が掛かった。

「お前が心から望むなら、いつでも呼ばれていただろう。今回とて、本気とは思えぬが」

「はあ？　何言ってんだ？」

青鬼の言に、小春は怪訝な顔をして答えた。青鬼は率直だが、時にこうして分からぬことを言う。いつもは気にしない小春だったが、なぜかこの時は癇に障った。

「喧嘩売ってるなら、買うぜ？　いくら恩があろうと、容赦《ようしゃ》はしない」

指をちょいと動かしながら言うと、青鬼はこくりと頷いて言った。

「お前が心から望むなら、受けてたとう。偽りならば、俺がお前の息の根を止める」

何の感情も浮かんでいないような青鬼の顔を、小春はじろりと睨み上げた。

迷いのときか——青鬼はそう呟き、踵を返した。百鬼夜行の行列に参加する者たちの間を掻き分けて前に進んだ青鬼は、手にしている錫杖《しゃくじょう》を振り上げた。

「百鬼夜行のはじまりだ！」

誰かが上げた声に、一同がわあっと歓声を上げた。列の一番後ろに立ち尽くしていた小春は、じっと己の小さな足を見つめた。

＊

「おーい、喜蔵！……深雪？　おーい、どこ行った？」

荻野家の中を歩き回りながら、小春は声を上げた。腹の虫がぐうぐうと煩い。

「どっちでもいいから、飯作ってくれよ。そんかわり、俺が明日の朝餉を拵《こしら》えてやるからさ！」

明日作れるなら今作ればいいというところだろうが、ぐううう、ぎゅるるる、ぐううう……異常に鳴り響く腹の虫は、先ほどから限界を訴えている。まるで大勢の敵と戦った後のような空腹状態に、小春は首を傾げた。

「おっかしいな……ここ半年は、そんなことまったくしてねえのにしていないではなく、できないが正解だったが、小春はそう独り言ちた。未だそのことに慣れていない己に、小春は嫌気が差していた。

「けど、仕方ないか。なんといっても、大妖怪だったからな！　今だってそうだけど！……ちょっとばかし力は足らんか。でも、ほんのちょっとだ！　なんといっても、俺は――」

片方の腕を振り上げて歩いていた小春は、ぴたりと足を止めた。

居間には深雪の姿があった。綾子と彦次もいた。初と大家の又七、それに随分と顔を合わせていない記録本屋の高市の姿もあった。

「……なん、で……」

小春はよろめきながら、掠れた声を上げた。何かめでたいことがあるのだろう。彼らは皆礼装を身につけていたが、少しも吉兆は感じられなかった。

荻野家の居間は、血の海だった。そこに溺れている人々は、一人残らず鋭い爪で切り裂《さ》かれ、身体中に穴が空いている。噛まれて千切《ちぎ》れたらしい腕は、彦次のもののようだった。

「……は……は……は……は……」

短い呼吸を繰り返しながら、小春はその血の海を進んだ。足を踏みだすたび、びちゃびちゃと音が立ち、血が跳ねた。足の裏どころか、脛までびっしょり血塗《ちまみ》れになったが、小春はただ前に進んだ。ようやくのことで店に出ると、作業台の上で胡坐を掻いている喜蔵を認めて、小春はぼろりと涙をこぼした。

「なぜ泣くんだ……」

呟いたのは、小春自身だった。喜蔵の前まで近づいた小春は、喜蔵の膝の上に乗り上げ、手を伸ばした。目から流れる血の涙で汚れた喜蔵の頰に触れながら、小春は言った。

俺がやったのに――。

＊

「俺がやった――わけねえだろ！」

小春はそう叫びながら爪を伸ばし、ぐっと前に突き立てた。ぐさり、と確かな手応えを感じて、にやりとした。

（やはり、ここだったか）

先ほどから見せられていた過去と、最後の見知らぬ光景――何の仕掛けもなく切り替わっていったように見えたが、よく注意してみると、場面が切り替わる一瞬、前の画と後の画が重なる時があった。それは、一つも数えぬうちのことだったものの、確かに何者かの気配を感じた。重なり合うその時だけ、後ろにいてその画を見せているであろう誰かと世が繫がっている――そう睨んだ小春は、茫然と過去を見つづけるふりをして、爪を突き立てる機を狙っていたのだ。

「さあ――面を拝ませてもらおうじゃねえか！」

突き立てた爪にぐっと力を込めながら、小春は声を張った。ぐぐぐぐ――小春は重い感触に怯むことなく、己が皆殺しにしたという恐ろしい画を見事に引き裂いた。

（また海に出るか、岸に出るか――）

後者であってくれよと願ったが、

「な……だ、誰だ……!?」

唇を戦慄かせながら言った小春は、急いで爪を引いた。しかし、時は遅く、小春の爪に身を貫かれた女は、その場に頽れるようにして倒れた。爪を元に戻した小春は、急ぎその女の許に駆けつけ、抱き起こした。あまりの軽さに息を呑んだ小春は、彼女の顔を見てさらに驚いた。少々吊り気味の大きな瞳に、小さな鼻と口。可愛らしい顔に浮かんだ優しそうな表情――

（深雪――いや、違う。こいつは……）

名を呼ぼうとしたその時、女は口を開いた。

「あなたはまだ迷っているのね」

小春は眉を顰め、首を横に振った。

「その姿になってから、あなたはこの先どう生きようかと考えつづけてる。でも、答えは出ていない。あなたがどちらに向かうのか見守ってきたけど、そちらに行ってしまうのね……」

あの人と同じ道を選ぶのね――そう述べるや否や、女は肩から血をふきだし、後ろにがくりと身を反らせた。小春は女の肩を手で押さえようとしたが、できなかった。

(何でだ?……あ――)

小春はいつの間にか、女の肩に嚙みついていた。口の中に血肉の味が広がっている。ゆっくり身を離して見ると、女は肩の骨ごと嚙み砕かれ、周囲の肉をごっそりと抉り取られていた。小春の小さな口が齧《かじ》ったくらいでは、こんなことにはならないはずだ。ならば、一体誰が――そう思った時、小春はようやく気づいた。

(あれ……俺、猫股の姿になってる……)

毛むくじゃらの身を茫然と眺めながら呟いた小春は、屍と化した女を抱きよせ、頬ずりしながら泣きだした。

「できぼしを喰らった時、俺はもう二度とこんな真似はしないと誓ったのに……他の誰を傷つけようとも、大事な者だけは守ると誓ったのに……」

佐奈《さな》――そう呟いた時、小春ははっと気づいた。

（そうだ……深雪に似たこの女は、逸馬の姉の佐奈だ……！）

小春が逸馬と会ったのは、佐奈が死んだ後のことだ。それなのに小春が佐奈を知っているのは、幻の中で会ったからだった。

（あの幻を見せてきたのは、百目鬼の野郎だ。またあいつの仕業か！）

百目鬼の屋敷で散々惑わされた日を思いだした小春は、やはり幻であろう佐奈から逃れようとしたが――

（くそ……！　何でだよ！）

佐奈を抱きしめながら、小春はずっと涙を流しつづけた。心とは反対に、口からこぼれるのは悔悟の念だった。

「佐奈……俺はお前とずっと共にいたかった……一緒に来てくれると言ったお前を俺は――ごめん、佐奈」

小春の口を借りて話している誰かは、愛し合っていた佐奈を殺し、その血肉を喰らったのだろう。人肉を喰らう妖怪は数妖知っていたが、彼らの誰かと考えずとも、相手は分かった。

（できぼし……あの不気味な餓鬼といつも一緒にいるのは、百目鬼――お前しかいねえ！）

「……俺が代わりになればよかったのに。俺を信じてくれたお前がなぜ……」

（知るかよ！　さっさと俺の身から出ろ！）

「佐奈、俺を連れて行ってくれ……！」

（お前が殺したんだろ!?　そんなことできるわけ――）

心の中でずっと反論を繰り返していた小春は、はっと息を呑んだ。死んでいるはずの佐奈の口許に、ゆるやかな笑みが浮かんだと思ったら、声まで聞こえてきた。

「人と妖怪は決して相容れないもの。私はもう人ではないけれど、妖怪でもない。あなたもそう……だから、もしかしたらと夢を見てしまったのね」

約束を破らせてごめんなさい――そう呟いた佐奈は、小春の腕からすっと姿を消した。


力をやろうか――。

響いた美しい声音に、小春はいつもの返事をした。

「いらん」

ふうんと面白がるような息を吐いた相手は、のんびりとした足取りで近づいてきた。灰色の空間の中で派手な着物を身にまとっている男は、ひどく目立つ。

「あんたは不思議な妖怪だ。件《くだん》が以前見せてきた未来から、最近段々ずれが生じてる――あんたのおかげさ」

（件に見せられた？　こいつが他の妖怪の力を借りることなんてあるのか？）

牛に似た妖怪・件は、未来を視る力がある。件はその力を使って商売をしているので、力を借りようと思えば借りられたが、天下無双の多聞がわざわざそんな真似をするとは思えなかった。

「俺のせいの間違いじゃねえのか？」

疑問に思いつつもふんと鼻を鳴らした小春に、多聞はくすくすと忍び笑いを漏らした。次の瞬間、多聞が小春の髪の毛を摑み、引っ張り上げた。顎がつりそうなほど上を向かされた小春は、じっと多聞を睨んだ。

どこにいても埋没しそうな凡庸《ぼんよう》な見目であるのに、人々は皆彼に惹かれ、胸を焦がす。小春には多聞の良さが少しも分からなかったが、もし小春が人間だったら、他と同じような気持ちを抱いていたのだろうか。

（……俺が人間だったらだって？　そんなのあり得ねえ話だ）

「人間になりたい――あんたはそう思ってるんだろう？」

心を見透かされたような言に、小春は舌打ちしたくなるのを堪え、にやりとした。

「それはお前だろ」

「……………」

多聞はにこりとして、小春の毛を摑んでいない方の手をすっと伸ばした。その直後――

「ぐ……っ。ああああああああああ……！」

叫び声が響いた。小春が猫股から鬼になった時のような、苦しげな声だった。目を抉られているのだから当然だと思ったが、小春はいま目の前で起きていることが信じられず、あんぐりと口を開けていた。

自身の眼窩《がんか》から目を抉り取った多聞は、それを小春の右目にかざした。小春は短い息を吐きながら、必死に首を横に振った。しかし、多聞の手に頭を固定されていたため、逃げることはかなわなかった。あと少しで多聞の目が小春の目に触れるという時、いつの間にか叫び声を止めていた多聞が、また笑みを浮かべて言った。

「あんたの右目、とうに見えるようになっていたんだよ。俺がこうしてあんたに視る力を返したのは、ずっと前だからね。覚えていないのは無理もない。夢の中でしたことだからさ。あれは元々返すつもりだったたから、遠慮はいらないよ。そして、これは俺からのおすそ分けさ。今度は右目じゃなく、別の場所に入れよう……よし、入った」

さあ、暴れておいで——多聞の美しい声が脳裏に響いた時、小春は駆けだしていた。灰色の空間に体当たりして外に出ると、そこは海だった。目が戻ったと知った瞬間から身体に力がみなぎりはじめた小春は、己の単純さに笑いがこみあげてきた。

声が聞こえてきた。小春の名を呼んでいる。

(待ってろ)

海上から聞こえてくるその声に応えるため、小春は空を翔けた。角が生え、牙や爪が伸び、全身が三毛模様の毛で覆われたのは、一瞬のことだった。棚引く雲を払うかのように、猫股鬼となった小春は長い尾を左右に振った。

語り終えた小春はふあと欠伸《あくび》をした。鋭い牙が露わになった口の中から目を逸らし、喜蔵は言った。

「……結局、最後に百目鬼から目を押しつけられ、そうなったのだな？」

身体中に浮かんだ目は、やはり百目鬼の仕業だった。

（こ奴に力を与えるような真似をして……一体何を考えているのだ）

苛立った喜蔵が地を蹴った時、小春はまた欠伸をした。

「押しつけられた力だ。だから、どうやったら戻るのかなど分からん」

「他の妖怪に訊けばいい。誰かしら知っている者が――」

喜蔵が答えている途中で、それは起きた。

「きゃああ……！」

轟いたのは、初の悲鳴だった。急ぎ振り向いた喜蔵は、目を見張った。そこに立っていたのは、透明の壁に覆われていたはずの長太郎だった。初を羽交い締めした長太郎は、赤く染まった目をぎらつかせながら言った。

「動けばこの女の命はない」

喜蔵は唇を噛み締めながら、前に踏みだしかけていた足を、ゆっくり後ろに引いた。初

＊

が抱いていたかわそは、喜蔵のそばに立っている。長太郎に襲われたとき、腕の中から振り落とされたらしい。顔を見合わせた二人は、同時に頷いた。長太郎の口から漏れた女の声――それは、水旁神のものだった。

（あれほどばらばらになったというのに、なぜまだ生きているのだ……）

喜蔵が海をちらりと見遣った時、長太郎は水旁神の声で笑った。

「身は壊された！　だが、魂はまだこうして生きている！……この女さえいれば」

長太郎は初の頰を撫でながら、低い声音を出した。

「私が開墾せし地に住まう者――依代にするにはこれほどふさわしい者はいない」

初はびくりと身を震わせ、蒼褪めた。

「この女に乗り移ろうとした時、この男が邪魔をした……憎らしい奴め。先ほどから邪魔ばかりする。火神の使いか……忌々《いまいま》しい身体だ」

ぐるると獣のように呻いた長太郎は、唇を嚙み、そこから血を垂らしながら言った。

「さっさと身を替えたい……男は返す。女も殺さぬ。お前たちも見逃そう――よいな？」

長太郎は初を抱えたまま、じりじりと後退りしはじめた。後ろを向いた瞬間、駆けだして羽交い締めにすることを考えていた喜蔵は、内心舌打ちした。

（だが、それも危ないかもしれぬ……お初さんの命がかかっているのだ）

ことは慎重に運ばなくてはならぬ――そう考えた時、喜蔵ははっと叫んだ。

「おい――やめろ！　手出しはするな！」

今にも長太郎に飛びかかっていかんばかりの小春がちらりと視線を寄こして、淡々とした口調で告げた。

「今ここで水旁神を仕留めなければ、多くの犠牲が出る。一人や二人の犠牲で済むなら、そっちを選ぶに決まってるだろう」

喜蔵は顔色を失い、掠れ声を出した。

「……お前は、誰だ?」

喜蔵の知っている小春は、底抜けに明るく優しい少年だった。大勢を助けるためにたった一人を犠牲にすることもできず、結局自分が死にそうな目に遭って皆を助けてしまうような、情に脆すぎる小鬼——それが、小春だ。

そんな小春は、もうどこにもいない。友を亡くしたような深い喪失感に見舞われた喜蔵は、よろめきながら、再び問うた。

「お前は誰なのだ……!」

ぱちぱちと大きな目を瞬かせて、小春は口を開いた。

「俺は——」

七、想いの果て

――お前は誰なのだ……！

喜蔵の問いに小春が答えかけたその時、ぼっと何かが燃える音がした。

（……炎の柱）

音がした方――水旁神に乗っ取られた長太郎たちを見た喜蔵は、目を見開いたまま固まった。突如現れた炎の柱の中にあった人影――それは、長太郎だった。急ぎ駆けた喜蔵は、

「お初さん！」

長太郎の足許に座りこんでいる初に手を伸ばした。初は泣きそうな表情を浮かべて抱きついてきた。

「綾子――いや、飛縁魔！　やめろ！」

喜蔵は大声で叫んだ。長太郎に向かって、両の手を突きだした綾子の手から炎が出ている。炎に包まれた長太郎と、彼に憑いている水旁神はすでに意識がないのか、身じろぎ一つしない。漆黒の目に赤い炎を映した綾子は、じっと長太郎を見据えながら口を開いた。

「この男は故郷にいた頃から私をつけ回し、ずっと命を狙っていた。これは、その報いだ」

くすくすと笑う声は、飛縁魔のものだった。これまで飛縁魔は、綾子の背後に立って話すだけだった。水旁神と同じように、飛縁魔も綾子の身を乗っ取ったのだろう。

（……させぬ）

ぎりっと歯嚙みをした喜蔵は、初を自分の後ろに押しやりつつ、飛縁魔に話しかけた。

「詳しいことは知らぬが、その男を無理して殺す必要はなかろう」

「……訳の分からぬことを」

ふんと鼻を鳴らして返した飛縁魔だったが、一瞬詰まったのを喜蔵は見逃さなかった。

「長年つけ回され、命を狙われていると知りながら、なぜ殺さなかった」

「この女の身の奥底に封じられ、力が出せなかったまでのこと」

「故郷にいる時はどうだ。その時は大勢を殺したのだろう？　なぜそ奴は殺さなかった」

「……話をしたことも触れたこともなかったからだ」

飛縁魔がそう答えた時、「そら噓だ」と冷めた声が割って入った。

「俺は、その長太郎に化けた鶴吉の過去を散々聞かされた。鶴吉は飛縁魔と話したこともあれば、触れたこともあるそうだ。本当は鶴吉が触れたのに、長太郎という瓜二つの弟が殺された。そいつが鶴吉を殺したくなかったから身代わりにしたとしか――」

「違う！」

小春の言を遮り、飛縁魔が叫んだ。彼女の手から放出されている炎が一瞬消えたのを見て、喜蔵は息を詰めた。

「あれはただの流行り病だ。私は何もしていない！」

「じゃあ、お前はただ鶴吉を殺さなかっただけなのか」

「……違う！　違う！」

小春の追及に、飛縁魔は怒りの声を上げた。そのたび、鶴吉を包んでいる炎も弱まった。火力と飛縁魔の心は、繋がっているらしい。

（こ奴は長太郎を——いや、鶴吉を特別に想っているのではないか？　そうでなければ、これまで見逃してきた理由が分からぬ）

鶴吉を好いていたから——だが、まことにそれだけだろうか？　飛縁魔を恐ろしい妖怪にしたのは、周りの男たちだ。彼らさえいなければ、飛縁魔はただの人間の女として生きたはずである。好いた男に殺されても相手を憎まず、自分の依代であるからとはいえ、綾子を長年守ってきた。それもあってか、喜蔵はどうも飛縁魔が恐ろしいだけの存在には思えなかった。上手く生きることができなかった不器用さに、共感を抱いたのかもしれぬ。胸のうちにあった同情に気づいた喜蔵は、ゆっくり前に足を踏みだして言った。

「呪に縛られるのは、もう終わりにしろ——飛縁魔」

ぐっと眉を顰めた飛縁魔に、喜蔵はまた一歩近づきながら続けた。

「お前を悪にした村人たちはもういない。……いるのは、お前と同じく悪にされた綾子さんだけだ。お前がそんな存在になりたくなかったように、その人とて同じことを思って生きている。お前が鶴吉を殺せば、お前も綾子さんもますます苦しみながら生きることになる。もうこれ以上自分を苦しめるのはやめろ」

喜蔵が話をするたび、炎がゆらゆらと不安定に揺れた。綾子の口が何度も開きかけて閉じるのを繰り返した後、飛縁魔はようやく押し殺した声音を出した。

「……分かったような口を利くな。私はただ、この男がべらべらと……この女ではなく、私に話しかけてきたから——ほんの少しだけ慈悲を掛けてやっただけだ。こんな男が生きようと死のうと、どちらでもいい。そんなことで、私は苦しんだりしない……！」

最後に叫んだ飛縁魔は、ますます盛大な炎を放った。炎の柱は真っ赤に染まり、その中にいるはずの鶴吉の姿は見えなくなった。初とかわその息を呑む音が響いた。鶴吉の死を悟ったのだろう。これほどの炎に燃やされ、まだ生きているはずがない。

「……これで二度とあの顔を見ずに済む。何とも心地よいことよ……これでしまいだ！」

飛縁魔の高らかな笑い声が浜辺に響き渡った。

「もうやめろ。涙が涸《か》れてなくなるぞ」

「……え？」

子どものようなあどけない声を出した飛縁魔に、喜蔵は手を伸ばした。指で頬に伝った涙をすくってみせると、飛縁魔は顔をぐしゃりと歪めた。

「もうよいだろう。それ以上苦しむな」

「……私は――……」

飛縁魔の炎の力が見る見るうちに弱まっていく――喜蔵がほうっと息を吐いた時だった。

「小春！　やめろ！」

かわその焦った叫び声が聞こえた。急ぎ振り返った喜蔵は、大きく目を開いた。

（小春……否、今のこ奴は――）

前足にぐっと力を込めて跳んだのは、身体中に目を浮かびあがらせた猫股鬼だった。牙を剝き、爪を伸ばした猫股鬼が、こちらにどんどん近づいてくる。

（……ならぬ）

決してそれをさせてはならぬ！――強くそう思った喜蔵は、綾子を自身の腕の中に抱きこんだ。

「――駄目……！」

猫股鬼の鋭い牙が喜蔵の肩に掛かった瞬間、初の悲痛な悲鳴が轟いた。

＊

どくどく、どくどく。

（……何だ？）

どくどく、どくどく、どくどく、どくどく。

（煩えな……どくどくどくどくって何の音だ？……心の臓の音か？）

一体誰の——その問いの答えを、小春は見つけられなかった。暗かった視界がにわかに開けた時、目の前に現れた光景に心を奪われたせいだった。

数名の人間と妖怪が、誰かを取り囲むようにして立っている。その中心に座していたのは、項垂れた綾子の姿だった。その膝には、髷頭《まげあたま》が乗っていた。首と肩の間辺りを真っ赤に染めた人間は、小春がよく知っている男だった。

（ああ——）

心の中で呻き声を発した小春は、その場に頽れるようにして座りこんだ。口許を拭った手をおそるおそる見てみると、案の定血に塗れていた。それは小春のものではなく、綾子の膝の上に頭を乗せている男から流れでたものだ。

（違う——流れでたんじゃない。俺が「流した」んだ）

地を蹴りながら高く跳び上がり、獲物めがけて下降する。剝きだした鋭い歯で、獲物の首に喰らいつき、命を奪う——

「……うわあああああ!!」

小春は頭を抱え、悲鳴を上げた。

（あれは……あれは夢じゃなかったのか……!?）

猫股鬼と化した小春は、飛縁魔をその身に宿している綾子に向かっていった。そこには、何の躊躇いも迷いもなかった。飛縁魔を殺す——小春の頭にあったのは、ただその一点だった。

しかし、目論見は外れた。綾子を捉えた瞬間、綾子の白い項《うなじ》と小さな頭が、節くれだった大きな手に包みこまれたのだ。視界から消えた綾子の代わりに現れたのが、必死の形相をした、鬼のような男の顔だった。

（……鬼のくせに、妖怪を庇うのか。そいつは外見こそ人間だが、本性は飛縁魔憑きだ。この先生かしておいても何の得にもならん。お前は鬼面だが、中身は人間のはず。人間は妖怪を恐れ、忌み嫌い、妖怪は人間を驚かせ、喰らう――それしかない）

小春がそんなことを考えたのは、一つも数えぬほど短い間だった。綾子を腕の中に抱えこんだ喜蔵と目が合ったのも、同じほどの長さだろう。小春にとってその一瞬が、己の長い妖生と同じほどに長く感じられたのは、「夢の中」だからか。

（……あーあ、ばっかみてえだ。まったく最近碌な夢を見ねえな！　俺が綾子に襲いかかるなんて、そんな阿呆なことするもんか！　割りこんできたのが喜蔵だと気づいたのに、攻撃を止めねえわけもねえ。まったく、馬鹿げた夢だぜ。……だから、早く覚めろっつーんだ）

覚めろ、覚めろ、覚めろ――何度も念じながら、小春は開いていた口を閉じ、ぐっと奥歯を噛み締めた。

ブツッ――。

何かが断ち切れた音がした直後、今度はどさりと重たいものが倒れた音がした。不審に思った小春は、瞬きをして音がした方に視線を向けた。

どくどく、どくどく。

どくどく、どくどく、どくどく、どくどく――。

鳴り響いている心の臓の音に気づいた時、小春の両の目ははっきりと目の前の光景を映した。少し離れた場所には、小春が仕留めた喜蔵が転がっている。

「……わああああああああああ!!」

ありありと蘇った記憶に打ちのめされ、小春はまた叫び声を上げた。

――逸馬……俺はお前とよく似た奴に会ったぞ。お前の子孫だって。お前よりもずっとおっそろしい面してるし、性格もねじ曲がってるし、俺にちっとも優しくない。俺以外の奴にもすっげー冷たいんだ。あんな閻魔さんみたいな顔で睨んじゃあ、誰だって近づかなくなるって！　まあ、本人もそれを分かっててわざとやってるみてえだが……まったく、あいつは難儀な奴だよ。真面目が過ぎる。融通も利かねえ。真正面から物事を受け止めすぎて、それにいちいち傷ついちまう。あいつは古道具を直すのは朝飯前のくせに、自分の傷を治すのはてんで不得手なんだ。本当にさ、古道具だと思えばいいんだよ……人のことも。あれほど丹精込めて扱わなくてもいいけどな。結局他人の気持ちなんて分かりゃしないんだ。だから、あいつがいくら信じられなくても、あいつを想う奴だって、この世にたくさん存在してるんだ。そのことに、あいつもいつか気づくといいんだけどな……いや、気づくか。俺が気づかせてやればいいんだ！　なあ、逸馬……そうだろ？

逸馬が小春にそうしてくれたように、今度は小春が喜蔵を助ける――それが、小春が喜蔵と一緒にいる理由だった。

――……まあ、それだけが理由でもねえけど。だって、あいつといると、美味い飯がたらふく食べられるからな！

逸馬の墓前で小春がそんなことを語ったのは、いつのことだっただろうか。

小春は妖怪だ。人間に比べるべくもなく長く生きる。人間が数十年の人生の間に起きたすべてのことを覚えていられぬように、妖怪も長い妖生の間に生じた全部の出来事を記憶していることはできない。人よりも長い分、思い出は増え、増えた分だけ減っていく。そもそも、妖怪は人間のように思い出に縋って生きる生き物ではない。小春や小春の兄弟――椿《つばき》と名づけられた一、義光《よしみつ》という名をもらった三たちが例外なのだ。

――他の者と違う？　それがどうかした？　私が私として生きていく上で、そんなことちっとも重要じゃない。だって、その他の者たちは、私に何もしてくれない。私にとって何の価値もない存在だもの。そんな者たちと一緒じゃないことに傷つく必要はないし、何を言われてもどうだっていいよ。

私の邪魔をするなら殺すけど、とにこりと笑って言った椿は、当妖が述べた通り、他者を気にして生きることなどなかった。小春が「自分が他の者と違うことをどう思う？」と問うたのは椿だけだったが、きっと義光も椿と同じようなことを考えているに違いない。

義光はただ小春に勝つことだけを考え生きてきた。小春との死闘を経た後の義光の行方を、

うか。小春は知らない。修行をし直すと言っていたが、どこまで強くなればそれは終わるのだろ

（……きっと終わりなんてねえんだろうな）

強くなりたい――その一心で生きてきたのは、小春も義光も同じだ。自分の妖生における最大にして唯一の目標が、強くなることだった。妖怪は長命だが、いつか必ず死ぬ。数十年か百年か長いだけで行きつく先は同じなのだから、人間と妖怪は正反対とは言えぬ生き物なのかもしれぬ。しかし、両者の間には、大きな隔たりがある。その隔たりは決して越えられぬ壁であり、越えてはならぬものだった。

力を失った後、妖怪の世に帰っていれば――。

猫股の長者との闘いの後、力を返さなければ――。

人間の世を見回るためという体で再会しなければ――。

懐かしい匂いに惹かれ、百鬼夜行の列から外れなければ――。

鬼になどならず、偽りの力で得た猫股のまま生きていれば――。

（……そんなの、嫌だ）

小春の目に、じわりと涙が浮かんだ。どこかの機会で立ち止まっていれば、現在の悲劇は起こらなかったかもしれぬ。自分さえ我慢していれば――。

（だが……それじゃあ、俺が俺じゃなくなる）

昔に戻れるとしても、以前と同じ道を選ぶと小春は確信していた。いくら足掻《あが》いても過

去が変えられぬのは、単に時空の問題ではない。自分の身に宿った心が、そうはさせてくれぬのだ。過去へ行っても、未来に行っても、小春は小春だった。

（あいつもそうだ……そうだろう？　お人好しの馬鹿閻魔商人）

心の声は外に出ず、代わりに叫びばかりが漏れた。耳をつんざくような煩さだろうに、この場にいる者たちは皆、まるで気にした様子がない。

「――さん……喜蔵さん……」

涙声で呼んでいるのは、喜蔵を膝枕している綾子だった。俯いているので、表情は読めぬ。ぽろぽろと流した涙が、喜蔵の顔に掛かっているが、喜蔵がそれを拭う気配はない。

（だって、あいつは動けない……俺が殺したから――）

喜蔵を殺した――ぞくりと身を震わせた小春は、ひときわ大きな叫び声を上げて、腕を振り上げた。

「……小春、落ち着け！」

かわその声が聞こえた気がしたが、小春は何の応えもせず、振り上げた腕を下ろした。きらりと光ったのは、先ほどよりもずっと伸びている、刃物のように鋭利な爪だった。

「待て！　何をする気だ！」

小春――。

悲鳴じみた友の叫び声が、空の下に響いた。小春はゆっくりと視線を下ろして、左腹に浮かんでいる大きな目を見た。その目の中心には、小春が突き立てた爪が刺さっている。

　――そして、これは俺からのおすそ分けさ。今度は右目じゃなく、別の場所に入れよう……よし、入った。さあ、暴れておいで。

（お前が寄こした力、最低最悪だったぜ。まるで力の制御ができず、俺が俺じゃねえみたいだった。こんなもん、俺はいらねえ……！）

　ぶしゅっと血が噴きだす音がした。それも、一度ではなく、幾度もだった。小春が傷をつけた目はたった一つだが、おそらくそれがこの目たちの大本だったのだろう。そこがやられてしまったために道づれとなったのか、小春の身体中に浮かんでいる無数の目が、次々に勝手に血を噴きだし、瞼を閉じた。

（……どうやら、当たりだったらしい）

　クク ッとくぐもった笑い声を漏らした小春は、ゆっくりと頽れた。大きな身の割に、地に倒れた音は控えめなものだった。

（まるで人間の子どもが転んだみてえな……そうか、俺――）

四つん這いになった小春は、閉じかけていた瞼を開き、薄目で自身を見回した。身体中に浮かんでいた目は、ほとんど消えかけている。

「……あんた、元の姿に戻っているぞ！」

　近くからかわその声が聞こえた。多聞の力が宿っていた目が消えたおかげで、意識もはっきりしたらしい。身体が元に戻れば、先ほどのように力を制御できず、誰かを傷つけることもなくなるだろう。

（……舟の上で猫股鬼に変化したのも、湖で俺の偽者に会ったのも、全部奴が俺に寄こした目が見せた幻だったんだな。通りで妙に気色が悪かったわけだ）

得心はいったものの、あの時感じた嫌な気持ちは払拭《ふっしょく》できそうになかった。

「よかったな、小春！」

「……もう遅え……」

心から喜んでくれている様子のかわそに、小春はぽつりと返した。

「今さら元の姿に戻ったところで、もう遅いだろ……俺は……俺は喜蔵を殺したんだ！」

悲鳴じみた声を上げた瞬間、小春の目から涙が飛びでた。それは、哀しみや苦しさからくるものではなかった。

「――勝手に殺すな！」

そう叫んだ相手が、小春の頭に特大の拳骨《げんこつ》を落としたからだった。

＊

小春の頭に拳骨を落とした喜蔵は、小春の真横に立って、じろりと小春を見下ろしていた。常ならば、両手で頭を抱えながら「いってぇえ！　鬼！　閻魔！」などと喚く小春が、四つん這いになって俯いたまま、微動だにしない。その様子に腹が立った喜蔵は、もう一発くれてやろうと拳を握ったが――

「顔を上げてよく見てみろ、小春。若旦那は死んでなどいないぞ！」

少々怪我を負っているがとつけ足したかわその言葉で、小春ははっと面を上げた。

（……大分消えたが、まだ薄っすら痕が残っているな）

小春の身を見分して目の存在を確かめていた喜蔵は、同じように小春が喜蔵を見ていたことに気づかなかった。

「肩のとこ……」

小春の小声を拾った喜蔵は、自身の左肩を見た。そこには生々しい火傷の痕があった。患部に触れぬように着物をはだけているせいで、火傷は丸見えだった。

（やはり、隠しておけばよかったか）

喜蔵はちっと舌打ちし、傷痕が小春から見えないよう、身体を横に向けながら答えた。

「綾子さんが機転を利かせてくれたのだ」

「綾子が……？　飛縁魔じゃなく？　そもそも、何で火傷なんだ……そこは俺が——」

「ここを噛んだのは、あの目だらけ妖怪だ。お前ではない」

「……何言ってんだよ。あれは正真正銘俺だ」

「お前ではない。お前よりもずっと強かったからな」

「はあ!?　そんなわけねえだろ」

むっと顔を顰めて反論した小春は、思わずといった風に立ち上がった。その様子に内心にやりとしながら、喜蔵は馬鹿にしたように鼻を鳴らした。

「だが、その強い方も大したことはなかった。あれほど全力で噛んだくせに、ただの人間を殺すことさえできなかったのだからな」

「お前のどこがただの人間だ！　その閻魔もびっくりの強面でよくぞ言えたもんだな!?」

「お前こそ妖怪のくせに、何だその餓鬼臭い面は。俺を殺してしまったと後悔して泣いていたのか？　目が随分と赤いが」

「これはお前が思いっきり拳骨落としたからだよ！　頭かち割れるかと思ったぞ!?」

「妖怪のくせに随分と柔い頭をしているのだな。だから、中身が上手く働いていないのか」

「何度も言うが、お前にぽかすかぽかすか叩かれまくったせいだ！　いや、断じて俺の頭は柔くないし、素晴らしい出来だがな!?」

「お前のどこが――」

いつまでも続きそうだった言い争いを止めたのは、くすりという笑い声だった。

「ふふふ……ごめんなさい」

口許に手を当てて笑っていたのは、綾子だった。陰りのない表情にほっと息を吐いた喜蔵だったが、飛縁魔はどうなった――そう問う横からの鋭い視線を受け、ふうと嘆息した。

「……飛縁魔は消えた」

「何で……あ、そういや、あいつ！　長太郎――じゃねえや、鶴吉！　あいつはどうなったんだ!?　あんなに燃えたんだから、黒焦げだろ!?」

きょろきょろしつつ言った小春は、浜辺のどこにも鶴吉の姿がないことにようやく気づいたらしい。

「鶴吉ならほれ、あそこだ」

かわそは空を指差して言った。怪訝な顔をして指先を追った小春は、目を丸くして「へ」と間抜けな声を出した。

「あの巨大な鳥……七夜か!?」

空をゆっくりとした速さで翔けているのは、小春が言った通り、七夜だった。さらにその背には、数名乗っていた。初に桂男、それに鶴吉だ。

「鶴吉の奴、火傷一つ負ってねえように見えるが……一体どうなってんだ!? 人妖、火水……ごちゃまぜ道中じゃねえか!」

混乱しきった様子の小春に、かわそは言った。

「あんたが我を忘れて若旦那を襲った時、とっさに傷口を塞いだのが火の女だ」

「綾子が？　どうやって――あ、炎で傷口を焼いて塞いだのか！」

ぽんと手を打って言った小春は、「……待てよ?」と首を捻った。

「何で綾子が飛縁魔の力を使えたんだ？　綾子は妖怪の類が見えないんだろう？　そんなんじゃあ自覚して力を使うなんて無理だろ」

なあ？　と綾子に振り返って問うた小春は、首を捻った。綾子は何も答えなかったが、何もかも知っているような顔をして、微笑んでいた。

（……実際知っていたのだろう）

喜蔵は目を閉じ、少し前のことを反芻した。

小春に肩を喰いちぎられ、血が噴きだした瞬間、喜蔵は言葉にできぬほどの壮絶な痛みを味わった。噛まれたことよりも、綾子の炎に傷口を焼かれたせいだった。

（だが、あのまま何もせずにいたら、俺は血を大量に失って死んでいただろう）

止血のために傷口を焼いて塞ぐ――とっさにそんな判断ができるのは、火に詳しい者に違いない。だから喜蔵も、飛縁魔の仕業かと思ったが、

――喜蔵さん……大丈夫ですか!?　気をしっかり持ってください！

一瞬痛みで飛びかけた意識を取り戻してくれたのは、綾子だった。飛縁魔もいるにはいたが、いつかの通り綾子の背後に立っていた。

――……ありがとう。

喜蔵は綾子と飛縁魔両方を見て言った。ぼろぼろと涙をこぼして微笑んだのは、綾子だった。一方、飛縁魔は――

――……二人も男を助けてしまった。片方は何度も……昨夜など、思い詰めたそ奴が悪さをしに来ぬようにと、あの店に結界まで張った。挑発したのはこちらだというのに、なんと愚かな真似をしたのだろう……もう私は男を取り殺す飛縁魔ではいられぬ。……せいぜいその女に殺されぬように気をつけるのだな。そいつは私の住処だったのだ。私の魂の残滓《ざんし》がある限り、また男を取り殺すだろう。

いつも通り呪わしいことを述べつつも、どこか穏やかな表情を浮かべた飛縁魔は、そのままそうっとどこかに消えた。

さようなら——喜蔵の生還に涙していた綾子がそう呟いたのは、その時だった。

綾子は飛縁魔を知っていた——その事実に気づいた喜蔵は、むっつりと押し黙った。周りにいたかわそも初もそれを察しただろうに、誰も何も言わなかった。その代わり響いたのが、「カーカー」という下手な鳴き真似だった。声のした方を見遣ると、そこにはまた巨大化している七夜と、その背に乗せられて伸びている桂男の姿があった。

——桂……！

大きな声を上げた初は、何とか立ち上がり、七夜が降り立った方へ向かった。

（水旁神にやられて、海の藻屑となったかと思ったが……）

——波に打ちつけられる寸前、水の怪の誰かが助けてくれたんや！　海に潜ってたそいつが、わての身を受け止め、思いきり遠くに飛ばしてくれて——。

だが、その前に水旁神の気にあてられていた桂男は、喪神している。

——私は桂を家に連れて帰らねばなりません。七夜さんの背をお借りして、送っていただくことになりました。それに、もしよかったら、この方も一緒に——。

鶴吉を指して言ったのは、初だった。驚きのあまり涙を止めた綾子に、初は続けた。

——水旁神は飛縁魔の炎に焼き尽くされ、魂をも失いました——ですが、もしかしたら、まだこの方のどこかに眠っているかもしれません。引水家を統べる者として、それを見過ごすわけにはいきません。……決して悪いようにはしませんから。

安心して任せてくれというように小声でつけ足した初に、綾子はまた涙を流し、礼を述べた。七夜の背に鶴吉を乗せる時、綾子はおそるおそる鶴吉の顔に触れた。健やかな息を立てて眠る鶴吉をじっと見下ろした綾子は、常より幼い言い方でこう呟いた。

――太郎ちゃん……これからも鶴ちゃんを守ってあげてね。

初たちが去ってから、喜蔵はなぜ長太郎の名を呼んだのか問うた。

――……鶴ちゃんと再会した時、鶴ちゃんを守るようにすぐ後ろに立っていたのが見えました。そう思いたかっただけかもしれませんが、太郎ちゃんと呼びかけたら、笑ってくれました……きっとずっと守ってくれていたんだと思うんです。

それは綾子の思いこみなどではなく、真実なのだろうと喜蔵は思った。綾子と鶴吉の身を包んでいた透明の壁を作ったのは、長太郎なのかもしれぬ。

（それに、飛縁魔の炎から鶴吉を守ったのも……いくら手加減したといっても、火傷一つ負わずにいられるのは妙だ）

すべては喜蔵の勝手な想像だ。特別な力を持たぬ喜蔵は、死んだ長太郎の姿など見えぬし、神や妖怪の気を察することもできない。ただの人間なら当たり前のことだったが、それを喜蔵は無性に歯がゆく思った。

「……小春！」

かわその声ではっと我に返った喜蔵は、海に入っていく小春の姿を見て、目を剝いた。

「何をしている」

「弥々子が行方知れずなんだろう？　ちょっくら捜してくる！」

「お前は水の怪ではない。妖力もないのに、大して息も続くまい」

やめろと怖い顔をして言った喜蔵に、小春はにやっと笑ってみせた。

次の瞬間、空に猫股鬼が舞った。小春が変化したのだ。

(百目鬼のあの目はついていないが……なぜ変化したのだ!?)

茫然とする喜蔵たちを尻目に、小春は翔けながら明るい声を上げた。

「どうやら、この右目に昔の俺の妖力が残ってたらしい。そのおかげで、すっかり元通り。いやあ、ついてたぜ。あいつに目を預けてよかった。たまにはあの目だらけ野郎もいいことをする……そういうことだからさ！　時が掛かるだろうし、先に帰ってろ——じゃあな！」

待て——喜蔵がそう止めようとした時にはもう、海の彼方《かなた》に小春は消えていた。その時になってようやく海を眺めた喜蔵は、ぽつりと述べた。

「……夢だったのだろうか」

海には誰一妖の姿もなかった。水旁神の肉片は一欠片も見えず、凪いでいる。青や赤に光を発するアマビエの姿もなく、海は至って平穏無事だった。

「夢ではないが、夢だったことでいいのさ」

人にとってはな——そう返したかわそに、喜蔵は口を開きかけ、やめた。

人と妖怪は同じだ――などとは口が裂けても言えなかった。鋭い牙に襲われた時、喜蔵はこれまで感じたことのない恐怖を覚えた。向かってきたのが小春と分かっていたのに、化け物――と内心悲鳴を上げたのだ。

「かわそさんの足の手当てをしないと……一緒に浅草へ戻っていただけますか？」

「おや、これはかたじけない」

かわそと綾子が話しだしたのを認めて、喜蔵は怪我を負った肩にそっと触れた。ぴしっと引っ張られたような痛みが走り、目がひくりと痙攣《けいれん》した。まるで炎が宿っているかのような熱さを保っているが、時が経てばこの火傷も癒えていくはずだ。その下にある噛み痕など、もっと早く消えてなくなるだろう。

（こんな傷大したことはない。だから――）

もう一度海に視線をやった喜蔵は、心の中でさえ皆まで言えず、深い息を吐いた。

浅草に戻った二人と一妖は、早番で帰ってきた深雪と荻の屋の前でばったり出くわした。

「……お兄ちゃん、その肩どうしたの!?」

大きな目をさらに大きくしながら言った深雪は、喜蔵の答えを聞かず、腕を引いて家の中に入った。

「綾子さんも入ってください。綾子さんの腕の中にいるあなたも！」

手当ての道具を用意しながらきびきびと命じた深雪に、喜蔵たちは黙って従った。

「一体何があったの？」

揺るぎない眼差しを受けて、喜蔵は仕方なく一連の事件を話した。聞いているうちにどんどん顔を曇らせていった深雪は、喜蔵たちが話し終えた後、こう言った。

「あたしを巻きこまないために言わなかったんでしょう？　でも、あたしは教えてほしかった。もし、死んじゃってたら、どうするつもりだったの？　あたしは何も知らず、帰ってこないお兄ちゃんたちをずっと待っていたらいいの？」

「……すまぬ。だが、お前も他人のことは言えぬ」

素直に詫びつつ、喜蔵は言った。数か月前に起きた天狗との戦いのことを言われたのが分かったのだろう。はっとした顔をした深雪は、視線を泳がせた。

「似た者兄妹ですね」

にこりと微笑んで言った綾子に、喜蔵と深雪は顔を見合わせ、軽くふきだした。喜蔵と深雪が似ていると言うのは、この綾子くらいだろう。笑顔になった兄妹を見て、綾子はますます笑んだ。これまでのようにどこか陰りのある笑みではなく、心の底から楽しんでいるような、明るい笑みだった。

数刻後――。

「世話になった」

裏戸の前でそう述べた喜蔵は、深々と頭を下げた。かわその怪我の手当てを終えたのは随分と前だったが、深雪が「もう少し休んでいかないと駄目よ！」と言い張ったため、この刻限となった。辺りはすっかり暗いものの、夜になってもまだ蒸し暑かった。

「俺が勝手にやったことだから、そうかしこまらずともいいよ」

かわそは気軽な様子で答えた。ゆっくり面を上げた喜蔵は、眉を顰めて言った。

「あの馬鹿鬼に頼まれたのだろう。そちらの勝手ではなく、こちらの勝手だ」

すると、かわそはなぜか目を丸くし、驚いたような顔をして喜蔵を見た。

「何だ」

「いや――『こちら』かと思ってさ。あんたは小春と同じところにいると思っているんだね」

かわその言に、喜蔵はますます眉間の皺を深くした。あんな馬鹿と同じところになどいないと反論したかったが、同じくらいそうだと認めたい気持ちもあった。

妖力を失い、共に暮らしはじめた小春は、少し不思議な力を持つ人間の少年といった様子だった。いざ戦いになれば本性を現すものの、以前のように猫股鬼の姿に化けるわけではなく、凄まじい力で妖怪たちを倒していくわけでもなかった。喜蔵たち人間と比べたらそれでも大分強いが、いつでも小春は小春だった。たとえ、戦っている時に恐ろしさを感じても、素になれば明るく無邪気な少年で、彼の笑みを見るたび、心の中にぱっと明かりが灯るような心地がした。

――今ここで水旁神を仕留めなければ、多くの犠牲が出る。一人や二人の犠牲で済むなら、そっちを選ぶに決まってるだろう。

（あれは……違う）

豹変《ひょうへん》した小春を思いだした喜蔵は、噛まれた肩に触れてぐっと奥歯を噛み締めた。襲われたことに怒りと恐怖を覚えたのは、ほんの一瞬だった。傷口を塞いでもらい、起き上がった時には、それらは記憶の彼方にあった。何よりも、喜蔵は小春が気になった。力を制御できず、喜蔵をこんな目に遭わせてしまった小春の心は、どれほど傷ついただろうか。

「小春は妖怪で、お前さんは人間だ。本来住む世も生も違う。今は偶々合っているだけだ。それでも、同じところにいると思っているのかい？」

「……違う世に生きる者同士だというのは、重々承知だ。お前が言った偶々という言葉も、その通りなのだろう。だが、俺は……俺たちは――」

「他の者たちとは違うと言うのかい？　他の妖怪と人間たちのかかわり方を碌に知りもせずに、自分たちは特別な絆があるから大丈夫だと？」

「……お前は、何が言いたいのだ」

喜蔵は俯き、絞りだすような声を出した。問うたものの、答えは分かっていた。人間と妖怪は共には生きられぬ――かわそはそう言いたいのだろう。それが意地悪ではなく、善意に満ちた忠告だということも、喜蔵は知っていた。

(俺とて何度もそう考えたことはある。だが、俺は……！)

俺たちは――とは今度は続けられず、喜蔵は心の中でさえ口を噤んだ。黙りこんだ喜蔵に痺れを切らしたのか、かわそは無言で歩きだした。ぺたぺたという可愛い足音が聞こえなくなった頃、喜蔵はようやく顔を上げた。

「どうしても共にいたいと言うなら、相応の対価を支払わなければならん」

かわその姿はもうどこにもない。だが、聞こえてきたのは、確かに彼の声だった。何を支払えばいいのだ——そう問いたかったが、願いは叶わなかった。


裏木戸に手を掛け、敷地の中に入ろうとした喜蔵は、ふと動きを止めた。裏店の方から物音が響いた気がしたのだ。

厠《かわや》に出たにしては、そちらに向かう影がなく、出てくる気配もない。喜蔵は首を傾げながら、そろりと歩きだした。足音を立てぬようにすり足で移動し、裏店の並びに来た。やはり、がさこそと何かを探っているような音がした。

（音がするのは……綾子さんの長屋ではないか？）

綾子は今、荻の屋にいる。二階で深雪と一緒に、床についているはずだ。綾子の長屋には誰もいるはずがない。だが、確かにここから音がする——喜蔵は綾子の長屋の戸に手を掛けた。

すっと戸を開いたと同時に、喜蔵は悲鳴を呑みこんだ。真っ暗であるはずの綾子の長屋の中には、赤い仄《ほの》かな明かりがついている。その正体は、見知らぬ男が手に持っている、蠟燭《ろうそく》の火だった。

「……貴様！」

喜蔵は低い声音を出し、男に飛びかかった。思わぬことだったのは、男も同じだったらしい。喜蔵に胸倉を摑まれ、はっと息を呑んだが、すぐに我に返って暴れだした。

「貴様が以前も火をつけたのか……！」

「お、お前こそ……お前こそ何や！」

喜蔵と男は取っ組み合いながら、声を荒らげた。顔立ち自体は整っているものの、ひどい痘痕《あばた》面だった。当人もそれを気にしているのか、喜蔵がじっと顔を見つめた瞬間、唇を戦慄かせて「見るなや！」と怒鳴った。興奮しきった様子の男は、声と同じくらい息を荒くして、喜蔵に憎しみの視線を向けた。

「綾子さまの周りをうろちょろしよって……あの方は皆のものや！　触れたらあかん、神のような存在なんや……せやのにお前は……綾子さまの優しさにつけこんで、どんどん近づいていきよって……よ、嫁にとねだるなんて信じられへんことを……！」

「貴様……一体いつからあの人をつけ回しているのだ!?」

喜蔵は叫んだ。互いの力は拮抗《きっこう》している。体格の差からいって、本来は喜蔵の方が力は強いはずだ。しかし、男は気力でその差を詰め、喜蔵を押し返す勢いだった。常軌を逸した顔に浮かんでいるのは、深い怒りだった。喜蔵や、綾子に近づいた者たち皆への想いだろう。ぞっと背筋を凍らせながら、喜蔵は重ねて問うた。

「綾子さんを信奉しながら、なぜ害をなそうとした！　なぜこんな真似を――」

「綾子さまが俺以外の男にあないな顔を見せるからや！」

喜蔵の言を遮って、男は大声を張った。

「俺が綾子さまと出会うたんは、数年前の京や……綾子さまは神の子いうのに、呉服商で身を窶《やつ》して働いてたんや。綾子さまは当時から輝くほど美しかった……触れてはならん宝やいうのに、勘違いした大勢の男どもがこぞって綾子さまを自分のものにしようとしたんや……」

せやから俺は火をつけたんや——男の発言に、喜蔵は一瞬動きを止めた。綾子の夫は火事で亡くなったと聞いた。

（まさか……こ奴が綾子さんの夫を手に掛けたのか——）

喜蔵が怯んだその隙を見逃さず、男は喜蔵の袖に火を押しつけた。身体をねじって男から離れた喜蔵は、すぐさま甕《かめ》に腕を突っこんだため、火傷することもなく、火は消し止められた。しかし、そこで安堵している暇はなかった。

「こない不浄な場所に綾子さまを置いておけん……お前ごと燃やしたる!!」

男は蠟燭を掲げて叫びながら、喜蔵に飛びかかった。身を屈めていた喜蔵は、とっさに横に転がり、壁にぶつかった。その時、蠟燭の火が消え、長屋が闇に包まれた。ゴンッという鈍い音が響く。背に走った痛みに耐えながら、喜蔵は素早く起き上がり、構えの姿勢を取った。しかし——

すぐさま襲いかかってくると思ったが、なぜか静まり返っている。ゆっくり前に足を踏みだした喜蔵は、数歩目にぐにゃりとした何かを踏みつけ、とっさに足を引いた。

（先ほどの男か……甕に頭をぶつけて昏倒したのか？）

うつぶせに倒れている男の頭のすぐ近くには、先ほど喜蔵が腕を突っこんだ甕が横倒しになっていた。本当に喪神しているのか分からなかったため、喜蔵は慎重に男の身を探った。頭に触れると、そこには確かに瘤《こぶ》があった。眠っているような静かな息遣いを認めて、喜蔵はふうっと息を吐いた。

ひとまずはこれで一件落着か——そう思いかけた時、焦げくさい臭いがした。振り返ると、昨日燃えかけた布団が、また燃えている。男が昏倒した拍子に手から飛んで行ったらしき蠟燭が、そこに落ちていた。喜蔵は甕を持ち上げ、水を布団に掛けようとしたが、そこにはほとんど中身が入っていなかった。

「……くそ！」

舌打ちした喜蔵は何か消すものはないかと周囲を見たが、使えそうな物は一つもなかった。布団を叩いて火を消すしかない——そう思った時にはもう、勢いを増した火が長屋に燃え移っていた。喜蔵はとっさに長屋の外に出て、大声を張った。

「火事だ！　逃げろ!!」

その瞬間、わあという悲鳴が響いた。

「火事だって!?……ああ、喜蔵さん！　あの、本当に火事が起きてるのかい!?」

そう問うてきたのは、綾子の長屋を遠巻きに囲んでいる裏店の面々だった。喜蔵と男が取っ組み合っている間に目を覚まし、起きてきたのだろう。

「そうだ。中に火をつけた奴が昏倒している。今連れだすので、皆は逃げろ！」

「ええ……!?　で、でもあんたが……」

「いいから逃げろ！　火はすぐに燃え広がるぞ！」

　勢いよく片手を振って怒声を上げた喜蔵に、長屋の人々は顔を見合わせて、頷きあった。彼らが踵を返したのを認めて、喜蔵は素早く身を翻した。

　火はすでに長屋の半分を侵食していた。着物の袂で口許を押さえた喜蔵は、身を屈めて男の身体に触れた。語りかけるようにゆさゆさと揺らしたものの、何の応えもない。喜蔵は男の両脇に腕を差しこみ、そのまま男の身を引きずって外に出ることにした。男は大した体格ではないくせに、目方は大分あるようだった。息を止めている苦しさも相まって、男を引きずって外に出るまでの時は、永劫とも思えた。

「はあ……はあ……はあ……くそっ……」

　ようやくのことで外に出た喜蔵は、男をその辺に転がした後、その場に足を投げだして座りこんだ。男が逃げぬように縄で括りたいところだったが、近くにはそれがない。

（しようがない……こいつをうちまで引きずっていくか）

　このままここに放置しておけば、火事で焼かれ死ぬかもしれぬ。綾子の周囲に危害を加え、綾子を苦しめてきた男だ。自分でつけた火で燃え死んだところで、喜蔵は自業自得だとしか思わない。だが、男はまだすべての罪を語っていないはずだ。

（死ぬのは、罪を償《つぐな》ってからだ。……その後はどうなろうと知らぬ）

　ふんと鼻を鳴らした喜蔵は、息を吐いて腰を上げた。男の身に手を伸ばした時、

「喜蔵さん……!!」

「危ない！」という悲鳴交じりの大声が響いた。声のした方を見遣ると、そこには桶を抱えた長屋の住人たちがいた。水を汲んできたのだろう。彼らの顔には恐怖の表情が浮かんでいる。皆の視線は、喜蔵のすぐ上にあった。

ぐらり、と音がして、喜蔵の顔に影ができた。上から何かが落ちてくる――そう悟った時、また悲鳴が聞こえた。

「喜蔵さん……！」

駄目だ！――喜蔵は声にならぬ声を上げた。


とりあえず、冷やしたが――もっとよく冷やさないと駄目だよ！――早くお医者を――今、つれて来るからちょっと待っててくれ――こいつが例の火つけ魔か……!?　縄で縛って警邏《けいら》につき出してやる！――仁三郎さん、俺も手伝うよ――ああ、可哀想に……なんてひどいんだ……こんな綺麗な顔に――これはもう……――。

（……誰だ、泣いているのは）

泣き声交じりのざわめきが聞こえてくる中、喜蔵は目を覚ました。

「あ！　荻の屋さん……！」

「喜蔵さんが目を覚ましたぞ！」

わっと沸いた声を聞いても、未だ目が覚めた心地がしなかった。己の周りを長屋の者たちが取り囲んでいるのは、さほど気にならなかった。それよりも喜蔵は、己をじっと見下ろしている優しい顔に釘付《くぎづ》けだった。

これは、夢だ——そう思いたかった。しかし——

「よかった……無事で……」

そう呟いたのは、喜蔵に膝を貸している綾子だった。ゆっくりと身を起こした喜蔵は、綾子の美しい顔をまじまじと見つめて、ようやく声を発した。

「無事ではない……」

喜蔵は震え声で否定すると、おそるおそる綾子に手を伸ばした。頬に触れるすんでのところで手を止めた喜蔵は、ほろりと涙をこぼした。

「泣かないでください……私も無事ですから」

喜蔵の手を取った綾子は、火傷していない方の頬にその手を擦《こす》りつけた。反対側の頬と違って、傷はおろか、染み一つない滑らかな美しい肌だった。そのせいで、余計に火傷を負った頬との違いが目立った。左頬の広範囲が、焼け爛れている。

（なぜだ……）

喜蔵は呻いた。風で巻き上げられた火のついた木材は、喜蔵の上に落ちてくるはずだった。物凄い勢いで駆けてきた綾子が、身を挺して庇わなければ——。

喜蔵が喪神したのは、地に頭をぶつけたせいだった。おちていたのは四半刻の半分にも満たぬ時だったようだが、その間に裏店の住人たちが長屋についた火を消し、綾子の頬を冷やしつづけていたようだ。彼らの活躍のおかげで、裏店は類焼を免れた。

（だが、綾子さんは……）

喜蔵の無事を認めてから、裏店の住人たちは皆そっとそばを離れた。そのことに、喜蔵は気づいていなかった。

「なぜあなたがこんな……俺が負うべきものだったのに……」

嗚咽を漏らしながら、喜蔵は言った。何も返してこない綾子にますます胸が痛くなった喜蔵は、顔を伏せて泣いた。

（何も言わぬのは当たり前だ。俺などよりずっと苦しんでいるのだから……）

そう思いこんでしまったため、喜蔵は自分の手を頬に擦りつけたままの綾子が浮かべている表情に気づけなかった。

「喜蔵さん……ありがとうございます」

綾子の言葉を不思議に思った喜蔵は、ふと顔を上げて、目を見開いた。綾子は笑っていた。その笑顔は、これまで見たこともないほど眩く、明るいものだった。

「あなたがそんな顔をしているのをはじめて見ました……」

茫然としながら呟くと、綾子は目に涙を溜めながら、ますます笑った。

「だって……嬉しいんです。こんなに嬉しいこと、今までなかった」

首を傾げた喜蔵に、綾子は続けた。

「これまで私は誰かの命を奪ってばかりいました。生きている限り、この業からは逃れられないと思っていたんです。死ぬまでずっと――でも、あなたは守らせてくれた」

ありがとう喜蔵さん――再び礼を述べた綾子を、喜蔵は抱きよせた。昼間にしたように力強くでなく、片手でも解けるくらいの優しさで背に手を回したところ、綾子は身じろぎ一つしなかった。止まりかけていた涙が、またこぼれ落ちた。それに気づいたらしい綾子が、喜蔵の背に手を回し、ぽんぽんと優しく叩いた。そんなことをされたら、余計に泣いてしまうと苦笑した喜蔵は、綾子の肩に手を置き、そっと身から離した。

「綾子さん」

呼びかけた声に、綾子はこくりと頷いた。先ほどの笑みとまではいかぬものの、明るい表情を浮かべている。

（この笑顔をまた俺が消すのだろう）

それが分かっていながら、喜蔵はどうしてもこの言葉を口にした。

「俺はあなたと共に生きたい。あなたのその火傷が治らなくても、皺や染みだらけになっても、怪我や病気をして動けなくなっても……ただ俺と共にあってくれたらそれでいい」

そばにいてくれ――最後まで言いきらぬうちに、綾子は答えた。

「私より長生きしてくださいね」

約束ですよと掲げられた小指に、喜蔵は自身の小指を絡めた。

「……情けない。まだ震えてる」

ぼそりと述べた声さえ震えていたため、綾子はくすりと泣き笑いを漏らした。

「いやあ……よかった……よかったね！」

「本当に……どうなることかと思ったよ」

喜蔵たちを遠巻きに見ていた裏長屋の住人たちは、喜蔵と綾子の無事と、彼らがまとまったことを喜び合った。

「暢気なこと言いなさんな！　まだ解決しちゃいないよ！　お医者が来たから、早く綾子さんの火傷を診てもらわなくちゃ。ほら、先生！　早く来ておくれよ！」

医者の腕を引いて駆けてきたさとの声で我に返った皆は、慌てて喜蔵と綾子の許に戻った。その中で一人だけ動かなかったのが、ひっそりと立っていた初だった。

「何かあったんですか⁉」

裏道を駆けながら声を上げたのは、深雪のようだった。それに気づいた初は、深雪に見つかる前にさっとその場から去った。

裏道からさらに裏に抜けると、神無川へと続く道が見えた。初はそちらに行かず、野道を歩きだした。深い草原を分け入って進んでいるうちに、初の目に涙が浮かんだ。やるべきことはやった。それでもかなわなかったのは、誰のせいでもない。

＊

アマビエの一件の後に帰宅した初は、目を覚まさぬ鶴吉の看病をしていた。数刻後、鶴吉の表情がにわかに曇ったので、初は桂男に医者を呼ぶように頼んだ。部屋に二人きりになった時、鶴吉が目を閉じたまま苦しそうに言った。

　――火つけ魔があやを……危ない……逃げろ、旦那……！

　その言葉を聞くや否や、初は家を飛びだした。両親にも桂男にも言わずに出てきたので、今頃騒ぎになっているに違いない。若い娘が夜に出歩いて危ない目に遭ったらどうする――かつて喜蔵にそう叱られたが、その時の初はそんなことを考える余裕さえなかった。鶴吉が述べたのは、ただの寝言だ。だが、初はそれがこれから起きる未来のことだと思った。早く行かないと喜蔵さんが危ない――その心配をかき消すために、初は夜道を駆けた。

　ようやくのことで荻の屋に着いた初は、裏戸から声を掛けようとして、足を止めた。裏店から何やら物音と声が響いている。

（喜蔵さんがいる――）

　はっきり声が聞こえたわけでもないのにそう確信した初は、身を翻し、裏長屋に向かった。そこに着いてすぐ、初は綾子の長屋の中に喜蔵がいるのが分かった。喜蔵だけでなく、怪しい人物の存在にも気づいた。二人は揉めているようだった。中に入って加勢しようと思ったものの、身が竦んで動けなかった。そうこうしているうちに、喜蔵が怪しい男を引きずって外に出てきた。綾子の長屋が燃えているのに気づいた初は、ますます固まった。

　怖い――そう思ってしまったのだ。

　その恐怖はまるで薄れず、喜蔵の上に火のついた木片が落ちてきた時にやっと喜蔵の名を叫ぶことしかできなかった。喜蔵が危機に瀕《ひん》した時、最も近くにいたのは初だ。しかし、初は一歩も動けず、代わりに全速力で駆けてきた綾子が、身を挺して喜蔵を救った。

初は足を止め、唇を嚙んだ。

（やるべきことはやった？　何もできなかったのと同じじゃない）

「何があっても決して手を離さないと言ったのに……」

恋に破れたことよりも、約束を守れなかったことが哀しかった。喜蔵がどれほど初を信じてくれていたのかは分からない。少しでも信頼があったのなら応えたかった。それなのに、初はできなかった。

「約束を破ってしまいました……あなたと同じね」

初が呟いた時、少し先に広がっている林で大きな影が動いた。闇の中にいる相手をじっと見据えた初は、「そうだな」と答えがあったことに、ほっと息を吐いた。

「やっぱり、ここにいたんですね。何でかは分からないけれど、そんな気がしたんです」

「もうやめとけ」

「力を使うのは、ということでしょうか」

「そうだ。戻れなくなるぞ」

「あなたのように？」

初の問いに、答えは返ってこなかった。やがて歩きだした初は、元の道に戻って、家路に就いた。振り返りはしなかったが、大きな影の主がついてきていることは分かった。

美しく瑞々しい水に満たされた地――引水に入ったところで足を止めた初は、おもむろに後ろを向き、頭を下げて言った。

「ごめんなさい。さっきの言葉はただの八つ当たりです。私は守れなかったけれど、あなたはまだ分からない。これからだって叶えられる――そうでしょう？」

面を上げた初の前には、誰の姿も見えなかった。遠くから水車の回る音が聞こえた。田畑を潤す恵みの水は、今日も引水の地を流れている。

「……逃げましたよ。大きな獣が――主人の窮地を察して戻ってきたにもかかわらず、間に合わなかったんですから。おかげで、火の女が無用な怪我を負ってしまった。あのやたらと人間好きな妖怪は、耐えられぬほどの苦痛を覚えたに違いありません。責に押しつぶされるか、忘れて妖怪の世で生きるか……どのみち、二度と戻ってこないでしょう」

背後から聞こえてきた声に、初は首を横に振った。

「先のことなんて分からないわ」

「分かります」

「分かりません」

きっぱりと言いきった初は、前を向いて微笑んだ。

「だって今日の喜蔵さん、私に心が傾きそうだったでしょう？」

初の言を聞いて目を丸くした桂男は、腹を抱えて笑い声を上げた。

八、ハレの日

涼やかな風が吹く中、深雪は息を切らしながら、浅草の地を駆けていた。

「深雪ちゃん、今日はいいお天気でよかったねえ」

「ええ、本当に。このお天気の通り、上岡屋《かみおかや》さんもよい一日になりますように！」

声を掛けてきた上岡屋の女将《おかみ》はまだ話したそうだったが、深雪は頭を下げて走り去った。

(ごめんなさい。今は誰とも話している時がないの)

心の中で詫びた深雪は、それから誰に話しかけられても、最初と同じ対応をした。

「これじゃあ、まるでお兄ちゃんね」

深雪は独り言ちたが、すぐに(そんなことないわね)と苦笑した。喜蔵はもう昔の喜蔵とは違う。昔と言っても、たかだか二、三年前のことだ。

(お兄ちゃんが変わったのは、小春ちゃんと出会ってからだものね)

二人の出会いは、深雪が喜蔵の妹になる以前のことだ。深雪と喜蔵は元々血が繋がった兄妹だったが、本当の意味で兄妹になったのは、共に住みはじめてからだ。

（……ううん、もっと後よ。お花見の時にようやくそれらしくなったんだわ）

その時はじめて兄妹喧嘩をしたことを思いだして、深雪はくすりと笑い声を漏らした。

「深雪ちゃん、あんた何でこんな日に走ってるんだよ！　早く家に帰らないと駄目だろ！」

「ありがとう、さっちゃん。でも、まだ一刻は大丈夫だから！」

声を掛けてきたのが友である八百屋《やおや》のさつきだったため、深雪は拝むような仕草をして、そのまま通りすぎようとした。

「なら、あたしも一緒に捜すよ！」

そう言って深雪を追い越す勢いで走ってきたさつきに、深雪は目を瞬かせた。

「さっちゃん、何であたしが捜してるって分かったの？」

「そりゃあ分かるよ。あんた、ここふた月はずっとそんな調子じゃないか」

苦笑して答えたさつきは、「そうだったかしら？」と首を傾げている深雪にこう続けた。

「くま坂もあるから、毎日こんな風に駆け回ってたわけじゃないだろうけどさ、時間がある時はいつもあちこち捜してたじゃないか。うちに来た時も、棚の下を覗いてこっそり声を掛けてただろ？『小春ちゃん、いる？』ってさ」

気取られないようにしていたつもりだった深雪は、さつきの指摘に頬を赤らめた。

「……ごめんなさい」

「何で謝る。それだけ必死に捜してるってことだろ？　友がいなくなったんだから当然さ」

何でもないように言ったさつきの凛々しい横顔を見つめて、深雪は「ありがとう」と礼を述べた。「親戚の子を預かっている」ことになっているため、小春はここふた月、その存在しない親戚の家に帰っていることになっていた。さつきもその表向きの理由を信じていると思っていたが、薄々事情を察していたようだ。

「あたしも小春とは友だからね。心配してたんだ」

（……さっちゃんもこんなに心配してくれてるのに、お兄ちゃんはどうして――）

綾子の長屋に火をつけられた夜から、小春は行方知れずだ。荻の屋どころか、浅草に足を踏み入れた気配すらない。深雪が毎日小春を捜し回っている一方、喜蔵は何もしなかった。

――どうして小春ちゃんを捜しに行かないの!?　小春ちゃんが心配じゃないの!?

昨夜、深雪はついに喜蔵をそう問い詰めた。今日の支度を黙々としている喜蔵を見て、どうしても言わずにはおれなかったのだ。

――心配はしておらぬ。

たった一言そう返してきた喜蔵とは、昨夜から口を利いていなかった。

「……どうしてああ捻くれてるのかしら。こんな大事な日くらい素直になればいいのに」

「深雪ちゃん？」

ぶつぶつとこぼした深雪に、さつきは心配そうに声を掛けてきた。「何でもないの」と答えた途端、さつきは立ち止まってぐっと深雪の両肩を摑んで凄んだ。

「何でもなくないんだろ!?　全部抱えこむのはあんたの悪い癖だ」

「……ごめんなさい」

目を丸くして謝った深雪は、そのうちぷっとふきだした。

「あたしもお兄ちゃんのこと言えないわね」

「あんたの兄さん？　何の話だい？」

首を捻って言ったさつきの手を取った深雪は、そのまま駆けだした。

「さっちゃんがいてくれるなら、今日は見つかる気がしてきたってこと！」

「……そりゃあそうさ！　絶対に見つかるよ！」

ぱっと明るい表情を浮かべて応じたさつきを横目で見ながら、深雪は微笑んだ。

＊

深雪とさつきが手に手を取って駆けだした頃、町はずれのあばら家では――

「……はあ～やっと元に戻った」

疲れきった声で言った七夜は、「イテテ！」と悲鳴を上げた。

「ちょ、何すんねん！　大事なわての尾を摑むなんて、ほんまにわての嫁かいな！」

「何すんねんはこっちの台詞や。……ほんま阿呆っ！　この阿呆鳥！……もう～阿呆！」

七夜の尾を指でぎゅっと摘まんだまま怒鳴ったのは、真っ白な髪をした女——紬《つむぎ》だった。織物を売り歩く行商をしているため、普段はこうして人間の姿をしているが、その本性は七夜と同じ妖怪だ。白烏《しろがらす》の経立から妖怪と化した紬は、七夜よりも四十年嵩だった。アマビエの一件からふた月もの間、七夜はこの紬の許に身を寄せていた。

「わての名は阿呆やないで」

「夫の名くらい知っとるわ！」

鼻を鳴らした紬は、ようやく七夜の尾から手を放すと、ぐしゃりと顔を歪めて泣きだした。

「怒ったり泣いたり忙しい奴やな……」

「あんたがそうさせてるんやろ……もう、元に戻らへんかと思うた……！」

抱えた膝に顔を伏せ、震え声を出す紬に、七夜は「すまんかった」と小さく詫びた。

あの日、初たちを引水に送り届けた後、七夜はまっすぐこのあばら家を訪ねた。

——あんた……その姿！　三度以上使《つこ》うたん……!?

巨大化したままの七夜を見た瞬間、すべてを察したらしい紬は、悲鳴交じりに言った。

——三度を超えて秘儀を使うたら、もう二度と元の姿には戻れへんて言うてたやないの。せやのに、何で……!?

七夜は何も答えられなかった。後先考えず身体が動いた——ただそれだけだった。

その夜から、七夜はあばら家の裏に広がる森に身を隠し、紬はあちこちに出かけて七夜が元に戻れる方法はないかと探し歩いた。そしてついに昨夜、元に戻る秘薬なるものを見つけてきた紬は、嫌がる七夜の嘴《くちばし》をこじ開け、その薬を放りこんだ。あの世とこの世の境を数刻行き来したものの、七夜は無事元の姿に戻った。

「わては戻れる思うてたで。わてにはえらい頼りになる嫁さんがおるからな」

「……うち、そんな簡単な言葉ですべて水に流してまうほど、簡単な女やないから」

恨めしそうな声を出した紬は、七夜の身をがしっと摑むと、あばら家の外に放り投げた。

「せやから、何すんねん！　乱暴嫁！」

「早《はよ》う帰りな！……あんたのご主人、ずっとあんたを待ってるんやから……」

横を向いて言った紬は、また涙を流したようだった。七夜が誰よりも大事に想っている又七のことを、紬は嫌っている。紬にしてみれば、又七は憎い恋敵のようなものだ。又七がいるせいで、七夜と共に住めぬと恨んでいたのに、紬はその又七の許へ早く帰れと言った。

（わてがご主人の許に帰りたがってるて気づいてたんやな……）

すまん――小声で謝った七夜は、翼を羽ばたかせ、飛んだ。そのまま翔け去ってしまうつもりだったが、ふと下を見た瞬間、七夜は動きを止めた。紬が涙と鼻水を垂らしながら、一生懸命手を振っている。その健気な様を見たら、声を掛けずにはいられなかった。

「わてな……アマビエの鱗をもろうて、寿命を延ばしてもらお思ったんや！」

「知ってる……あんたのご主人のやろ？　もっと共にいたいから……」

そう言いながら、紬はますます涙を流した。

「そない泣いたら、あばら家の前に川ができてまうやろ……わてはな、わての我儘《わがまま》で共にいる時が減った妻子の寿命を延ばすつもりやったんや。いつか三妖で暮らす時が長《なご》うなる思て……勝手なことしてすまんかった！」

ほな——と言って今度こそ空を翔けだした七夜は、ややあって響いた声に苦笑した。

「ほんま勝手な旦那や……悪い思うてるなら、今日の祝いごとでぎょうさん土産《みやげ》もろうてきてや！」

（わての嫁は何でも知ってるんやな……ほんまかなわんわ！）

大きな溜息を吐きながら、七夜は悠々と青い空を翔けた。

＊

「おお、お帰り！」

響いた暢気な声音に、川からひょっこり頭を覗かせた弥々子は、呆れかえった顔をした。

ふた月ぶりに神無川に戻ってきた弥々子が配下の者たちから聞かされたのは、「貧乏絵師が毎日のようにやって来て、棟梁に声を掛けていくんだ」という報告だった。

「……兄さん、相当暇なんだね。こちとら貧乏絵師のあんたと違って忙しいから、生憎構ってる暇などないんだよ」

弥々子はぶくぶくと口から水泡を吐きだしながら言った。貧乏絵師こと喜蔵の幼馴染の彦次は、「最近はそう貧乏でもねえのになあ」と頭を掻いてぶつぶつとこぼした。

「でも、帰ってきたってことは、アマビエの件が片づいたんだろう？」

「兄さんはあの件にかかわってなかったくせに、よく知ってるね」

「岬って奴が教えてくれた。あいつ妖怪のくせに良い奴だよなあ！」

「あの馬鹿……」と手で額を押さえた弥々子は、はあと溜息を吐いた。

水旁神に負けたあの日、弥々子はしばし水中で気を失っていた。ようやくのことで意識を取り戻した頃、戦いは終盤を迎えていた。もう一度水旁神に向かっていこうと思った時、大きな烏と桂男が空から降ってきた。とっさに彼らを岸に放り投げた後、弥々子は深く潜って、水旁神の方へ泳ぎだした。奇襲は性に合わなかったが、そんなことを言っている場合ではない。あと少しで彼の神の許にたどり着くという時、今度は空を翔ける猫股鬼の姿を見た。

瞬く間に水旁神を倒した猫股鬼は、岸の方へ取って返した。近くにいた水の怪たちも皆茫然とする中、弥々子は急ぎ泳ぎだした。バラバラになった水旁神の身体の一部から、きらりと光るものが水の底に落ちていった。

（アマビエだ！）

光ったのは一瞬だったが、弥々子は確信した。水旁神は肉片と化したが、相手は神だ。完全に消滅していなかったら、アマビエの力を借りてまた復活を遂げてしまうかもしれぬ。

（そうはさせないよ……それに、馬鹿鬼にだけいいところを持ってかれるのも癪だしね！）

ふんと鼻を鳴らした弥々子は、アマビエを追って深い水底に向かった。

「で、どこでアマビエは見つかったんだ？」

「妖怪の世だよ。まあ、色々あったが、奴がいるのに一番いいところに預けてきた」

――ア、アマ坊！　ここで会ったが百十二年目！

岬が言っていたアマビエ研究家に託してきたことを、弥々子は黙っていようと考えた。相手がまことにアマビエ研究家だと分かるまでしつこいほど調べたが、どこをどうほじくり返しても、アマビエ研究家はアマビエ研究家でしかなかった。

――責任を持って預かるので、安心してくれ！

アマビエに頬ずりしながら言った白熊の怪――アマビエ研究家を見た時には一抹の不安がよぎったが、アマビエも満更ではなさそうだったので、弥々子はその件を忘れることにした。何よりアマビエ研究家は、弥々子をはるかに凌《しの》ぐほどの妖力を持ち、五大妖怪とまではいかずとも、十大妖怪の中には数えられるであろう大妖怪だったのだ。

（あの馬鹿……無駄なことは話すくせに、何で肝心なことは言わないんだよ）

「……あんたにあたしのことをべらべら喋ってた奴はどこに行ったんだい？」

「え、いないのか？　昨日通った時にも話したのに……」

弥々子の問いに、彦次は驚いた様子で答えた。アマビエが呑みこまれた際に何とか水旁神の手から抜けだした岬は、弥々子とは比べ物にならぬほど重傷を負ったようだが、水の世で静養して大分回復したらしい。あれから、弥々子たちは会っていなかったものの、岬はなぜか弥々子の動向を熟知しており、それを神無川の河童たちやこの彦次に伝えていたという。しかし、神無川に常駐していたわけでもなく、ふらりと現れては、いつの間にか消えているという繰り返しだったそうだ。岬があれほどアマビエを手に入れようとしていた理由も、そういえば聞かないままだった。

「あいつも他と同じで、アマビエを手にして強くなりたかったのかね？　どうも違う気もするが……あいつは訳が分からん奴だからね。今もどこに行って何をしてるのやら」

「まあ、確かに気ままそうな奴ではあったな……だから、俺と気が合ってたのか！」

はっとした様子の彦次に、弥々子はふっと笑った。彦次はついこの間まで弥々子を見ると怯えていたが、どうやら少し留守にしている間に、すっかり河童に慣れてしまったようだ。「さて」と掛け声と共に腰を上げた彦次は、弥々子に手を差し伸べた。

「何だい、その手は」

「今日はめでたい席だ。あんたも一緒に行こう」

「……兄さん、ちょっと見ない間にどうかしちまったんじゃないか？　あたしは妖怪だよ？　何でハレの日に妖怪を呼ぶんだ。大体あの人はそんなこと望んじゃいないだろ」

呆れきった声を出すと、彦次は首を傾げて「へ？」と言った。

「呼んでこいと頼まれたから、毎日ここに来てたんだが……」

誰が――その問いの答えを聞いた弥々子は、また額に手を当てて深い息を吐いた。

「……流石の逸馬もそんなことは言わなかったよ」

どうかしてるよあの兄さんは――弥々子はぶつぶつと言いながら、彦次の手を取った。

*

「これに着替えてください」

「……嫌だ」

「物分かりが悪い人ですね。お願いしているのではありません。命令です」

「なおのこと嫌だね」

「世話になっている家の者の言うことくらい聞いたらどうなんです」

「有難いと思ってるが……それとこれとは話は別だ」

言い合う二人のそばに控えていた桂男は、茶を啜《すす》りながら内心溜息を吐いた。

(……まったく、何でこんなことになったんだ)

桂男にとってはふた月経った今も見慣れぬ光景だったが、当人たちは早々と馴染んでいるようだった。

――飛縁魔が消えた今、あなたが綾子さんをつけ回す理由はなくなりました。やることがないなら、うちで働いてください。

回復した鶴吉に初が告げたのは、思わぬ提案だった。桂男が「ちょっと待ったあ！」と思わず割って入ったのも無理はない。

――何を考えてるんです……！　この男は飛縁魔を祀る社を守護していた者ですよ！　水の家に火の者を入れるなんて――。

――相容れぬものだからこそです。これまで私たちは、なるべく呪を刺激しないようにと旧習ばかりに囚われて生きてきました。その結果が、呪を長引かせたとは思いませんか？……喜蔵さんたちという新しい存在の力で事態は一気に好転しました。あの時のように、私たちはまた新たな力を取り入れるべきだと思うのです。

澱《よど》みなく語った初に、桂男は目頭を袖で拭いながら、「ええ……ええ……そうですとも！」と相槌を打った。

（あの小さく非力だった子どもが、なんと立派になったことだろう！）

感激を覚えた桂男が、仕方なく鶴吉が家に入るのを許そうと思った時、

――あんたはつまり、この家のために俺を利用しようと言うんだな？　お断りだ。

鶴吉は真面目な顔をしてきっぱり言いきった。

――利用は利用でも、価値があると言っているのだから、いいではありませんか。

――俺なら他でも価値を見出してもらえる。

――世の中そんなに甘くありませんよ。長年綾子さんをつけ回すのに労力を使っていたあなたには分からないかもしれませんが。

——……このでかいお屋敷で大事に育てられたあんたに世の中のことなど分かるまい。

はじめてまともに顔を突き合わせて話したこの日から、初と鶴吉は真顔で言い合いばかりしている。

（本当に火と水のように相容れぬ二人だねえ……）

そんな風なのに、引水家に残ることを選んだ鶴吉の心中も、口喧嘩ばかりしているのに追いだそうとしない初のことも、桂男にはまるで分からなかった。

「俺は行かない。もう何のかかわりもない相手だ」

「何でもいいから早く着替えてください」

「何でもよくないから言ってるんだろう」

「早く着替えなさい。せっかくのハレの日なんですから」

そう言いながら鶴吉に着物を押しつけた初は、哀しくも嬉しそうに笑った。

*

「うう……うう……うう……ううう……」

荻の屋では、嗚咽交じりの泣き声が響いていた。棚の片隅で顔を覆って涙を流しているのは、櫛の付喪神である前差櫛姫だ。

「前差……そう泣くでない。身体に障るぞ」

「気持ちは分かる……俺もまさかあんな奴に先を越されるとは……く、悔しい！」

「あんたは元々そんなのできぬ身だろ。……前差櫛姫、大丈夫か？」

「前差姉ちゃん……ぐすん」

「小梅、あんたは何でももらい泣きなんてしてるんだよ」

慰めの言葉が雨のように沢山降ってきたが、前差櫛姫の耳にはまるで届いていなかった。

（ひどいわ……ひどい裏切りだわ！）

前差櫛姫は喜蔵が好きだった。はじめて会った時からずっと――そう言うと、皆は「何であんな恐ろしい奴を」と驚いたが、前差櫛姫こそ（何で皆は好きにならないの？）と不思議に思っていた。この荻の屋に流れてきた時、前差櫛姫はこの世を儚んでいた。色々あった妖生に嫌気が差し、（もうどうなってもいいわ）という結論に至って、深い眠りにつこうとさえしていた。その眠りに入ってしまえば、実質付喪神としての生涯は終わりになる。

（でも、もうこの世に未練なんてないもの。そうと決まったら、早く……ひっ！　な、何で鬼がいるの!?）

前差櫛姫を手に取った男は荻の屋の主人と呼ばれていたはずだが、どう見ても人間には見えなかった。前差櫛姫がそれまで見てきたのが、穏やかで微笑んでばかりいる人間たちだったせいもあるが、それ以上に喜蔵の顔が恐ろしすぎた。

（嫌……殺される！　死ぬのはいいけど、痛い思いはしたくないのよ！　やめて！）

内心悲鳴を上げていた前差櫛姫だったが、喜蔵が自分の修繕をはじめてから、ぴたりと声を止めた。

（なんて優しい手なの……）

前差櫛姫は前の持ち主たちにそれは大事にされてきた。だが、こんなにも慈しむように扱ってもらったことは、一度もなかった。じわりと浮かんできた涙が櫛に滲んだ時、喜蔵は眉を顰めて呟いた。

――……何だ？　まるで櫛が泣いているようだな。

衣擦《きぬず》れに紛れそうなほど小さな声だったが、前差櫛姫の耳には確かに届いた。綺麗な布で拭ってくれるその手つきさえ優しく、前差櫛姫は泣くのを堪えるのに必死だった。

「ずっと好きだったのよ。あんたなんかよりもずっと、ずうっと……」

前差櫛姫は前に立った相手が誰か確かめずに詰《なじ》った。

「あんたが嫌だと言ってた時もその前も、あたしは喜蔵と夫婦になるって決めてたんだから……だから……」

ずるずると鼻水を啜った前差櫛姫は、鼻紙を優しく押し当ててきた相手をちらりと見上げた。彼女に憑いていた妖怪よりもずっと美しいが、その左頰には引き攣った火傷の痕が残っている。

「だから、あたしよりもずっと幸せにしてあげなきゃ許さない……何よ、何で笑ってるのよ」

聞いてるの綾子！——顔を真っ赤に染めて怒る前差櫛姫に、白い衣を纏った綾子は泣き笑いを浮かべて頷いた。

必ず約束します——と。

＊

庭に面した縁側に座していた喜蔵は、じっと空を見上げていた。

あの日からふた月——否、小春が居候になる前はずっとそうしていたので、ふた月どころの話ではない。一日中そうしていたわけではないが、暇を見つけてはこっそり庭に出ていた。

（落ちてこい——そう願いつつ空に向かって手招きをするなど、馬鹿げたことをしていたものだ）

それからまだ二年と経っていない。それほど昔のことではないのに、その時の自分がとんでもない愚か者に思えた。今の喜蔵は、そんなことはしない。昨夜ついに深雪に怒られたが、小春を捜してもいなかった。帰ってきてほしいと誰よりも願っていたのは、喜蔵だ。しかし、どうしてもどちらもする気にはなれなかった。

喜蔵は小春が迷っていることにずっと前から気づいていた。力を失い、妖怪としての自我に揺らぎが見える以前から、小春はどこか不安定だった。そのままいつかどこかに飛んで行ってしまいそうで、喜蔵は気が気ではなかった。実際、小春は何度も喜蔵の前から姿を消した。ある時は「またな！」と楽しそうに言い、ある時はどうでもいいことを元気よく叫んで——それを何度も繰り返し、今日を迎えた。今日帰ってこなければ、小春はおそらく二度と戻ってこないだろう。火傷を負った肩を手で押さえた喜蔵は、眉を顰めてふんと笑った。

（こんな軽傷を気にしていたら、誰も倒せぬだろうに）

小春はつくづく不思議な妖怪だと喜蔵は思った。誰よりも強くありたい——そう願ってやまぬのに、親しい相手を傷つけてしまうことが恐ろしくてたまらぬらしい。猫股になるための儀は、強い妖怪になるためには一等必要なものなのかもしれぬ。人間に情など掛けていては、妖怪らしい妖怪にはなれるはずがない。だが——

「そんなものにお前はなりたいのか……？」

ぽつりと言った喜蔵は、ゆっくり立ち上がった。そろそろ皆が集まりだす頃だ。妙に張り切っていた又七や意外と落ち着いていた彦次、昨日喧嘩してしまった深雪に、久方ぶりに会う記録本屋の高市、おそらく昔どこかで会ったことがある初——あとは、来るか来ないか分からぬ妖怪たちだった。確実に来ると分かっているのは、又七といつも共にある七夜に初の供の桂男、「上等な酒をお持ちしよう」と丁重に返事をしてきたかわそくらいだ。弥々子はどうか分からぬが、荻野家と縁深い妖怪なので、何だかんだで参加してくれる気はしていた。

庭に植えてある杏《あんず》の木の下に近づきながら、喜蔵は眉を顰め、腕組みをして言った。

「随分と賑やかになったものだ。俺は騒がしいのが嫌いだというのに……」

お前のせいだ――そう告げた時、ぷっとふきだす声がした。

「お前なあ……他妖のせいにすんなよ！」

降ってきた威勢のいい声音に、喜蔵は溢れそうになる笑みを必死に堪えながら言った。

「……他人様の木に勝手に上るな馬鹿鬼。さっさと下りてこい」

「えっらそうに！」とぶつぶつ文句を垂れながら、杏の木から少年が降ってくるのを、喜蔵は目を眇めて見守った。

(俺が乞《こ》い願って帰ってくるのではなく、自分で決めて帰ってこいと思っていたが……)

どうやら、小春は喜蔵の願いを叶えてくれたようだった。

両手を広げて軽々と着地した小春は、礼服を纏った喜蔵をまじまじと見上げて、わははと笑い声を立てて言った。

「やっぱり似合わねえな！　すっげー変だけど、心配すんなって。祝言の間中、俺が横から『よ、鬼にも衣装』って声を掛けつづけてやるからさ！」

小春のきらきらと輝く派手な頭を、喜蔵はいつも通り遠慮の一つなく叩いた。

あとがき

シリーズ第一巻の『一鬼夜行』を執筆したのは、今からちょうど十年前のこと。大学を出たばかりだった私は、とにかく一刻も早く作家デビューをしなければと考えていました。小説を書いたこともなかったのに、なんと無謀な試みだったのかと今思うとぞっとしますが、当時の私はそこまで不安に感じていませんでした。それは、『一鬼夜行』を書くのがとても楽しかったからです。小春と喜蔵、深雪に彦次、硯の精や弥々子や花信——彼らを取り巻く世界がどんどん広がっていくのが面白くて、この先どうなるんだろうと物語を綴りながらワクワクしました。最後まで書き切った時には別れが寂しくて、またいつか続きを描けたらと思いました。その願いはそれから一年後に叶い、未だに続いています。

十年——作中では二年の時が過ぎ、喜蔵は二十一歳になりました。『花守り鬼』くらいまでは、（こいつ、本当に捻くれてるなあ！）と若干苛々しながら書いていた喜蔵が、巻数を増すにつれて徐々に成長していき、この巻ではついに……！

あれほど偏屈だった彼に変化が生じたのは、やはり周りにいる人々・妖怪たちの支えがあったからだと思います。つまらない人生だとすべてを諦めていた喜蔵に、「辛いことは確かに多いけど、それ以上に楽しいことや嬉しいこともあるんだぞ！」と教えてくれた小春たち。喜蔵と似て、他人を信じられずに生きてきた私にこんな話を書かせてくれたのは、やはり周りにいる人たちのおかげだと思っています。その中には、いつもこのシリーズを読んでくださっている読者の皆さんも勿論含まれています。ファンレターやSNSなどを通じ、いつもたくさんの想いを伝えてくださって、本当に感謝しています。この場をお借りして、お礼申し上げます。

……と何だか最終巻の締めのようになってしまいましたが、物語はまだまだ続きます。

次は、『鬼姫と流れる星々』後の花信たちや、今回登場した河童の岬の話などが詰まった短編集が出ます。その後に始まるのが、第三部の多聞編です。主役は勿論、小春と喜蔵の二人ですが、これまで謎が多かった多聞たちの行動が解き明かされます。目指せ、脱喜蔵ストーカー！　目指せ、伏線全回収！……と、こちらがおそらく全三巻。そこで本編が終了し、番外編を一冊挟んで、未来編の『くらぼっこ』が刊行されます。

『くらぼっこ』は、『一鬼夜行』が出る前後に「朝日中学生ウイークリー」（注・現在は「朝日中高生新聞」にリニューアル）で連載していたので、もしかしたら読んでくださっていた方もいるかもしれませんが、こちらの主役は喜蔵の子孫です。喜蔵と違って閻魔顔ではないものの、捻くれ具合や不器用さはいい勝負の少年と、「一鬼夜行」シリーズに出てきたある妖怪との物語になっています。

なんと、少なくともあと六巻は出てしまうわけなんですね！　すみません、長くて……。でも、皆さんに「最後まで読んでよかった！」と思ってもらえる作品になるように、私も楽しみながら書いていきたいと思っています。小春と喜蔵の凸凹コンビが織りなす物語に、あともう少しだけお付き合いいただけますと、大変幸せです。今後とも「一鬼夜行」シリーズをどうぞよろしくお願いいたします。

では、またお会いできます日まで！

小松エメル

本書は、書き下ろしです。

一鬼夜行《いっきやこう》　鬼《おに》の嫁《よめ》取《と》り
小松《こまつ》エメル

2018年7月5日初版発行
発行者……………長谷川 均
発行所……………株式会社ポプラ社
〒160-8565　東京都新宿区大京町22-1
電話……………03-3357-2212(営業)
03-3357-2305(編集)
フォーマットデザイン　荻窪裕司(bee's knees)
組版・校正　株式会社鷗来堂
印刷・製本　凸版印刷株式会社

乱丁・落丁本は送料小社負担でお取り替えいたします。
小社製作部宛にご連絡ください。
製作部電話番号　0120-666-553
受付時間は、月～金曜日、9時～17時です(祝日・休日は除く)。

ポプラ文庫ピュアフル

ホームページ　www.poplar.co.jp

N.D.C.913/348p/15cm
ISBN978-4-591-15934-7

二
一鬼夜行 鬼やらい〈上・下〉
喜蔵の営む古道具屋に、なぜか付喪神の宿る品ばかり買い求める客が現れて……

三
一鬼夜行 花守り鬼
人妖入り乱れる花見の酒宴で、あれやこれやの事件が勃発!?

四
一鬼夜行 枯れずの鬼灯
今度は永遠の命を授ける妖怪「アマビエ」争奪戦!?

五
一鬼夜行 鬼の祝言
荻の屋に見合い話が持ち込まれた。前代未聞の祝言の幕が開く!

六
一鬼夜行 鬼が笑う
小春と猫股の長者との戦いについに決着が――シリーズ第一部、感動の完結編!

七
一鬼夜行 雨夜の月
小春の過去を遡る待望の番外編ほか、人と妖の交流と絆を描いた珠玉の一冊。

八
一鬼夜行 鬼の福招き
可愛い小鬼と閻魔顔の若商人が営む妖怪相談処、開業!? シリーズ第二部開幕!

九
一鬼夜行 鬼姫と流れる星々
恋を知った少女があやかしと交わした、切ない「契約」の行方は――。

小松エメル
『一鬼夜行』シリーズ次回作

2019年
刊行予定

荻の屋に持ち込まれた不思議な箱庭の謎を多聞が解き明かす「かりそめの家」、浅草の地を去った花信らのその後を描く「山笑う」など、シリーズを彩る登場妖物たちが大活躍する珠玉の短編集。